孙昌武文集

6

文苑杂谈

中华书局

图书在版编目(CIP)数据

文苑杂谈/孙昌武著. —北京:中华书局,2019.7
(孙昌武文集)
ISBN 978-7-101-13027-0

Ⅰ.文… Ⅱ.孙… Ⅲ.中国文学–古典文学研究–文集
Ⅳ.I206.2–53

中国版本图书馆 CIP 数据核字(2018)第 000505 号

书　　名	文苑杂谈
著　　者	孙昌武
丛 书 名	孙昌武文集
责任编辑	罗华彤
出版发行	中华书局
	(北京市丰台区太平桥西里 38 号　100073)
	http://www.zhbc.com.cn
	E-mail:zhbc@zhbc.com.cn
印　　刷	北京市白帆印务有限公司
版　　次	2019 年 7 月北京第 1 版
	2019 年 7 月北京第 1 次印刷
规　　格	开本/920×1250 毫米　1/32
	印张 8¾　插页 2　字数 250 千字
印　　数	1-4000 册
国际书号	ISBN 978-7-101-13027-0
定　　价	52.00 元

孙昌武文集
出版说明

　　孙昌武先生，一九三七年生，辽宁省营口市人。南开大学教授，曾在亚欧和中国港台地区多所大学担任教职和从事研究工作。

　　孙先生治学集中在两个领域：中国古典文学和中国宗教文化。孙先生学术视野广阔，熟谙传统典籍和佛、道二藏，勤于著述，多有建树，形成鲜明的学术特色。所著《柳宗元传论》(人民文学出版社，1982)、《佛教与中国文学》(上海人民出版社，1988)、《道教与唐代文学》(人民文学出版社，2001)、《中国佛教文化史》(中华书局，2010)、《禅宗十五讲》(中华书局，2017)等推进了相关学术领域研究，在国内外广有影响；作为近几十年来中国传统文化研究成果，世所公认，垂范学林。

　　孙先生已年逾八秩。为总结并集中呈现孙先生学术成就，兹编辑出版《孙昌武文集》。文集收录孙先生已出版专著、论文集；另增加未曾出版的专著《文苑杂谈》、《解说观音》、《僧诗与诗僧》三种；孙先生在国内外学术刊物发表的论文未曾辑入论文集的，另编为若干集收入。孙先生整理的古籍、翻译的外国学者著作，不包括在本文集内。中华书局编辑部对文字重新进行了审核、校订，庶作为孙先生著作定本呈献给读者。

　　北京横山书院热心襄助文化公益事业，文集出版得其资助，谨致谢忱。

中华书局编辑部
二〇一九年五月

目　录

说"识字"

"识字"的深一层含义

韩愈在给朋友张署的一首诗(《醉赠张秘书》;本书引文随文括注作者、集名或篇名、卷次,以下不再说明)里说:"阿买不识字,颇知书八分。诗成使之写,亦足张吾军。"按旧注,阿买是他的侄子,诗里说他能写八分书,并说让他来写作成的诗,可以壮大我们的声势,显然这位少年笔下有相当功夫。八分书是一种书体,具体何指说法不一,一般认为笔法类似隶书而多波折。按一般常识,"识字"就是认得字,能念出来,懂得意思。所以宋人朱翌认为韩愈写得没有道理:"不能文而能书者多矣,未有不识字而能书者。"他显然是按字面来理解韩愈所说的"识字"了。

韩愈另有文章还说过:"凡为文辞,宜略识字。"(《科斗书后记》)这里用个"略"字,限制词,说做文章应约略地"识字",也表明"识字"的不易。同样说到"识字",杜甫有诗《贻阮隐居》曰:"清诗近道要,识字用心苦。"可见他也在"识字"上用了刻苦功夫。

杜甫、韩愈所说的"识字"显然有更深一层意思。宋人魏了翁说:"吾所谓识字者,若好学者,又于此遡流寻源,以及于秦、汉而上求古人所以正名之意，则读书为文也其庶几乎！"（《鹤山集》卷六五《题陈思书苑菁华》）这是说，真正做到"识字"，对每个字要追根溯源，上求秦、汉古籍，理解古人用字的本意，读书作文才能达到一定水准。这样的要求是够高的。今天有工具书，"上求古人"不需要每个人自己从头开始，但他这段话的用意是应当理会的，就是说"识字"，不应当满足于简单地认识字面，应当对每个"字"有尽可能全面、深入的认识、理解。

上面所说"识字"的"字"实际是指"词"。古人还没有现代语法划分"字"和"词"的观念。汉语文的单"字"是形、音、义合一的，与拼音文字以字母（音）组合成表意的"词"（义）不同。在长期历史发展中，汉语文里"字"的字形、读音不断演变，字义不断丰富，这是形成它巨大表现力的重要条件之一。这样，真正"识字"，就需要认真辨形（异体、俗体等）、审音（声韵、古今音变等）、识义，这就是语言学所说的文字、音韵、训诂功夫。即使不是专门从事研究工作的人，要读书写文章，特别是读古书，这些领域的常识也是应该具备的。或者如韩愈所说："宜略识字。"

这当中，属于训诂的知识，即对"字"义的了解尤其重要。前面韩愈等人所谓"识字"，主要也是指这方面。汉语文内涵丰富，特别体现在"字"（词）的多义性。翻查字典或辞典，大多数"字"都注出多重意义。区分起来，有基本义（本义），有引申义、比喻义、假借义、"古今字"等。一般字典或辞典对"字"（词）的注释，相对简单，只列举常用的意义。但是阅读古籍，局限于这些往往就不够了。特别是对于通用的"字"，假如"不求甚解"，马虎过去，或望文生义，凭空揣测，就会发生理解上的错误。下面举几个例子。

一个简单的常用字，"流"。《新华字典》释义六项：1.基本义，液体流动；2.像水那样流，如货币流通；3.流动的东西，如河流、电流；4.专指"流"向坏的方面，如"放任自流"；5.品类，如"（三教）九流"；6.旧时刑法中的流刑。这后五项都是从"流动"的基本义引申出来的。但是古籍里,使用"流"字的情况远为复杂,有些相当生僻,正确"认识"这些意义对于理解文意是十分紧要的。如《楚辞·招魂》:"十日代出,流金铄石些。"王逸注:"铄,销也,言东方有扶桑之木,十日并在其上,以次更行,其势酷烈,金石坚刚,皆为销释也。"陆机的《连珠》用"流"的这一义:"烈火流金,不能焚景;沈寒凝海,不能结风。"是说烈火可融化黄金,但不能焚毁影像;严寒可以使大海冻结,但不能让风停止。近年有个流行词语"流金岁月",大概是想形容岁月光彩灿烂吧,但如果按上面"流"作"销蚀"义,就不知所云了。又《荀子·劝学》:"昔者瓠巴鼓瑟而流鱼出听。"瓠巴善鼓瑟,感动得水里的鱼都浮上来倾听,这里的"流"是游动的意思。《旧唐书·李密传》上记载隋末群雄反隋,李密作书移郡县,数隋炀帝十罪,曰:"罄南山之竹,书罪未穷;决东海之波,流恶难尽。"这里的"流"是洗刷的意思,"流恶"谓洗刷罪恶。上述三例里的"流",意思都和流动有关系,这可看作是"流"的本义向不同方向的引申义。但另有些用法则与本义不相干了。如《诗·周南·关雎》:"参差荇菜,左右流之。窈窕淑女,寤寐求之。"毛传:"流,求也。"采取的意思。这里的"流"训"求",一般以为是"摎"(今读 liú)的假借字,是属于字(词)的通假用法。又《易经·系辞上》有"旁行而不流","流"义为"停留",谓四处行走不停留。曹植的《七启》里说玄微子"如将飞而未逝,若举翼而中流","流"也是指停下来。在这两例里,"流"取义与其本义正好相反,是训诂学上所谓"反训"或称"反义相训"的用法。

有些"字"的意思看起来很简单,其正解容易被忽略过去。清代的汪中(1745—1794)是大学问家,哲学、史学、语言文字之学都有所成就。他有一篇著名文章《释三九》,就是考证"三"、"九"两个数字的意义,收在文集《述学》里。他的结论是,古籍里的"三"和"九"往往不作具体数字用,"三"表数之多,"九"表数之极。这样解释就明白屈原篇名《九歌》的赋为什么十一篇;同样,《论语》里说

"吾日三省吾身"，就不是反省三次，而是时时刻刻警惕反省；成语"三令五申"、"九死一生"、"三教九流"亦应依此类推来解释。

以上是说"识字"功夫有不同的层次。如果上求达到更深层次，即使真正弄懂几千个常用"字"的意思、用法也非常不容易。所以"识字"是每个人穷其一生要用的功夫。认识更多的"字"，与人交谈会更有情趣，写起文章来词汇也更丰富生动，这又是做人修养的功夫了。

用功，首要的当然是必须有认真的态度，还要讲求方法。简单有效的方法之一就是常翻字典。前面提到《新华字典》，这是普及型的小型字典，但不可小瞧它。收一万多个字、三千多复音词，当初是叶圣陶、邵荃麟、魏建功、陈原、丁声树、金克木、周祖谟等人编撰，后来又经王力、游国恩、袁家骅、周一良等人修订，这些人都是大学问家，又是语文领域的权威。即使是自觉"识字"已经达到相当水准的人，也不可忽视这部字典。当然还另有很多古代的和现代的、一般的和专门的字典、辞书，它们的内容、特点、用处在介绍工具书之类的读物里能够查到，可以斟酌情形使用。

阅读文学作品的"识字"

文学创作使用所谓"文学语言"。这并不是不同于一般语言规律的特殊语言，什么是"文学语言"也难下定义。这一般是指文学创作使用的、更讲究表现技巧的语言。技巧也体现在用"字"上，大体三个方面：一是多用富于形象、给人美感的"字"；二是多用"字"的联想、比喻、象征等义；三是对"字面"多加修饰。文学作品的表现手段多种多样，发挥语言功能，包括注重用"字"的技巧对于艺术表现是十分重要的。下面分别举例子。

　　先说"字"的形象和美感。"片",一个极普通的字。《新华字典》列举五义:1.平而薄的物体;2.切削成薄片;3.少,零星;4.分片儿;5.量词。这是个象形字,早在殷商的甲骨文里就有,徐中舒等人主编的《甲骨文字典》里说"象床形,为床之初文。"汉代的《说文解字》另有一说:"片,判木也。从半木。"清代段玉裁注释:"谓一分为二之木。"是说"片"的本义是指一片木头。《新华字典》里的基本义"平而薄的物体"就是由此发展而来。在文学作品里,往往利用这个基本义,描摹出优美生动、意味无穷的意象。如李白《子夜吴歌》:"长安一片月,万户捣衣声。秋风吹不尽,总是玉关情。"描写长安城头的月亮,不用"一轮",而用"一片",秋夜长空中高悬小小的一片月亮,凄清孤冷的印象倏然而出,作为环境烘托,把思妇为边关征夫捣衣(用棒槌在砧石上捶衣服,使平整耐穿)的悲伤凄凉感情形象地表现出来。王之涣《凉州词》:"黄河直(远)上白云间,一片孤城万仞山。羌笛何须怨杨柳,春风不度玉门关。"描写西部边境一处要塞,不是"一座孤城",而用"一片孤城",小小的一片城池,在万仞群山之中,两相映衬,创造出孤独、寂寞、无限荒凉的景象,让人联想到戍边将士的孤苦艰辛……这个"片"字在另一些作家笔下用法可以变化,不再是小小的一片,而是一大片。白居易《梦仙》:"渐失乡国处,才分山水形。东海一片白,列岳五点青。"诗人描写梦中仙境,浩瀚的东海呈现"一片"银白色,波光灿烂,中间是点点仙岛。刘禹锡《西塞山怀古》:"王濬楼船下益州,金陵王气黯然收。千寻铁锁沈江底,一片降幡出石头。"这是一首著名的咏史诗,写西晋太康元年(280)晋武帝命王濬率领水军顺长江东下,讨伐东吴,东吴凭借西塞山天险,以千寻铁链横拦江面,王濬水军焚毁铁链,顺流鼓棹,直取金陵,东吴不得不高树降旗。"一片降幡",不是一小片,而是一大片,显然不会是一面,而是无数面,这就把战场上胜负双方局面刻画得淋漓尽致。日本学者松浦友久专门写过文章,探讨"片"字从表"小片"到"大片"的含义转换。就这样,一个普通的"片"字，巧妙地使用，描摹形象，表达感受，发挥了相当大的作用。

再看使用"字"的联想、比喻、象征等义。"云"，也是常用字，表示一种最常见的自然现象，也是文学描写里常见的物象，但巧妙地使用却能够赋予它深刻的象征意义，引发读者联想，表达复杂、深刻的意念、情感。这里只说"白云"。这个词的艺术表现也有人专门写过文章。早自《庄子》，描绘神仙幻想就写过："千岁厌世，去而上仙，乘彼白云，至于帝乡。"这里"白云"是升仙的凭借，乘白云飞升是幻想的飘忽自由的境界。汉武帝《秋风辞》："秋风起兮白云飞，草木黄落兮雁南归。兰有秀（开花抽穗）兮菊有芳，怀佳人兮不能忘。"这是描绘秋天景象，长空"白云"飞动，壮观苍凉，烘托出对"佳人"的怀念。陶潜《拟古》之五："青松夹路生，白云宿檐端。知我故来意，取琴为我弹。"诗人往访友人，诗里描写友人的房子深藏白云里，烘托出这位友人的超逸高洁、远脱尘俗。陶弘景《诏问山中何所有赋诗以答》："山中何所有，岭上多白云。只可自怡悦，不堪持赠君。"陶弘景是著名道士，梁武帝萧衍篡齐称帝，他曾参与预谋，后来隐居句容茅山，萧衍屡有书问，有诏敦请出山，他写了这首诗。来问"山中何所有"，回答说只有"白云"，而且这"白云"只可"怡悦"自己，没有办法赠送给您。这就抒写出自己不慕荣利、不干世事的清高孤傲的志向，对来问又流露委婉讽刺之意。到唐人，"白云"则已形成大体稳定的意象：超逸，高洁，洒脱……如李白《白云歌送刘十六归山》："楚山秦山皆白云，白云处处长随君。"杜甫《陪郑广文游何将军山林十首》之九："幽意忽不惬，归期无奈何。出门流水住，回首白云多。"王维《送别》："下马饮君酒，问君何所之。君言不得意，归卧南山陲。但去莫复问，白云无尽时。"等等，诗人们巧妙地利用这个极普通的意象，描摹风景，抒写心情，意象变化无穷无尽。

类似的还有"月"字。如"明月"，也是作品里常见物象。如曹操《短歌行》的"月明星稀，乌鹊南飞，绕树三匝，何枝可依"、《古诗十九首》的"明月何皎皎，照我罗床帏"，等等，都赋予"明月"二字丰富、深刻的含义。这两个字构成的意象的内涵在作家笔下随作品主题、题材、表达的内容而千变万化：从宇宙的神秘到天地的悠远，从离情别绪的感伤到刻骨铭心的思念，等等。张若虚的《春江花月夜》，题目五个字，可以分开来理解，这是五个各自独立的意象，读者在联想中可以构成一幅生动景象；连贯起来成一个句子，又形成浩瀚江畔鲜花盛开的春天夜色。这种理解上的模糊、"多义"是诗人有意"制造"的，让人在联想中构成迷离恍惚的美好印象。诗的开端几句："春江潮水连海平，海上明月共潮生。激滟随波千万里，何处春江无月明？江流婉转绕芳甸，月照花林皆似霰。空里流霜不觉飞，汀上白沙看不见……""明月"、"月明"、"月照"，不但描摹出月色之美，更让人感受到宇宙的悠久与辽阔，带给人淡淡的哀愁和深沉的思索。另一首家喻户晓的李白的《静夜思》："床前看月光，疑是地上霜。举头望山月（《唐诗品汇》作"明月"），低头思故乡。"这里实写月色和月下游子，而这明月正联系着远方的故乡和亲人，明丽的月色衬托出既凄清而又温馨的感受。

这样，如"月"、"云"这样普通的"字"用在作家笔下能够创造出无穷无尽的意象，表达丰富、深厚的思想感情。"字"的这种丰富的表现力得自历史上一代代文化创造的积累。因而，读书越多，对这种积累了解得越多，文化素养越高，对古人用"字"的奇绝优美就会体会得更为真切，对作品的理解也会越深入。这是所谓"文学修养"的重要构成部分。读书、写作都靠这方面的修养。

再看文学创作中"字面"的修饰。优美的文字靠修饰；文学创作是运用文字的艺术，临文修饰文字是必要的功夫。所谓"字面"的修饰主要指"形式"层面：字形（比如巧妙使用象形、会意、偏旁部首相同的字）、读音（比如使用双声词、叠韵词）、字句组织（比如使用对偶、排比）等。鲁迅有一段话，是批判当年提倡"古文"的倒退逆施的，说："例如我自己，是常常会用些书本子上的词汇的。虽然并非什么冷僻字，或者连读者也并不觉得是冷僻字。然而假如有一位精细的读者，请了我去，交给我一支铅笔和一张纸，说道，'您老的文章里，说过这山是'崚嶒'的，那山是'巉岩'的，那究竟是怎么一副样子呀？您不会画画儿也不要紧，就勾出一点轮廓来给我看看罢。请，请，请……'，这时我就会腋下出汗，恨无地洞可钻。因为我实在连自己也不知道'崚嶒'和'巉岩'究竟是什么样子，这形容词，是从旧书上抄来的，向来就并没有弄明白，一经切实的考察，就糟了。此外如'幽婉'，'玲珑'，'蹒跚'，'嗫嚅'……之类，还多得很。"鲁迅这段话，是所谓"有为而发"，不能做表面理解。其真实含义究竟如何姑且不论，实际他举出的那些词乃是修饰性的字面，即所谓"词藻"。这类词语的确切意义确实难以解说清楚，但它们又确实有表现力，用得妥帖，有助于创造意象，给人美感。而往往正是它们意义的模糊之处留给读者发挥想像的空间。例如杜甫的《望岳》："西岳崚嶒竦处尊，诸峰罗立似儿孙。"用"崚嶒"形容出华山高峰林立、怪石嶙峋的面貌；李白的《北上行》："北上何所苦，北上缘太行。磴道盘且峻，巉岩凌穹苍。"用"巉岩"描绘出太行山磴道高耸参天的气势；至于韩愈《送李愿归盘谷序》里描写小人趋炎附势的丑态，"足将进而趦趄，口将言而嗫嚅"，更是穷神尽相，是人们耳熟能详的。

这样，读文学作品，或者从事写作，不仅应当"识"更多的"字"，而且要能够懂得、善于体会、能够利用"字"的艺术表现层面的意义和作用。

治学门径的"识字"

掌握一门知识，作一种学问，首要的是采取正确门径。这就是古人所谓"入门须正"。比如可以从目录学入手,先从目录上把握学术源流,就是治学的一种门径。从训诂入手,也是治学的一种门径。特别是有些学理性强的学问,弄清关键"字"的意义更至关紧要。

沈兼士有一篇文章《"鬼"字原始意义之试探》,文繁不具述。他经过考证,对"鬼"字的意义"归纳之得结论如下:1.鬼与禺同为类人异兽之称;2.由类人之兽引申为异族人种之名;3.由具体的鬼,引申为抽象的畏,及其他奇伟谲怪诸形容词;4.由实物之名借以形容人死后所想象之灵魂。"(《沈兼士学术论文集》)这篇文章得到普遍赞许。郭沫若评论说是"新颖翔实,可谓定论";陈寅恪更赞扬说:"大著读迄,欢喜敬佩之至。依照今日训诂学之标准,凡解释一字即是作一部文化史。中国今日著作能适合此义者,依寅恪所见,唯公此文足以当之无愧也。"沈兼士所论"鬼"字的意义是否确论,容有另议,但这个字的解释对于中国思想史、文化史、宗教史研究的意义是不容置疑的。因而有议论说发现一个字的意义的价值犹如天文学上发现一颗恒星。

"字"(词)表达概念。许多学问往往是以分析概念为基础的。例如近代学者论古代思想史,大都会讨论到"儒"字:是"术士"、"师氏"的通称呢(章太炎《原儒》),还是"亡国民族的教士阶级,变成调和三代文化的师儒"呢(胡适《说儒》),抑或是"社会生活职业一流品"的"娴习六艺之士"呢(钱穆《驳胡适之〈说儒〉》)?孔子、儒学在中国历史发展中作用重大,因此对"儒"字的解说也可说"即是作一部文化史"。

宋儒发展"新儒学",分化出许多派别,当时的理学家们正是通过辨析、争论一些"字"(词)义即概念来确立自己的学说的。例如道、理、天理、无极、太极、皇极、中、中庸、中和等等,都是属于本体论的概念;又如性、天性、天命之性、气质之性、心、人心、道心、命、情、意、志、诚、敬、才、德等,大体属于心性论的概念。他们通过解释这些概念，或论证"性即理"，或论证"心即理"，等等，进而树立起学说体系。后人研习他们的学说，弄清这些"字"的意义就成为关键。又如清代有一位学者戴震，作《孟子字义疏证》，全书的构成就是阐释理、天道、性、才、道、仁义道德、诚这些"字"（词），进而发挥人本观念和理性精神，这是具有启蒙意识的一部儒学大著。

涉及佛、道二教的学问，对一些"字"（词）的认识更是紧要。宗教典籍表达的是特殊的观念体系，比如佛教、道教所说的"真"（还有相关的"真实"、"真谛"、"真如"、"真际"等等）的含义就与世俗的理解毫不相关。所以读宗教的书，对"字"义的理解更要小心从事，不可望文生义。

正确理解关键"字"的意义在文学研究中同样十分重要。闻一多讨论《诗经·邶风·新台》的《诗新台鸿字说》是个例子。根据《毛诗》序："新台。刺卫宣公也，纳伋之妻，作新台于河上而要之，国人恶之，作是诗也。"是说这篇《新台》诗立意在讽刺卫宣公强夺儿子伋的妻子为之造新台事，其中有句说"渔网之设，鸿则离之"。按旧注，"鸿"训鸟。闻一多从词义、声韵等多方面进行考证，认为"鸿"指蟾蜍，"离"通"罹"，"遭逢"义，这样诗的意思就是设置渔网，却网住个癞蛤蟆，认为这样才与诗的讥刺主题相合。闻一多的考证并非定论，至今仍有许多不同看法。他本人后来也有文章对自己先前的结论表示怀疑。但这个"鸿"字的"字"义确乎关系诗的整体内容，也启示我们重视文字训诂对于文学欣赏的作用。

以下是余论。杨慎有篇文章，题名两个奇字：《𫘝歌》。文中说："读万卷书而不行万里路者，亦不能识字也。"这是说真正的"识字"，不能光靠书本，还要经过亲身践履。这是"识字"的又一义，颇有道理。

又，汉代扬雄识字很多，曾作字书《训纂》（佚）、《方言》（今存郭璞注本，据考非原著），当时的大学者刘歆曾命其子刘棻向他请教古文奇字，王莽篡汉的时候，扬雄接受太中大夫官位，校书天禄阁，后来刘棻获罪,株连到他,当狱吏前来逮捕时,他慌忙从阁上跳下,险些摔死,有诏勿问,逃过一劫,这成为文人不甘寂寞而遭遇祸殃的典型事例。李白《古风》有诗说:"投阁良可叹,但为此辈嗤。"杜甫《醉时歌》说:"相如逸才亲涤器,子云识字终投阁。"陈师道《秋怀》诗说:"识字即投阁,贵者须食肉。"都是讥刺扬雄虽然"识字"却无益于行,明于文书而暗于事理,如宋人李衡说的:"人读书须是识字,固有读书而不识字者。"(《乐庵语录》)这也是"识字"的一义,颇有教育意义。

　　再有,苏东坡在《石苍舒醉墨堂》诗里发感慨说:"人生识字忧患始。"鲁迅有文章题目:"人生识字糊涂始。"(《且介亭杂文二集》)都是感叹文人命运多蹇、世态艰难的。陆游《砭愚》也有诗说:"储药如北垒,人愚未易医。信书安用尽,见事可怜迟。错自弹冠日,忧从识字时。今朝北窗卧,句句味陶诗。"颈联(第三联)上句中的"弹冠"是立志做官的意思,典出汉代的王吉与贡禹为友,世称"王阳在位,贡公弹冠",是说二人同进退,王吉做官,贡禹也准备出仕;下句说"忧从识字时",古人学优则仕,读书识字是做官的准备,两句诗是慨叹自从走上仕途就忧患无穷。"识字"的这一义,则是抒发愤世嫉俗的感慨了。

说"诗语"

"诗家语"

宋人《西清诗话》里讲过苏轼夫妇的一个掌故：

> 元祐七年正月，东坡先生在汝阴，州堂前梅花大开，明色鲜霁。先生王夫人曰："春月色胜如秋月色。秋月色令人凄惨，春月色令人和悦。何如召赵德麟辈来，饮此花下。"先生大喜，曰："吾不知子能诗耶！此真诗家语耳。"遂相召与二欧饮，用是语作《减字木兰词》云："春庭月午，摇落春醪光欲舞。步转回廊，半落梅花婉娩香。轻风薄雾，都是少年行乐处。不似秋光，只共离人照断肠。"（赵德麟《侯鲭录》卷四）

苏轼因为和王安石为首的革新派政见不合，屡遭贬抑，以至被侮以"指斥乘舆"、"包藏祸心"，身陷"乌台诗案"。后来支持新政的宋神宗去世，始被召还朝，这段磨难历时十五年之久。但是入朝后，他仍然持正不阿，一肚皮不合时宜，又受到"新党"排挤，元祐四年（1089）出知杭州；六年出知更偏僻的小州颍州（今安徽阜阳市颍州区；三国时建汝阴郡，《诗话》里依例称旧名），这一年他已经五十六岁。《侯鲭录》所记是次年正月的事。其中提到的赵德麟,时任州金判,"二欧"指欧阳季默、叔弼兄弟。这几位都是苏轼的下属和朋友。王夫人见月光明媚,梅花盛开,劝说夫君置酒召饮,显然意在慰解苏轼落拓不平的牢愁。苏轼赞赏王夫人一番话,翻成一阕优美的小词,赞美新春月色,感伤"少年行乐"的不再,联想"秋光"的再来,流露出无限怅惘与感慨。

　　王夫人不是直白地说"月光",而是用了修饰性的字面"春月色"、"秋月色",在对比中,这两个词语更显露出浓郁的诗情,让苏轼赞赏为"诗家语",即这是诗的语言,是富有诗情、适用于诗歌写作的语言。

　　元代刘祁(1203—1250)又曾说:

　　　　文章各有体,本不可相犯欺。故古文不宜蹈袭前人成语,当以奇异自强;四六宜用前人成语,复不宜生涩求异。如散文不宜用诗家语,诗句不宜用散文言,律赋不宜犯散文言,散文不犯律赋语,皆判然各异。如杂用之,非惟失体,且梗目难通。然学者暗于识,多混乱交出,且互相诋诮,不自觉知此弊,虽一二名公不免也。(《归潜志》卷一二)

这更明确指出写作体裁不同,要使用不同的语言。作诗要用"诗家语",这也表明诗的语言是一种特别的语言。当然所谓"不同"、"特别",不是另一种不同于标准语的语言,而是说诗歌语言应更具修饰性,更富情趣,有其独色。而这又特别表现在用词上。

　　特色是什么? 可以看明人李东阳(1447—1516)的一段话:

　　　　"月到梧桐上,风来杨柳边。"(程颢《月到梧桐上吟》)岂不佳? 终不似唐人句法。"芙蓉露下落,杨柳月中疏。"(萧悫《秋》,见《颜氏家训》卷上《文章》)有何深意? 却自是诗家语。(《麓堂诗话》)

李东阳是文坛上的"复古"派,主张"文必秦汉,诗必盛唐"的,所以他论诗以"唐人(实际是盛唐)句法"为标准。他举的两联诗都是描写风物的。前面程颢一联只是直叙景物，"到"、"来"是过程的叙述，后面萧悫的一联则描摹出动态，"落"、"疏"突现出一种情境，这样的用语显然更形象，更富情韵，所以被称赞"是诗家语"。程颢是理学家，理学家写诗喜欢讲道理，词语往往直白偏枯，下面还将讲到。

《西清诗话》里又写到王安石的例子：

> 王仲至召试馆中，试罢，作一绝，题云："古木森森白玉堂，长年来此试文章。日斜奏罢长杨赋，闲拂尘埃看画墙。"荆公见之，甚叹爱，为改作"奏赋长杨罢"，且云："诗家语如此乃健。"（胡仔《苕溪渔隐丛话》前集卷五二）

王仲至（钦臣）以文名，他的这首诗用了东汉扬雄的典故：扬雄作赋讽谏汉成帝畋猎，但不被重用，王仲至借来抒发自己的感慨。王安石把第三句里的"罢"字挪到句尾，突出奏"罢"之后内心的不平，而且这一字的调换，读起来声调更响亮，所以说"诗家语如此乃健"。这表明，写诗用语又是要用心推敲、讲究技巧，一字马虎不得的。

汉语的书面语言和口语有十分明显的区别，而诗歌写作在形式上又要遵循一定的格律，内容上要更浓缩、更精练，表达要具有更强烈的感情，还要讲究形式美，因此就要调动语言表现的各种手段，如节奏、音韵、对偶、事典等，其中十分重要、有效的就是用语，特别是经过修饰的、高度凝炼、富于美感的词语，即上面几位说的"诗家语"。而且，比起韵律等诗歌形式另外一些因素来，词语的创造与运用对于发挥诗的表现力、感染力会起到更大的作用。众所周知，宗教经典里的偈颂、中医的汤头歌诀有些完全合乎诗的格律，但不是诗，就因为作为"诗"还要有另外的条件，比如要有"诗情"，要深情绵邈，意蕴深厚，还有一个重要条件就是使用具有特色的"诗家语"。

前面刘祁的话，说"文章各有体"，要求不同文体用不同的语言,这个说法不能作绝对的理解。例如南朝梁丘迟的《与陈伯之书》,描写江南风光,有句曰"暮春三月,江南草长,杂花生树,群莺乱飞",描摹如画,诗趣盎然,是典型的"诗家语"。丘迟给陈伯之的信是劝说他投降南朝的,在写这封信的第二年,陈伯之就率领八千部下归降了。不知道这封描绘江南风光的信起了多大作用。同样,如唐柳宗元的《永州八记》,工于写景述情,把永州当时还相当荒僻的山水描摹得如诗如画,他用了诗的语言。这类作品往往被称为"散文诗"。即使是写论文、讲道理,如果恰当地使用形象、优美的"诗家语",也会增添表达效果。中外著名的思想家、理论家,从《战国策》里策士们的口舌机辩到梁启超的政论,从古希腊的苏格拉底到美国的马丁路·德金的演说,都是如此。

"理语"

　　与"诗家语"相对应的,还有一个概念——"理语"。
　　宋人张商英(1029-1071)有一首诗《题武昌陵竹寺》:

　　　　孟宗泣竹笋冬生,岂是青青竹有情。影响主张非别物,人心但莫负幽明。

这是歌颂"二十四孝"里孟宗哭竹事。故事说三国时吴司空孟宗少孤,母老病笃,想吃竹笋羹汤,他到竹林里抱竹而泣,孝感天地,须臾地裂,生笋数茎,遂做羹奉母,食毕病愈。诗的下联所谓"影响"谓感应迅捷,"主张"指筹办,意思是说孟宗的行为产生如此灵验,表明人心是不可辜负阴阳两界的。张商英信佛,号无尽居士,又是理学家,这首诗明孝道,讲报应,是典型的"阳儒阴释"的理学家口吻。宋黄彻《巩溪诗话》有一则评论说这首诗"语虽浅直,然当于理",称赞它合乎伦理。后来类书《说郛》辑录这部诗话,在这一则前加个小标题:"理语"。钱锺书在他著名的《宋诗选注》的《序言》里说:"宋诗还有个缺陷,爱讲道理,发议论;道理往往粗浅,议论往往陈旧,也煞费笔墨去发挥申说。"张商英这首诗可作为典型。钱锺书所说的宋诗的缺陷,在当时理学家的诗作里表现得特别突出。

　　说到钱锺书的《宋诗选注》,还有"今典"可议。这部书当年(1958)出版,颇引起读书界的轰动。这是个基本从"文学"视野来选诗、评诗、论诗的选本,在当时强调突出政治、"古为今用"、文艺批评"政治标准第一"的环境下,"不合时宜"是显然的。出版后果然连续遭到批判,到"文革",终于成了贩毒典型的大"毒草"。这部书的曲折命运,作为数十年中国文坛波折跌宕历史的小插曲,不拟絮说。与本书论题相关的,只拟讨论其选篇令人惊异又令人刮目相看的一例:选文天祥诗,却没有选《正气歌》(也没有选名句"人生自古谁无死,留取丹心照汗青"从中出的《过零丁洋》)。后来杨绛写回忆录《我们仨》,还专门提到这件事的"大胆"。《正气歌》张扬忠义,讴歌气节,一向被当作爱国主义教材,大体选宋诗是必选的。钱先生没有说明不选的理由,如我这些后知后觉的读者只能作些揣测。先来看原作。诗前有一篇序,诗人说自己被囚在"北庭"[文天祥在南宋灭亡后,起兵抗争,于五岭被俘,后来被押解到大都(今北京)兵马司囚禁三年,坚拒劝降,终不屈]污下幽暗土室,时当酷暑,恶气杂出,他说,"而予以孱弱,俯仰其间,于兹二年矣,幸而无恙,是殆有养致然尔。然亦安知所养何哉? 孟子曰:'吾善养吾浩然之气。'彼气有七(牢房里水、土、日、火等七气),吾气有一,以一敌七,吾何患焉! 况浩然者,乃天地之正气也,作《正气歌》一首"。这直接表明他写诗是意在抒发"正气"的。诗的前八句第一段,算是点明题旨:"天地有正气,杂然赋流形。下则为河岳,上则为日星。于人曰浩然,沛乎塞苍冥。皇路当清夷,含和吐明庭。"这是述说浩然正气充斥宇宙,流行终古,不可磨灭。接下来列举历史上体现"正气"、"时穷节乃见，一一垂丹青"的人物典型，从春秋时期不畏诛杀、前仆后继、秉笔直书权奸崔杼弑君的齐国太史三兄弟，到中唐段秀实以笏谋刺叛逆称帝的藩帅朱泚，包括汉张良、三国时诸葛亮等共十二位，以排比手法，概括出之。最后一大段三十二句，就这些人事迹体现的浩然正气加以发挥："当其贯日月，生死安足论。地维赖以立，天柱赖以尊。三纲实系命，道义为之根。"进而抒写自己力屈被俘，因在"阴房""沮洳场"，但"顾此耿耿在，仰视浮云白。悠悠我心悲，苍天曷有极。哲人日已远，典刑在夙昔。风檐展书读，古道照颜色"。这样，这首诗议论侃侃，气势轩昂，演绎蓄养"浩然之气"的道理，抒发自己追慕前修的志愿，表白至死不屈的决心。这样的内容当然是有"教育意义"的。不过仔细寻绎，这首诗写法上显然有宋诗"爱讲道理，发议论"的"缺陷"。就是说，从艺术表现角度说，这首诗以议论胜，却缺乏诗歌应有的意蕴、情趣。它绝对是一篇卓越的议论文字，却很难说是一首好诗。其缺陷的重要表现之一就在少"诗语"而多"理语"。这样解释钱锺书为什么不选《正气歌》，或许虽不中亦不远了。

如上所说，就思想意义说，《正气歌》是值得称道的好诗。对比起来，另一些"理语"入诗的作品则甚至难以当作诗来看待了。典型的如五代冯道（882－954）的几篇。这个人行无持操，历仕四朝（后唐、后晋、后汉、后周），三为中书，自名"长乐老"，是历史上改朝换代著名的"不倒翁"。他的诗，有人评论说"虽浅近而多谙理"（《青箱杂记》记吴处厚语），但所述的"理"却庸俗凡近，让人不堪卒读。郑方坤《五代诗话》记载："世讥冯瀛王道依阿诡随，不能死节，王荆公雅爱道，谓其能屈身以安人，如诸佛菩萨行其所作，诗虽浅近而多理语，诗云：'穷达皆有命，何须发叹声。但知行好事，莫要问前程。冬去冰须泮，春来草自生。请君观此理，天道甚分明。'"王安石为什么喜欢冯道，不必深究，但如这首诗，宣扬安贫乐道，迷信天道，其中"但知行好事，莫要问前程"一联，王士禛说是"恶诗相传，流为里谚"（《香祖笔记》卷九）。他的诗另如"道德几时曾去世，舟车何处不通津。但教方寸无诸恶，狼虎丛中也立身"（《偶作》）之类，浮滥庸腐，可作滥用"理语"的恶例。

话说回来，写诗也不是不可讲道理，"理语"也不是不可用。还是王士禛说的："予谓理语、经语，最不易下。坡公写杜诗至'致远恐终泥'，停笔谓学人云：'此句不足为法。'"（《池北偶谈》卷一一）这里批评杜甫《解忧》诗，其中有句曰："飞樯本无蒂，得失瞬息间。致远宜恐泥，百虑视安危。"《论语·子张》记载子夏说："虽小道必有可观者焉。致远恐泥，是以君子不为也。"这是说不要行小道，攻异端，否则泥难不通，达不到远大目标。杜甫用其字面意思，是说激流行舟时刻有颠没的危险，应仔细考虑安危。苏轼对杜诗这一句用典持否定态度，是否有道理姑置不论，但作诗善用"理语"则确是杜诗的一个特点，是他对于诗歌语言技巧的开拓，是造成他的诗风千汇万状、博大精深的一个因素。例如他的长篇叙事诗《奉先咏怀》开头几句"杜陵有布衣，老大意转拙。许身一何愚，窃比稷与契。居然成濩落，白首甘契阔。盖棺事则已，此志常觊豁"云云，表白自己的志愿的正大与理想的高远，夹叙夹议，就是多入"理语"的；他的咏诸葛亮的名作《蜀相》，所谓"三顾频烦天下计，两朝开济老臣心。出师未捷身先死，长使英雄泪满襟"，寓感慨于评论，成为对这位历史人物命运功过的千古定评。后来宋诗多说理，宋人欣赏杜甫，杜甫善用"理语"给予相当大的影响。所以，写诗，理语不是绝不可用，关键看是否用得其所，用得是否必要、得当而已。

回过头再来说文天祥，他确实是中国历史上以爱国精神彪炳千古的英雄人物，他在长年囚系的非人环境中，面对蒙古酋帅的威胁利诱，写出《正气歌》，慷慨陈词，正气凛然，令人景仰、感动；不过如果就诗论诗，就艺术表现说，应当承认，他的说理比起杜甫来则确乎大有差距了。

词　藻

．

　　但无论怎么说，写诗，做到当行本色，还是得多用"诗家语"。钱锺书选宋诗，"押韵的文件不选，学问的展览和典故成语的把戏不选，大模大样的仿照前人的假古董不选，把前人的词意改头换面而绝无增进的旧货充新也不选……"，他举出的几个不选的理由，大都和使用词语即所谓"词藻"相关系。

　　"词藻"，即修饰性的字面、藻绘的词语。语言作为交流工具，按其基本功能说，"达意"即可。但文学是语言艺术，因而对语言运用提出更高要求；文学创作注重形象的描绘、情感的抒发，就要使用新颖、丰富、形象生动、富于美感的词语，即"词藻"。汉语是历史悠久、使用人口众多的语言，长期发展中积累起数量极其庞大的词藻，而且在不断地创造、补充新的词藻。这是值得骄傲的文化资源，给文学创作提供了卓越、有效的表达工具。

　　谈词藻，不能不注意到辞赋，特别是汉赋。大量罗列词藻是汉赋表现上的一大特征。左思（250？－305）批评汉代大赋，说过这样一段话：

> 　　（司马）相如赋《上林》，而引卢橘夏熟；扬雄赋《甘泉》，而陈玉树青葱；班固赋《西都》，而叹以出比目；张衡赋《西京》，而述以游海若。假称珍怪，以为润色，若斯之类，匪啻于兹。考之果木，则生非其壤；校之神物，则出非其所。于辞则易为藻饰，于义则虚而无征……（《三都赋序》）

这是批评汉赋排比声韵、罗列词藻、多出虚饰的。刘勰也曾指出："自宋玉、景差，夸饰始盛，相如凭风，诡滥愈甚。故上林之馆，奔星与宛虹入轩;从禽之盛,飞廉与鹪鹩俱获。及扬雄《甘泉》,酌其余波,语瑰奇,则假珍于玉树;言峻极,则颠坠于鬼神。"(《文心雕龙·夸饰》)这也是指出司马相如、扬雄赋里描写珍禽异兽、奇树异草等等,极尽"夸饰"而内容空洞,因而给予"诡滥"的批评。对于汉赋,可以做各种评价。其表现上罗列排比,讲究藻饰,确有伪滥之弊。不过就其对于词藻的创新和运用说,又确乎有所贡献。

接续汉代的魏晋是鲁迅所说"文学的自觉"时期。文学观念的进步,也表现在对于艺术形式的追求,其中重要一点就是重视语言的修饰,包括运用词藻。这是汉语发展史和中国文学史上承续汉赋又一个大量创造、积累词藻的时期。晋陆机(261—303)作《文赋》,当时观念上是以"有韵为文"的,开头一段概说写作之道,就提出"嘉丽藻之彬彬";后来刘勰论文,也强调"绮丽以艳说,藻饰以辩雕";萧绎(508—554)在《金楼子·立言》篇更主张"至如文者,维须绮縠纷披,宫徵靡曼,唇吻遒会,情灵摇荡",这里所谓"绮縠纷披"讲的就是词藻的丰富多彩。这一时期的文坛风气整体上的雕绣藻绘,萎靡华艳,历来多受讥评,但在艺术技巧上有两方面是成绩卓著的,一是声韵规律的发明和总结,再是创造、积累大量富于表现力的词藻。这两方面,都为唐宋文学的繁荣作了准备,打下了基础。

词语的新颖、华美,乃是强化作品表现力和感染力的重要手段,是艺术技巧的重要标志。汉语历史悠久,大量富于内涵、形式优美的词藻可供诗歌创作使用;富有才情的诗人们又不断创造新的词藻,增强作品的感染力,也丰富了文学语言的宝库。

词语的创新,"词藻"的运用,可以举一个例子:"红雨"。从字面理解,"红雨",红色的雨,是表气候现象的词。但在李贺诗里,"桃花乱落如红雨"(《将进酒》),"红雨"作为修饰性字面,则是描绘桃花缤纷坠落的词藻了。听外国一位汉学家讲翻译中国诗歌之难,说有时候完全传达不出原来的诗意,就曾举这个例子:翻译成英语的 red rain,怎么也不能让人联想到"桃花乱落"的意象。与李贺同时的刘禹锡有诗《百舌吟》,有句曰"花树满空迷处所,摇动繁英坠红雨",则又用"红雨"来形容一般的落花。这样,"红雨"作为词藻,被创造出来,在两个意义上被后来的诗人们频繁使用:一是专门指桃花,一是泛指落花。前者的例子,如苏轼"净眼见桃花,纷纷堕红雨"(《次韵表兄程正辅江行见桃花》),王安石"酒酣弄笔起春风,便恐漂零作红雨"(《纯甫出僧惠崇画要予作诗》),陆游"舟行十里画屏上,身在西山红雨中"(《连日至梅仙坞及花泾观桃花抵暮乃归》),厉鹗"红雨寻归路,青山著小斋"(《樊榭山房集续集》五《三月六日顾丈月田招同人凤凰山看桃花至包家山分韵二首》之二),等等。泛指落花的,如黄庭坚"心在青云故人处,身行红雨乱花间"(《道中寄景珍兼简庾元镇》),杨万里"日落碧簪外,人行红雨中"(《春日六绝》之五),陆游"堕空花片纷红雨,遍地苔痕长绿钱"(《新辟小园》),等等。如果在电脑上检索,还会发现更多例子。"红雨"就这样成了一个形态稳定、具有美感的修饰性字面——词藻。而如果翻检类书《册府元龟》(其基本功能之一就是给写诗的人提供"词藻")或辞书《汉语大词典》,会看到许多"雨"字结尾的词,其中大部分是修饰性的,如"春雨"、"秋雨"、"朝雨"、"暮雨"、"残雨"、"珠雨"、"杏花雨"、"梨花雨"等等,都和"红雨"一样,乃是富于装饰性、具有一定美感、适于写诗的词藻。本书第一节《说"识字"》,引述鲁迅《人生识字糊涂始》一文里谈到"书本子上的词汇",如"崚嶒"、"巉岩"、"幽婉"、"玲珑"、"蹒跚"、"噯嚅"等等,也都是这样的词藻。

词藻不一定是华艳的。杜甫名作《望岳》的前两句:"岱宗夫如何?齐鲁青未了。"其中具有实义的词三个:"岱宗"、"齐鲁"、"青"。前面两个是古旧的词语,也是"词藻"。杜甫使用的时候,利用了它们历史积累的内涵。"岱宗"即泰山,这个词早在《尚书》里已经用了,在长期发展中,又逐渐增添起更丰富的意义:它是中国历史上的名山,"五岳"之首;它是历代王朝封禅之地,而封禅是祭祀天地的大典;它又是宗教圣地;传说中它是死后灵魂聚居之处,泰山神是阴界的总管,等等。"齐鲁"本是地名,而这本是指当年孔孟弦歌之地,历代相传的礼仪之邦;《论语·雍也》记载孔子曾说:"齐一变至于鲁,鲁一变至于道。"包咸注:"言齐鲁有太公、周公之余化,太公大贤,周公圣人,今其政教虽衰,若有明君兴之,齐可使如鲁,鲁可使如大道行之时。""齐鲁之政"、"齐鲁之风"、"齐鲁礼义之乡"从而成为道德、政治的理想。"青"字本是普通的表色彩的词,诗里描绘蔓延在气势雄伟的泰山和齐鲁大地上的一片"青葱",苍茫边际。这样,两句诗,十个字,不只写出在苍茫大地上巍峨高山的壮观,又让人联想到丰富的文化内涵,透露出浓厚的历史感。这就为下面抒发"望岳"的感受作了内容深厚的铺垫。创造这样的意境,"岱宗"、"齐鲁"等几个词语起了很大作用。

这样,总起来看,作为"诗家语"的"词藻"有这样一些特征:

是书面语,在口语里很少用或不用;

是富文采的,是所谓"谢朝华于已披,启夕秀于未振"(陆机《文赋》)、体现"文辞之变"(《文心雕龙·情采》)的;

它们词义往往是多义的,使用时词性往往可以变化,这就给运用提供了变化空间;

它们具有一定的感情色彩;

讲究形式美,例如构成词语的字形是同样偏旁的形声字,语音是双声、叠韵的,等等;

更重要的一点是,语言中的"词"本来是概念的外壳,而概念的内涵、外延应当是清晰的,但是词藻的使用却并不必遵循思维和语言的这种逻辑。词藻重在创造形象,予人美感,多方面发挥联想、象征、比喻等功能,给读者留下想象的空间。

以上这些特点,是"诗家语"所要求的,是和作为一般交际工具的语言的"词语"不同的。在诗歌创作里,诗人把词藻进行巧妙地搭配、组合，又着意创造新的词藻。当然如上所说，词藻只是表现手段，好诗终归还需要真情实感的抒写、流露。

意 象

　　写诗如果只追求用语表面的华丽新异，内容空洞乃至虚伪，就流入所谓"玩弄词藻"的恶习。这是前面已提到的汉代辞赋和六朝一些诗文让人诟病的原因。例如上引左思《三都赋序》批评的张衡（78—139）的《西京赋》，写西京上林苑里"木则枞栝棕柟，梓椫楩枫，嘉卉灌丛，蔚若邓林"云云，昆明池"中则有鼋鼍巨鳖，鱣鲤鲋鲖，鲔鲵鳡鲨，修额短项，大口折鼻，诡类殊种；鸟则鹔鹴鸧鸹，鸳鹅鸿鹥"云云，罗列奇文异字，如抄写字书，缺乏内含，更谈不到"诗意"了。这样，与诗的运用"词藻"相关联，还有另一个概念——"意象"。

　　"意象"，谓富于形象的寓意。词语表达一定的"意象"，才算是好的词藻，才适合用在诗里。这也是"诗家语"应当达到的境界。汉语在长期发展中，特别是历代文人创作，给一个个词语在其本来义之上不断叠加新的内涵，它们表达的意象从而不断得以扩充。写诗，选择、运用富于意象的词藻是语言运用的技巧。中国诗歌的文化意蕴丰厚也体现在这里。

　　掌握丰富的，意象生动、深厚的词藻是写出好诗的必要条件。这要有一定的文化素养为基础。同样，读诗，善察诗意，有能力欣赏、认识、体会作品提供的一个个意象，也需要一定学识的积累。

　　钟嵘的《诗品》颇有"反潮流"精神，在当时诗坛华艳雕琢之风盛行的形势下，提倡自然真美，反对使典用事，他在序言中说：

　　　　至乎吟咏性情，亦何贵于用事？"思君如流水"（徐幹《室
　　　思诗》），既是即目；"高台多悲风"（曹植《杂诗》），亦惟所见；

"清晨登陇首",羌无故实;"明月照积雪"(谢灵运《岁暮诗》),
讵出经、史。(《诗品序》)

他举出的几联诗,确实都是好诗,又确实没有使典"用事",自然清
新,明白如话。可是从严格意义说,这些诗句又不能说是全然"直
寻"的。它们所用的一些词语已包含历代文人创作长期积累的丰
富的内涵,即包含具有一定思想内容和感情色彩的意象。诗人使
用这些意象,也就能够把自己的思想感情表达得更深切、更动人。
下面略作说明。

诗歌里使用"流水"一词,往往已不是"流动的水"的意思。《论
语》里有孔子著名的话:"逝者如斯夫,不舍昼夜!"这是借用流水表
达时光流逝的感慨、自强不息的意愿。《孟子》里说到"流水之为物
也,不盈科不行;君子之志于道也,不成章不达。"(《孟子·尽心
上》)这则是以"流水"比喻人的修养。而《诗经·沔水》有句曰"沔
彼流水,其流汤汤",是形容河水充沛、浩大,长流不息的气势。这
样,早自先秦时期,"流水"形成的意象,已包含两个基本义:一是河
水汤汤,长流不息;一是隐喻对于人生的看法。后世诗人写诗,使
用"流水"一词,往往利用这些联想。如屈原《湘君》:"荒忽兮远望,
观流水兮潺湲。"(《楚辞》卷二《九歌》);《哀郢》:"望北山而流涕,临
流水而太息。"(《楚辞》卷四《九章》);陆机《赠弟士龙》:"行矣怨路
长,惄焉伤别促。指途悲有余,临觞欢不足。我若西流水,子为东
峙岳。慷慨逝言感,徘徊居情育。安得携手俱,契阔成𫍲服。"(《陆
士衡文集》卷五)等等。徐幹的"思君如流水"同样利用了上述古人
的意象。后来李白怀念杜甫的"思君若汶水,浩荡寄南征"(《沙丘
城下寄杜甫》)、李后主的"问君能有几多愁,恰似一江春水向东流"
(《虞美人》),则与徐幹有异曲同工之妙,都是化用"流水"意象的
名句。

"悲风"这个词,读过《楚辞》的人立即会联想到屈原《九章·悲
回风》和宋玉《九辩》的开头两句:"悲哉秋之为气也,萧瑟兮草木摇

落而变衰。""风"之"悲"被他们赋予具体情境，让人联想到节气变化、万物摇落、人生际遇，等等，充满悲凉感慨。"悲风"作为诗语，如钟嵘指出，则是曹植首创的。他多次使用，如《节游赋》："丝竹发而响厉，悲风激于中流。"《杂诗》之五："江介多悲风，淮泗驰急流。"《赠王粲》："悲风鸣我侧，羲和逝不留。"《杂诗》："悠悠远行客，去家千余里。出亦无所之，入亦无所止。浮云翳日光，悲风动地起。"《浮萍篇》："悲风来入帷，泪下如垂露。"《野田黄雀行》："高树多悲风，海水扬其波。"等等。后来诗人广泛利用这一意象。仅以陶渊明和杜甫诗为例：陶渊明《丙辰岁八月中于下潠田舍获》诗："悲风爱静夜，林鸟喜晨开。"《饮酒二十首》之十六："弊庐交悲风，荒草没前庭。"杜甫《题李尊师松树障子歌》："怅望聊歌紫芝曲，时危惨澹来悲风。"《收京》："莫令回首地，恸哭起悲风。"用在这些诗里的"悲风"，不但形象鲜明，更体现强烈的感情色彩。

"陇头"是一个清晰的边关意象。古乐府横吹曲辞里有《陇头流水歌辞》(《乐府诗集》卷二五)，胡仔《诗话总龟》里解释说："《陇头吟》，陇州有大陇、小陇二山，即天水大坂也。古词云：'陇头流水鸣幽咽，遥望秦川肠欲绝。'作是诗者，著征役之思耳。"(《诗话总龟》前集卷七)边塞的荒凉与遥远，离人的艰辛与寂寞，在这个词语里都清楚地被表现出来。"陇头"、"陇头水"，还有稍加变换的"陇首"等等，就成为描写边塞、带给人强烈苍茫、悲凉感情的常用语。如庾信《伤心赋》："望陇首而不归，出都门而长送。"《拟咏怀》："不言登陇首，唯得望长安。"高适《送白少府送兵之陇右》："践更登陇首，远别指临洮。"李白《古风》之二十二："秦水别陇首，幽咽多悲声。胡马顾朔雪，躞蹀长嘶鸣。"王维《陇头吟》："长城少年游侠客，夜上戍楼看太白。陇头明月迥临关，陇上行人夜吹笛。"等等。这样，陇头就不再是一个具体地名，而是一个符号，一种象征。它不但具有一定的内容指向，还带有固定的感情色彩。

"明月"本是常见物象，含义本来十分清楚。作为普通、常用诗语,如曹操《短歌行》的"月明星稀,乌鹊南飞"、《古诗十九首》的"明月何皎皎,照我罗床帏",等等,意象内涵则更加丰富多彩。"明月"一词的内涵随作品主题、题材而变化,往往透过明丽的景象让人感受宇宙的神秘、天地的悠远、离情别绪的感伤、刻骨铭心的思念,等等。这里不必赘述。

这样,一代代诗人创作使用具有丰富意象的词藻,赋予它们"诗情",又不断给已有的意象增添新的内涵。中国诗歌创作悠久的历史,也就这样积累起无数内涵丰富、表达鲜明、生动"意象"的词藻。它们不只提供给诗人从事创作,也丰富、发展了汉语词汇。汉语词汇乃是一个巨大的文化宝库,每一个使用汉语的人都从中受益。

中国历史上有"诗教"的传统。"诗教"的"教",对于统治者,一方面倾听民间诗诵以了解民情,另一方面利用诗歌来行"教化",正风俗;对于民众,诗歌提供教养的手段,从中接受感情教育、美的享受。这当中,意象丰富的词藻、"诗家语"发挥巨大的作用。对于诗人,掌握丰富的词藻是创作成功的必要条件;对于读者、诗的欣赏者,认识、理解词藻是解读作品的津梁;对于一般人,掌握一定数量的词藻也是文化涵养所需要,是文化水准的标志。人的优雅谈吐需要词藻来装点;词语贫乏,语言乏味是教养缺欠的表现。所以充实、丰富写作和言谈的词语,也是一生修养功夫。

说"炼字"

"一字为功"

王国维在《人间词话》里说：

> "红杏枝头春意闹"，著一"闹"字而境界全出；"云破月来
> 花弄影"，著一"弄"字而境界全出矣。

他举出的是两阕词里的句子："红杏枝头春意闹"出宋祁的《玉楼
春》，"云破月来花弄影"出张先的《天仙子》。王国维论诗，主"境
界"说，讲"有我之境"、"无我之境"等等，注重意境整体的完美。但
他这段话提出词的一句，又强调其中一个字对于创造"境界"的作
用。两句词一个写春景，一个写夜景，都是用动词"闹"或"弄"描摹
出景物的动态，让意象鲜活起来。这就是古人所谓"炼字"功夫。

笔者在前文讲"诗语"，说写诗讲究锤炼语言。古代诗歌发展
到近体律、绝，继而兴起词和曲，更特别要求语言的声韵和谐，对
仗工稳，用词精工、新颖、生动等，都涉及用"字"的技巧。近代写
新诗，不少人认为应当从古诗严格的格律中解放出来，另有些人
则主张创造新的格律。闻一多是持后一种意见最有力的一位，也

是创新格律实践相当成功的一位。例如他的新诗集《死水》里的同名作品《死水》，是一首使用隐喻手法揭露、讽刺旧中国社会腐败的诗：

> 这是一沟绝望的死水，
> 春风吹不起半点漪沦。
> 不如多扔些破铜烂铁，
> 爽性泼你的剩菜残羹。
>
> 也许铜的要变成翡翠，
> 铁罐上锈出几瓣桃花。
> 再让油腻织一层罗绮，
> 霉菌给他蒸出些云霞……

这里只录两小节，整齐的句子构成整齐的段落（所谓"豆腐块体"），每句四个音步形成整齐的音情顿挫，使用词语（每个字）特别形象、精粹。闻一多形容写诗是"带着锁链跳舞"。借用这个说法，他正是带着沉重的锁链展现了技巧与才能。这实际也是消化、发扬中国古典诗歌写作的传统艺术，包括"炼字"的技巧。

沈括的《梦溪笔谈》说：

> 小律诗虽末技，工之不造微，不足以名家，故唐人皆尽一生之业为之。至于字字皆炼，得之甚难。但患观者灭裂，则不见其工。故不唯为之为难，知音亦鲜。

近体律、绝篇幅窘狭。古人说"五言律如四十贤人，著一屠沽不得"（胡应麟《诗薮》内篇卷五）。除了排律，近体律、绝字数最多的七律也只有五十六个字。创作中每下个字都必须特别精心、珍惜，竭尽所能发挥它们最大的表现力。这样，一首成功的作品往往在用字技巧上显示功力与精彩。这就是所谓"邪正在一字间"（周紫芝《竹坡诗话》），也即下面胡仔所谓"一字为功"。

宋人胡仔评论孟浩然和杜甫说：

> 诗句以一字为工，自然颖异不凡，如灵丹一粒，点石成金也。浩然云："微云淡河汉，疏雨滴梧桐。"（此断句见王士源《孟浩然集序》；皮日休《郢州孟亭记》，《唐文粹》卷七四）上句之工，在一"淡"字；下句之工，在一"滴"字。若非此二字，亦乌得而为佳句哉！如六一居士（欧阳修）《诗话》云：陈舍人从易偶得杜集旧本，文多脱误，至《送蔡都尉》云"身轻一鸟"（《送蔡希鲁都尉还陇右因寄高三十五书记》，《杜少陵集详注》卷三），其下脱一字，陈公因与数客论，各以一字补之，或云"疾"，或云"落"，或云"起"，或云"下"，或云"度"，莫能定。其后得一善本，乃是"身轻一鸟过"，陈公叹服。余谓陈公所补数字不工，而老杜一"过"字为工也。又如（王安石）《钟山语录》云："暝色赴春愁"（皇甫冉《归渡洛水》，此句《对床夜语》等误传为杜诗），下得"赴"字最好，若下"起"字，便是小儿语也；"无人觉来往"（杜甫《西郊》），下得"觉"字大好。足见吟诗要一两字工夫。观此则知余之所论，非凿空而言也。（《苕溪渔隐丛话》后集卷九）

又宋人范温有诗话《潜溪诗眼》（已佚，有郭绍虞《宋诗话辑佚》的辑本），多讨论写诗用字的技巧。他同样强调"炼字"，也举出一些例子：

> 《诗眼》云……好句要须好字，如李太白诗"吴姬压酒唤客尝"，见新酒初熟，江南风物之美，工在"压"字；老杜《画马》诗"戏拈秃笔扫骅骝"，初无意于画，偶然天成，工在"拈"字；柳（宗元）诗"汲井漱寒齿"，工在"汲"字。工部（杜甫）又有所喜用字，如"修竹不受暑"，"野航恰受两三人"，"吹面受和风"，"轻燕受风斜"，"受"字皆入妙。老坡尤爱"轻燕受风斜"以谓燕迎风低飞，乍前乍却，非"受"字不能形容也。至"于能事不受相促迫"，"莫受二毛侵"，虽不及前句警策，要自稳惬尔。

（《苕溪渔隐丛话》前集卷八）

宋人范希文同样论杜诗用字，又具体到颜色词的使用：

> 老杜多欲以颜色字置第一字，却引实字来。如"红入桃花
> 嫩，青归柳叶新"（《奉酬李都督表丈早春作》，《杜少陵集详注》
> 卷九）是也。不如此则语既弱而气亦馁。他如"青惜峰峦过，
> 黄知橘柚来"（《方船》，同上卷一二），"碧知湖外草，红见海东
> 云"（《晴二首》之一，同上卷一五），"绿垂风折笋，红绽雨肥梅"
> （《陪郑广文游何将军山林十首》之五，同上卷二），"红浸珊瑚
> 短，青悬薜荔长"（《观李固请司马弟山水图三首》之三，同上卷
> 一四），"翠深开断壁，红远结飞楼"（《晓望白帝城盐山》，同上
> 卷一五），"翠干危栈竹，红腻小湖莲"（《寄岳州贾司马岳丈》，
> 同上卷八），"紫收岷岭芋，白种绿（通行集本作"陆"）池莲"
> （《秋日夔府咏怀》，同上卷一九），皆如前体。若"白摧朽骨龙
> 虎死，黑入太阴雷雨垂"（《戏为韦偃题双松图歌》，同上卷九），
> 益壮而险矣。（《对床夜语》卷三）

上面三段话里举出的例子，从用字的技法看情况不同：有的属于用字的拣选，有的属于字义的活用，有的属于词性的转换，有的属于词语的搭配，等等。但是全都表明，一个精彩的字，对创造意境、表达情韵起着十分重要的作用，往往能够提起整句乃至全篇的精神。日本汉学家吉川幸次郎曾说特别重视语言是中国文学传统上的特点。这一点在诗歌创作中表现尤然。这和汉语语言、文字的特征，和古诗的格律等有多方面的关联。诗歌语言艺术的高度精美往往体现在这里。古人选词用字的精确，技巧的娴熟，靠的是他们的真才实学和创作态度的刻苦与严谨，当然还要靠他们杰出的才情和他们对于所写对象的细致观察、亲切体验。那些优秀诗人对于用字往往独具一般人难以企及的感受力和表现力。而如前引沈括说的，"知音亦难"，我们欣赏这一点也必须具备必要的艺术修养，包

括关于语言文字的知识与技能。

　　顺便说说,即使到近代,提倡白话文,写新诗,前辈大家同样重视语言的锤炼,注重用字的准确、妥帖、富于表现力。这也成为他们的作品值得欣赏、玩味、富于美感的重要原因。在这一点上,今人的作品显然是大不如前了——当然,这是就总体上说。

"一字师"和"诗中眼"

　　到晚唐,诗坛传出不少"一字师"的故事。这是特别注重"炼字"的表现,也是结果。人们耳熟能详的是关于齐己《早梅》诗的:

　　　　郑谷在袁州,齐己因携所撰诗往谒焉,有《早梅》诗曰:"前村深雪里,昨夜数枝开。"谷笑谓曰:"数枝非早,不若一枝则佳。"齐己矍然,不觉兼三衣叩地膜拜,自是士林以谷为齐己一字之师。(《五代史补》卷三)

齐己的全诗是:

　　　　万木冻欲折,孤根暖独回。前村深雪里,昨夜一枝开。风递幽香去,禽窥素艳来。明年犹应律,先发映春台。

如果照应全篇,改"数"为"一",确实能更形象地表现早开寒梅迎风斗雪的孤傲精神。类似的传说,著名的还有关于一首《御沟诗》的。"御沟"指宫城的护城河。《唐子西语录》记载说:

　　　　皎然以诗名于唐,有僧袖诗谒之,然指其《御沟诗》云:"'此波涵圣泽','波'字未稳,当改。"僧怫然作色而去。僧亦能诗者也。皎然度其去必复来,乃取笔作"中"字掌中,握之以待。僧果复来,云:"欲更为'中'字,如何?"然展手示之,遂定交。要当如此乃是。又《郡阁雅言》云："王贞白，唐末大播诗名，《御沟》为卷首，云：'一派御沟水，绿槐相荫清。此波涵帝泽，无处濯尘缨。鸟道来虽远，龙池到自平。朝宗心本切，愿向急流倾。'自谓冠绝无瑕，呈僧贯休，休公曰：'此甚好，只是剩一字。'贞白扬袂而去。休公曰：'此公思敏。'取笔书'中'字掌中。逡巡，贞白回，忻然曰：'已得一字，云"此中涵帝泽"。'休公将掌中示之。"二说不同，未知孰是。（魏庆之《诗人玉屑》卷八）

两部书记载同一个改诗的事例，落实到不同人身上。这类故事传闻异辞，本来就不可坐实（如就《御沟诗》论，应是王贞白作的），不过都反映晚唐宋初诗坛注重"炼字"的风尚。类似的故事不少，不具引。

值得注意的是，这类改诗故事多和僧人有关系。中唐以来，佛教禅宗大盛，禅宗丛林里出现许多诗僧。僧人生活一般枯淡，写诗内容不免局狭。他们写诗更多在推敲字句上用功夫，和这种境况有关系。又从中、晚唐诗坛总体发展形势看，社会动乱，文人仕途多蹇，他们已难有盛唐时期那种激昂扬厉或雄奇沉郁的气概，多写篇幅短小、更讲究格律的近体律、绝，也更注重在文字技巧上逞才华。诗坛上追求"一字之功"的风气遂兴盛起来。

继而又有"诗眼"之说。《世说新语·巧艺》篇有个掌故，说"顾长康（顾恺之）画人或数年不点目精，人问其故，顾曰：'四体妍蚩，本无关于妙处，传神写照，正在阿堵中。'"前面已经引述过范温《潜溪诗眼》里的一段话。他所谓"诗眼"，有自诩得论诗的"正法眼"（这是佛法的概念）之意；另外一个意思，就是指写诗如顾恺之说的绘画点睛，用一个字来"传神写照"（有关"诗眼"的论述，当与禅宗谈禅有关系，以后有机会再做介绍）。这种"诗眼"观念和"一字诗"的传说一样，都体现宋人"以文字为诗"的创作风气。

魏庆之《诗人玉屑》卷八有《句中有眼》条，说明何者为诗的"眼"：

汪彦章移守临川，曾吉甫（曾几）以诗迓之，云："白玉堂中

曾草诏,水晶宫里近题诗。"先以示子苍(韩驹),子苍为改两字
云:"白玉堂深曾草诏,水晶宫冷近题诗。"迥然与前不侔,盖句
中有眼也。古人炼字,只于眼上炼。盖五字诗以第三字为眼,
七字诗以第五字为眼也。

这里举出的是曾几的一联佚诗和韩驹的改动:前一句的"中"改为
"深",后一句的"里"改为"冷",都是用形容词替换单纯的方位词,
赋予诗句形象与动态。魏庆之说如此是"于眼上""炼字",即这两
个字就是"诗眼"。引文里又说"第五字为眼","五"应为"四"之讹。
这样他又把"诗眼"的位置确定下来,看法显然是过于僵化了。众
所周知,典型地体现宋人"以文字为诗"特征的是黄庭坚及其后继
的江西诗派。曾几和韩驹都列名江西诗派。黄庭坚则有诗说:

> 拾遗句中有眼,彭泽意在无弦。顾我今六十老,付公以二
> 百年。(《赠高子勉》,《豫章黄先生文集》卷一二)

这是提出诗歌创作的两种理想的境界。所谓"拾遗句中有眼"的
"眼",即"诗眼"、精彩的关键字;"意在无弦"指表意自在浑融,不着
痕迹。他认为杜甫和陶渊明代表写诗的这两种境界。这二者,前
者可以通过刻苦锻炼而成,后者则是不可学的。黄庭坚和江西诗
派是标榜宗杜(甫)的。当然,无论才情、境界乃至艺术技巧,他们
显然都不能与杜甫相比。黄庭坚更多着眼于所谓"夺胎换骨"、"点
铁成金"之类推敲字词的技法,即具体的"诗法",正表现他的眼界
和才能与杜甫的差距。不过这些技巧是可学的,所以这一派人才
能够拿来传宗立派。陈师道称赞黄庭坚说:

> 句中有眼黄别驾,洗涤烦热生清凉。(《答魏衍黄豫勉予
> 作诗》)

作《江西诗社宗派图》的吕本中则说:

> 句中要有眼,非是要句句有之。只一篇之中一两句有眼,

便是好诗。老杜诗篇篇皆然。(林之奇《记闻下》,《拙斋文集》卷二)

吴则礼又曾具体论及杜甫的《丹青引》:

> 丹青之引有句眼,昨者少陵今隐居。(《二疏遗荣图》,《北湖集》卷二)

蔡沈评论李、杜诗:

> 少陵备众体,太白真谪仙。微情寄风月,肺腑皆天然。自从句中眼,一字千金钱。于今百余载,诵说如河悬。(《蔡九峰集·读江西诗呈游光化料院》,《永乐大典》卷八九九)

这样来评价杜甫,也对也不对:对在对于杜甫推敲字词的功夫确有心得;不对在如果仅就此来肯定杜甫,则显得眼界过于偏狭了。

黄庭坚领袖一代诗坛,影响巨大。所谓"句中眼"、"诗眼"成为一时论诗的话头。已经提到的范温的诗话体著作《潜溪诗眼》如此,释惠洪的《冷斋夜话》也是如此。后者里有《句中眼》一条:

> 造语之工,至于荆公、东坡、山谷尽古今之变。荆公曰:"江月转空为白昼,岭云分暝与黄昏。"(《登宝公塔》,《临川文集》卷一七)又曰:"一水护田将绿绕,两山排闼送青来。"(《书湖阴先生壁二首》之一,《临川文集》卷二九)东坡《海棠诗》曰:"只恐夜深花睡去,高烧银烛照红妆。"又曰:"我携此石归,袖中有东海。"(《文登蓬莱阁下石壁千丈……》,《东坡集》卷一八)山谷曰:"此皆谓之句中眼,学者不知此妙,语韵终不胜。"(《冷斋夜话》卷五)

这还是一般地讲字词的拣选、提炼。另一段话则明确指出"句中眼"所在:

> 诗言其用不言其名,用事琢句,妙在言其用不言其名耳。

此法唯荆公、东坡、山谷三老知之。荆公曰："含风鸭绿鳞鳞起，弄日鹅黄袅袅垂。"（《南浦》，《临川文集》卷一七）此言水、柳之用，而不言水、柳之名也。东坡别子由诗："犹胜相逢不相识，形容变尽语音存。"（《子由将赴南都……》，《东坡集》卷八）此用事而不言其名也。山谷曰："管城子无食肉相，孔方兄有绝交书。"（《戏呈孔毅父》，《山谷集》卷三）又曰："语言少味无阿堵，冰雪相看有此君。"（《次韵外舅谢师厚……》，《山谷外集》卷六）又曰："眼见人情如格五，心知世事等朝三。"（《漫书呈仲谋》，《山谷外集》卷一三）"格五"，今之蹙融是也。《后汉》注云："常置人于险处耳。"然句中眼者，世尤不能解。语言者，盖其德之候也。故曰："有德者必有言。"王荆公欲革历世因循之弊，以新王化，作《雪诗》，其略曰："势合便疑包地尽，功成终欲放春回。农家不验丰年瑞，只欲青天万里开。"（《冷斋夜话》卷四）

这里第一首王安石诗，"鸭绿"、"鹅黄"是两个起指代作用（水、柳）的颜色词；第二首苏轼化用唐人贺知章的《回乡偶书》："少小离家老大回，乡音无改鬓毛衰。儿童相见不相识，笑问客从何处来。"前一例是利用指代把概念变成鲜活的形象；后一例櫽栝贺诗表达隽永的情意。如此用字都有助于诗的整体的表现力。但下面几例，特别是"格五"、"朝三"之类，则像是文字游戏了。这应算是雕词琢字的末流了。

"炼字"与"炼意"

"炼字"本是中国诗歌创作的传统。谢灵运写古体诗，十分专注字词的雕饰。他的名句，如"白云抱幽石，绿筱媚清涟"（《过始宁墅诗》)、"池塘生春草,园柳变鸣禽"(《登池上楼诗》)、"扬帆采石华,挂席拾海月"(《游赤石进帆海诗》)等等,都字字锤炼,稳妥精当,铢两相称。特别是每一句中间表达动态的词,起到替全句、全篇点睛的作用,也可说是"诗眼"。胡应麟曾评论说:

> "池塘生春草",不必苦谓佳,亦不必谓不佳。灵运诸佳句,多出深思苦索。如"清晖能娱人"之类,虽非锻炼而成,要皆真积所致,此却率然信口,固自为奇。(《诗薮》外编卷二)

就是说,这类诗句像是夺口而出,不露雕饰痕迹,却是真情实才、丰厚积累的结果。另一方面,这样的诗句描摹出如画的境界,传达出对自然景物的亲切体验,又并不给人有意雕凿的印象。

古典诗歌发展到盛唐,诸体皆备,特别是近体格律诗高度成熟。盛唐大家如李、杜、王、孟、高、岑的创作,格律之精严,词语之精美,包括运用字词的技巧,都达到艺术上的极致。黄庭坚等人视杜甫为"炼字"的典范,是有一定道理的。中唐诸家继其后,力图开创新机,但多数人一方面才有不及,另一方面又受到时代环境限制,往往在艺术表现上炫奇献巧、雕琢文字以争胜,以至在选文用词上趋奇走险,则难免偏颇了。其中值得注意的是所谓"韩、孟诗派"。韩愈是以求"奇"著称的。他本人的立意本在"能自树立,不因循",加上他才高气盛,诗文写作确能另辟新境,形成艺术风格独特的一派。他也追求"规模背时利,文字觑天巧"(《答孟郊》),"雕刻文刀利,搜求智网恢"(《咏雪赠张籍》),选词用字戛戛生新。因为他学植丰厚,大才逼人,写诗虽有奸穷变怪的流弊,但雄奇脱俗的诗作,在艺术上确实取得值得重视的成就。可是他的后学所谓"韩门弟子"却不免走偏锋了。例如孟郊、贾岛等"苦吟"一派,着力字锻句炼,追求奇词险语,制造幽玄寒俭的意境。孟郊自述创作经验曾说"两句三年得,一吟双泪流"(《题诗后》)。他的《苦寒吟》说:

> 天色寒青苍,北风叫枯桑。厚冰无裂文,短日有冷光。敲

石不得火,壮阴正夺阳。调苦竟何言,冻吟成此章。(《孟东野诗集》卷一)

如此写寒冬感受,字字经刻苦锻炼而来。唐末卢延让有《苦吟》诗,颇能形容出这一派的创作态度:

莫话诗中事,诗中难更无。吟安一个字,捻断数茎须。险觅天应闷,狂搜海亦枯。不同文赋易,为著者之乎。(《全唐诗》卷七一五)

如前所说,晚唐五代社会混乱,政治衰败,不再可能培养出盛唐那种高昂奋迅的精神,诗人们的心理普遍地倾向幽僻偏枯一途,创作者也就多写琐细幽僻的身边景物和音像,从而也难免专注于文字的雕琢了。又这一时期诗僧活跃。如著名的贯休说:"无端为五字,字字鬓星星"(《偶作》);前面提到过的齐己说:"五七字中苦,百千年后清"(《逢诗僧》)。他们也都致力于字句的雕琢。范希文曾批评贯休说:

"枫根支酒瓮,鹤虱落琴床。"贯休诗也。"鹤虱"两字,未有人用。又"童子念经深竹里,猕猴拾虱夕阳中",亦生。(《对床夜语》卷五)

所谓"生",指生僻、险怪。贯休诗里这类句子还可以举出很多,如"乳鼠穿荒壁,溪龟上净盆"(《桐江闲居作十二首》)、"浮藓侵蜗穴,微阳落鹤巢"(同上)、"石獭衔鱼白,汀茅侵浪黄"(《秋末入匡山船行八首》)、"印缺香崩火,窗疏蝎吃风"(《寄怀楚和尚二首》),等等,写的都是涉想奇辟、难以入诗的景物,造成的意境极其生僻怪诞。齐己同样也有意追模孟、贾的苦吟功夫。他说"觅句如觅虎"(《寄郑谷郎中》)。写到自己的创作体验,又说:"诗在混茫前,难搜到极玄。有时还积思,度岁未终篇。"(《寄谢高先辈见寄二首》之二)他用字的雕琢功夫不让贯休。如"霜杀白草尽,蛩归四壁根"(《永夜感怀寄郑谷郎中》）、"影乱冲人蝶，声繁绕堑蛙"（《残春》）、"鹤归寻僧去，鱼狂入海回"（《严陵钓台》）等等。当时诗僧的创作态度与整个诗坛风气相呼应，是与世俗诗人相互影响的。

"炼字"的流弊每下愈况，也就不断有人出来批评，从而有所谓"炼字不如炼意"、"炼字不如炼句"（《诗人玉屑》卷八）之说。前者是强调诗歌整体意境的浑融，后者则要求全句的精美。这当然都是有道理的。笔者前文讲"诗语"，曾提到钟嵘的《诗品》，其中已明确提出写诗要"即目"，"直寻"，"词不贵奇"，反对"拘挛补衲"，"襞积细微"，应求整体表现的"真美"等等。后来人讲诗史，往往集矢中唐以下，其"罪状"之一也在当时人创作过分着力于字句的雕琢，缺乏浑融的意境。

但是，这些都不能否定"炼字"在诗歌表现艺术领域的作用与意义。钟嵘《诗品》提出诗歌创作"非关文字"，实则也是一种极端、偏颇的看法。文学本是语言艺术，中国古典诗歌更是以语言的精练、优美见长。一首诗能够做到字字妥帖，又有精彩的用字作为"诗眼"，提起全句、全篇的光彩，显示诗人的"一字之功"，这种精致的语言技巧，也正体现中国古典诗歌艺术上的成就与优长。实际上，"炼字"技巧也是诗歌史长期发展积累的经验与成果。这种语言技巧本身并无害于诗作整体艺术上的完美，而且正是这种完美的具体体现。关键在如何运用，如何掌握艺术追求上的"度"而已。古人在这方面的成就与经验，是今人应当汲取和借鉴的。

作为余论，应当补充的是，艺术创作风格是多样的。诗歌也是如此。有些诗人不事文字锻炼，追求表达的平顺自然，用语晓畅以至浅俗。如果是经得起推敲的作品，这种文字也不是不经意可以写出的。看似脱口而出，实则作者有深厚的文字修养为底蕴，作品也是经过精心撰作的。这就是所谓"以俗为雅"，是和锻炼字句、追求"奇辞奥旨"两种路数。如白居易就是如此。

数字入诗

虚数和实数

宋沈括《梦溪笔谈》上说："杜甫《武侯庙柏》（诗集里名《古柏行》）诗云：'霜皮溜雨四十围，黛色参天二千尺。'四十围乃是径七尺，无乃太细长乎？"读过《梦溪笔谈》就会知道，沈括是一位很有科学头脑的人，他对杜甫写松树树干的直径和高度比例做了计算，说杜甫的写法是"文章之病"。杜甫另有《将赴成都草堂途中有作先寄严郑公五首》诗，是写给友人剑南节度使、成都尹严武以述志的，其中的第四首有句曰："新松恨不高千尺，恶竹应须斩万竿。"这又设想松树长到一千尺，是前首诗所提高度的一半。这些夸张的尺寸，正如李白诗里的"白发三千丈"、"飞流直下三千尺"等一样，读诗的人是不会胶着地理解的。清汪中《述学·释三九上》文中说："实数可稽也，虚数不可执也。"松树"二千尺"、白发"三千丈"等，是"虚数"，不是实写。这是写诗常用的夸饰手法。岑参从军西域，在荒山大漠度过严冬，一夜醒来，漫天飞雪，写诗说："忽如一夜春风来，千树万树梨花开。"（《白雪歌送武判官归京》）"千树万树梨花"的夸饰，写尽了大漠飞雪的壮观、美丽，又蕴涵着对中原故乡的怀念。柳宗元贬柳州,登上柳州城楼,远望围绕柳州城的柳江:"岭树重遮千里目,江流曲似九回肠。"(《登柳州城楼寄漳汀封连四州》)按常识,远望不能及"千里",柳江绕柳州城也没有"九"曲,只是一个马蹄形的大转弯。当时诗人被斥荒城,形同系囚,所以感到眼前景象窘狭,而江流如愁肠百结。陆游晚年写《秋夜将晓出篱门迎凉有感》:"三万里河东入海,五千仞岳上摩天。"这也是极度的夸张;接下来:"遗民泪尽胡尘里,南望王师又一年。""三万里"河、"五千仞"山,如此大好河山,沦于敌手多年,沦陷区的民众急切地盼望王师归来。这些诗句都是典型地用"虚数",以表达强烈的感情。夸饰、象征的"虚数"作为诗语,具有强大的艺术表现力。

写诗也用"实数"。本来"实数"更"实",作为数目字,计算起来是相当枯燥乏味的事。但在诗里用得好,用得贴切,同样能传达浓郁的诗情,造成感人的效果。同是杜甫的诗,著名的《绝句》:

> 两个黄鹂鸣翠柳,一行白鹭上青天。窗含西岭千秋雪,门泊东吴万里船。

二十八个字,用了四个数词。写这首诗,杜甫显然有意多用数字来取胜。这首诗前幅十四个字,用数词、彩色词、表动作的词,描摹出一幅晴空万里、鲜活生动的图画。这画面有个观赏者,就是诗人自己。黄鹂啼鸣,白鹭飞天,充满生机的画面烘托出观赏者的愉悦心情。诗是广德二年(764)在成都草堂写的。杜甫上元元年(760)春避"安史之乱"入蜀,来到成都,当时正是叛军铁蹄蹂躏中原的时候。过了五年,大乱甫定,回乡有望了。展目远看,西面是常年积雪的岷山,荒无人迹,当年避难,这里已经是无处可逃的绝地;再看眼前,长江是通达故乡的水路,江边有下峡远行的航船,承载着回乡的希望。这里的"千秋"、"万里",数字基本是写实的。这首小诗描绘风景,可说是尺幅千里。"两个"、"一行"、"千秋"、"万里",逐层叠加,意象由小到大,由近及远,声情流畅地描摹一幅真切生动的图画,抒写出诗人喜庆太平、期待回乡的愉悦心情。

再看一首词,不同于前面描绘风景,是叙事的。李煜的《破阵子》:

> 四十年来家国,三千里地山河。凤阁龙楼连霄汉,玉树琼枝作烟萝,几曾识干戈?　　一旦归为臣虏,沈腰潘鬓消磨。最是仓皇辞庙日,教坊犹奏别离歌,垂泪对宫娥。

今天看,这阕词的内容并算不高明,不过是一个没落小朝廷的亡国皇帝述说破国亡家的感伤。但却也写得情真意切,写法是值得称道的。特别是前两句,概括南唐兴盛时期形势,精粹明快,与下半阕"仓皇辞庙"的结局形成鲜明对比。这两句用了"四十年"、"三千里"两个数字,是实写,隐括了南唐历史。南唐公元937年立国,李煜是第三代君主。他即位时,已经是北宋建国第二年的建隆二年(961),就是说,直到北宋开宝八年(975)宋军攻破金陵(今江苏南京市),他当了俘虏,他当皇帝的十四年间,一直处在强大北宋的胁迫之下。南唐立国三十九年,幅员最盛时达三十五个州,地跨今江西全省及安徽、江苏、福建、湖北、湖南等省一部分,人口约五百万。立国以后的二十多年间,"比年丰稔,兵食有余",在"五代十国"诸割据政权中算是"江南盛国"。但形势不由人,到他即位,命运已操持在宋太祖赵匡胤手里,覆灭来临只是时间而已。就这样,南唐苟延残喘十四年。到开宝八年,北宋大军攻破都城金陵,李煜迎降,被俘至汴京囚禁,封右千牛卫上将军、违命侯,郁郁而终。"国家不幸诗家幸",时势拨弄之下,却使本来文才杰出的李煜的创作更加精进。他本来特善写词(曲子词)。当时词是正在流行起来的新诗体,不过所写内容基本是歌舞逸乐和男女艳情,表达则富艳华靡,巧丽精工,内容狭窄,格调不高。而李煜亡国后的作品则把国破家亡的惨痛,俘虏囚禁的屈辱,在困境中的悲伤和反省,用朴实无华的诗的语言真切地抒写出来,开拓了词这个新兴诗体创作的境界。当然,从上面这阕词看,这位落魄皇帝的反省是有限的,在同期的作品里不算最好的。下面来看这阕词用数字的技巧。如前面所说，开头两句的"四十年"、"三千里"是写实。南唐从立国到灭亡，三十九年；南唐兴盛时期占地幅员大约两三千里。用"四十年来家国"来概括，包含着三代创业艰难、由盛而衰的痛苦追忆。这里使用的"家国"词语，本来表明他作为帝王的"以国为家"的想法。但引申开来，又体现一般人"家国如一"观念，所以颇能引起人们的同感。"三千里地山河"，和下面"凤阁龙楼"、"玉树琼枝"的繁华相照应，抒写出丧失横跨大江南北盛国的悲哀。"几曾识干戈?"的"几曾"，是个疑问数词，本意是"不曾"，表达的是当初对形势判断的意外，是不可追悔的失望。紧接着，下半阕开头的"一旦"，写国破家亡就在一瞬间，自己的身份已经由君主变为囚徒。然后回顾被俘北上、离别宫阙一刻的情景，真是"人何以堪"的惨痛。苏东坡曾评论这阕词的结尾："后主既为樊若水（943－994，南唐人，不得志而叛国，被命领池州事，向宋太祖赵匡胤进献架浮桥平南唐策，直接导致南唐灭亡）所卖，举国与人，故当恸哭于九庙之外，谢其民而后行。顾乃挥泪宫娥，听教坊离曲!"（《东坡志林·跋李主词》）"垂泪对宫娥"的结尾确实表明这位末世皇帝境界的低下。20世纪五十年代，学术界对李煜词评价进行过一番争论。其时还在"反右"以前，主流意见还是就词论词，基本承认这是一阕好词，主要也是着眼于它的写作技巧。

后世颇有人点化这阕词"四十年来家国"一句来抒写感慨。元代回族诗人丁鹤年（1335－1405），在元朝灭亡之后写诗抒写亡国惨痛，他的好友戴良评论说"一篇一句皆忧君爱国之心，读之不觉涕泗横流"。他的《自咏十首》结尾的第十首借用作"百年家国"：

> 九鼎神州竟陆沈，偷生江海复山林。频繁谁在隆中顾（用三顾茅庐典，是说救国无人），憔悴唯余泽畔吟（用屈原行吟泽畔典，写自己写诗抒愤）。啮雪心危天日远，看云泪尽岁时深。百年家国无穷事，可得忘机老汉阴（典出语本《庄子·天地》：

"子贡南游于楚,反于晋,过汉阴,见一丈人方将为圃畦⋯⋯用力甚多而见功寡。子贡曰:'有械于此,一日浸百畦,用力甚寡而见功多,夫子不欲乎?'⋯⋯为圃者忿然作色而笑曰:'吾闻之吾师,有机械者必有机事,有机事者必有机心⋯⋯吾非不知,羞而不为也。'")。(《鹤年诗集》卷二)

这里"百年"也是元朝立国时间。又著名美籍华人赵浩生写回忆录,取名《八十年来家国》,写自己八十年岁月,在时势激烈动荡中"家"与"国"命运合为一体的人生阅历。这些用法可谓"青出于蓝",赋予"家国"这个词语新的内涵,也提升了作品的境界。

"算博士"

唐代武则天篡权,在她登上帝位的光宅元年(684),一位被贬谪为柳州司马的官员徐敬业路过扬州,带头策划起兵讨伐。唐初诗坛上"四杰"之一的骆宾王参与活动,写下著名的声讨文书《讨武曌檄》。《旧唐书》上记载,文章传"至京师,则天读之,微哂。至'一抔之土未干',遽问侍臣曰:'此语谁为之?'或对曰:'骆宾王之辞也。'则天曰:'宰相之过,安失此人!'"这些情节不知道是否属实,但历史上一直被当作武则天爱才好士的掌故。《讨武曌檄》的下句是"六尺之孤安在",构成精严的对句。上句是说高宗李治刚刚去世,下句是说即位的中宗李显被罢黜。实则高宗陵墓绝非"一抔之土"的简陋,李显是高宗的第七子,生于显庆元年(656),这一年二十九岁不能算"六尺之孤";他废为庐陵王,被幽囚,也没有失踪。但这两个数字构成的对句确实提高了文章的煽动力。这是骆宾王文章善用数字的典型例子。

张鷟《朝野佥载》有一段记载,评论初唐"四杰""王(勃)杨(炯)

卢（照邻）骆（宾王）"，说到杨炯和骆宾王的作品：

> 时杨之为文，好以古人姓名连用，如"张平子（衡）之略谈，陆士衡（机）之所记，潘安仁（岳）宜其陋矣，仲长统何足知之"，号为"点鬼簿"。骆宾王文好以数对，如"秦地重关一百二，汉家离宫三十六"，时人号为"算博士"。

这里所谓"为文"是用六朝以来的概念：有韵为文，无韵为笔，是说杨炯的文章多用古人姓名做典故，骆宾王的诗好用数字作对句。所引杨炯文章已佚，骆宾王的诗句出其"当时已为绝唱"（《旧唐书》本传）的代表作《帝京篇》，又题《上吏部侍郎帝京篇》，是投献给时任吏部侍郎的裴行俭的。这是一首九十六句的长歌，辞藻华丽，音节朗畅，夹叙夹议地描写帝景繁华，豪贵骄奢，感伤自己身世落拓，大才难施，典型地反映初唐兴盛年代社会矛盾的一个侧面。这首诗用了许多数字构成的精彩对句。如开头写帝京长安城总体形势："山河千里国，城阙九重门。"接着铺展开来加以描写，有句曰："五纬连影集星躔，八水分流横地轴。秦塞重关一百二，汉家离宫三十六。"这是写长安所处形势、郊野；"三条九陌凤城隈，万户千门平旦开"、"小堂绮帐三千户，大道青楼十二重"，这是写城市街衢繁盛，楼阁豪华。接下来描写豪贵之奢侈："延年女弟双飞入，罗敷使君千骑归"、"春朝桂樽樽百味，秋夜兰灯灯九微"；相对照地，则感慨自己身世蹉跎："且论三万六千是，宁知四十九年非？"再进一层对权豪恃强加以讥刺："相顾百龄皆有待，居然万化咸应改"、"莫矜一旦擅豪华，自言千载长骄奢"；又感叹自己的才不得用："三冬自矜诚足用，十年不调几遭回"。这已经是十联二十个用数字构成的对句。另外还有不是对句的，如"一贵一贱交情见，红颜宿昔白头新"，等等。骆宾王的另外两首长篇歌行《畴昔篇》、《代女道士灵妃赠道士李荣》同样多用数字，情形大体类似。骆宾王这些使用数字的诗句，少数是实写，多数用典故；有些是实数，有些则是夸张的虚数。单纯的数字本来不带感情,没有形象,适于说理,不宜入诗。但骆宾王却如此借助数字来描摹形容,并不让人觉得偏枯寡淡,反而强化了叙写效果。骆宾王善五律,同样多用数字,如"平生一顾重,意气溢三军"(《从军行》)、"千里风云契,一朝心赏同"(《初秋于窦六郎宅宴》)、"二三物外友,一百杖头钱"(《冬日宴》)、"千里年光静,四望春云生"(《赋得春云处处生》)、"九秋行已暮,一枝聊暂安"(《秋蝉》)、"擢秀三秋晚,开芳十步中"(《秋菊》)、"一旦先朝菌,千秋掩夜台"(《乐大夫挽词五首》之四),等等。数字这样运用,还有一个作用,就是给抒情补充了议论因素,让诗作增添了理趣。

唐代诗人里另一个堪称"算博士"的是杜牧。明杨慎的《丹铅余录》说:

　　"汉宫一百四十五,多下珠帘闭琐窗。何处营巢夏将半,茅檐烟寺语双双。"此杜牧"燕子"诗也。"一百四十五"见《文选》注。大抵牧之诗好用数目垛积,如"南朝四百八十寺"、"二十四桥明月夜"、"故乡七十五长亭"是也。

"燕子"诗,名《村舍燕》,主题与"昔日王谢堂前燕,今在寻常百姓家"略同,也是借咏燕以咏史,感叹豪门衰落、世事无常的。佚名《三辅黄图》上说:"汉畿内千里并京兆治之内外宫馆一百四十五所。""四百八十寺"出《江南春》:"千里莺啼绿映红,水村山郭酒旗风。南朝四百八十寺,多少楼台烟雨中。"《南史》卷七十《郭祖深传》:"都下佛寺五百余所。"杜牧改用对称的数字"四百八十"。这两例都是用典故,是史事的实写。"二十四桥"、"七十五长亭"下面再说。

杜牧诗用数字的,精彩处很多。可称为"垛积"的,如《洛中送冀处士东游》:

　　饯酒载三斗,东郊黄叶稠。我感有泪下,君唱高歌酬。嵩

> 山高万尺，洛水流千秋。往事不可问，天地空悠悠。四百年炎
> 汉，三十代宗周。二三里遗堵，八九所高丘。人生一世内，何
> 必多悲愁。歌阕解携去，信非吾辈流。

这是送冀姓处士的。对方是"处士"，没有做官，显然和自己一样命
途多舛，写诗表示慰藉的意思。"嵩山"两句、"四百年"四句，都是
罗列数字，写人世的倏忽，历史的变迁，感慨人生的短暂，作解脱
之语。

杜牧开成二年（837）第二次到宣州，担任宣歙观察使的团练判
官，是个卑微的幕职。他当年三十五岁，入仕以来，颇不顺利，所以
在宣州写下许多感叹身世的诗，有不少是巧用数字的，如《题宣州
开元寺》：

> 南朝谢朓城，东吴最深处。亡国去如鸿，遗寺藏烟坞。楼
> 飞九十尺，廊环四百柱。高高下下中，风绕松桂树……

宣州是春秋以来的古城，六朝繁华之区，开元寺是东晋古寺，登临
自然会生发怀古的联想；寺名"开元"，应当是唐玄宗时全国统一改
定的敕寺，规模当很壮观。诗里写高楼九十尺，廊檐如翼，四百幢
楹柱，错落环绕，隐映在松桂林中。诗人登楼凭吊，抒写古今沧桑
之感。另一首《题宣州开元寺水阁阁下宛溪夹溪居人》：

> 六朝文物草连空，天澹云闲今古同。鸟去鸟来山色里，人
> 歌人哭水声中。深秋帘幕千家雨，落日楼台一笛风。惆怅无
> 因见范蠡，参差烟树五湖东。

这同是登高怀古的诗。颈联运用数字，描写登临的眼前景物："千
家"指无数人家，笼罩在深秋的雨幕之中，这是古往今来生于斯长
于斯的芸芸众生，他们经历过无数王朝轮替的兴衰变迁；须臾之
间，雨过天晴，诗人在"落日楼台"上，随风飘来一缕悠扬的笛声。
照应前面"鸟去鸟来"、"人歌人哭"的世事沧桑，遂发出"无因见范

蠡"的感慨。春秋时范蠡辅佐越王勾践消灭吴国,一雪会稽之耻,然后急流勇退,泛一叶扁舟于五湖之中,成为见机而退的榜样。"无因见范蠡",乃是"时无英雄"的慨叹。上面两首都是登临怀古的诗,写得绘景绘情,感慨深长。其中用数字增添了描摹实感,对于造成诗的意境起了一定作用。杜牧在宣州的作品巧用数字的还有《赠宣州元处士》:"陵阳北郭隐,身世两忘者。蓬蒿三尺居,宽于一天下。"《自宣城赴官上京》:"千里云山何处好?几人襟韵一生休。"等等。另有些广泛传诵的名篇如《怀钟陵旧游四首》之三:"十顷平湖堤柳合,岸秋兰芷绿纤纤。一声明月采莲女,四面珠楼卷画帘。"《赠别二首》之一:"娉娉袅袅十三余,豆蔻梢头二月初。春风十里扬州路,卷上珠帘总不如。"《遣怀》:"落魄江南载酒行,楚腰肠断掌中轻。十年一觉扬州梦,赢得青楼薄幸名。"等等,数字在诗里都起到提神、点睛的作用。

刘克庄在《后村诗话》里说到陆游诗多用对偶,多有巧妙地使用数字作对的。为方便读者,他举出一些例子,现搜检原诗句,括注在引文内:

> 古人好对偶被放翁用尽:茶七碗,稷三升(《闲居》诗:"土铛茶七碗,瓦甑稷三升。");一弹指,三折肱(《亲旧书来多问近况以诗答之》:"流年速似一弹指,更事多于三折肱。");读书十纸,上树千回(《庵中独居感怀》:"读书十纸勤虽在,上树千回事已非。");一齿落,二毛侵(《述感》:"方忧一齿落,何止二毛侵。")……百钱挂杖,一锸随身(《纵游》:"百钱挂杖无时醉,一锸随身到处埋");百瓮齑,两囷枣(《自嘲》:"朝餐未破百瓮齑,晚饷犹存两囷枣。")……

在对句里这样利用数字,对比的效果更加明显。陆游诗另外有许多用数字的诗,不烦列举。

"一"字的魅力

本书前面讲"炼字",曾举出诗僧齐己"一字师"的故事。说他拿自己作的《早梅》诗见诗人郑谷,其中有句曰:"前村深雪里,昨夜数枝开。"郑谷笑说:"数枝非早,不若一枝则佳。"晚唐五代流传许多类似的传说,不一定可靠,但它们反映了当时诗坛上雕琢字句的风气。这个《早梅》诗里的"一"字确实用得很好,深得冒雪冲寒的早梅的风情。而从写法看,这也可说是仔细观察、深得物理的写实:早梅之"早",必有一枝首先开放。在汉语修辞里,数词"一"往往起着重要作用。特别是用在诗词里,成为表达诗意的手段,具有特殊的魅力。

人们耳熟能详的如李后主的《虞美人》词:"问君能有几多愁,恰似一江春水向东流。""一江"本意是一条江,但在这里,形容"春水",描摹江水一派浩瀚汹涌的气势,比喻愁情浓郁、不可遏制的宣泄。从音律看,也可以写"大江"、"满江",而"一江"蕴涵了更丰富、更引人联想的意象。

陆游的诗《临安春雨初霁》:"小楼一夜听春雨,深巷明朝卖杏花。""一夜"本意是"整夜",用在这里,传达出"春雨"淅淅沥沥不止、诗人整夜似睡非睡中听"春雨"的安详愉悦的心声。

刘禹锡的咏史诗《西塞山怀古》用"一"字表达的是另一番景象,写的是西晋讨伐东吴战事:"千寻铁锁沉江底,一片降幡出石头。"王濬的战船沿长江东下,当时东吴曾横江拉起铁锁,试图加以阻拦,但被焚毁,孱弱的东吴军队迎风出降,石头城上竖起一片降旗。这"一片"不是"一面",而是许多面、一大片,形象地展现东吴军无斗志、兵败如山倒的惨状。

以上三例的"一",表达的都是扩展的意象。"一"是"全"、"大"、"多",等等。而用在上下文里,表达的又不只是单一的"全"或"大"等,给人提供充分的想象空间,造成鲜明、生动的意境。

白居易《长恨歌》的名句"玉容寂寞泪阑干,梨花一枝春带雨",描写在仙界的杨贵妃。不讲以花喻人的比喻手法,单讲"梨花一枝",与前面说的齐己早梅的"一枝开"写得有异曲同工之妙。"一枝"梨花,亭亭玉立,高洁而寂寞;春雨滋润的梨花,凝结雨露的梨花,温润美丽。这"一枝"梨花比喻已经成为仙真的杨贵妃,给人以无尽的遐想。

上一例与前面三例相对照,这个"一"字表达的是集约的意象,是"单"、"小"、"少",等等。但它们给人的印象却不是寡淡、单一的,同样表达出意蕴丰满的形象。

诗人往往把"一"字和其他数字配合起来,会造成强烈的艺术效果。如前面已经介绍的杜牧的"深秋帘幕千家雨,落日楼台一笛风"。再信手举些例子。先看李白《宣城见杜鹃花》,这首诗又见杜牧集,题作《子规》:

> 蜀地曾闻子规鸟,宣城又见杜鹃花。一叫一回肠一断,三春三月忆三巴。

这是怀念故乡的诗。子规,鸟名,又名杜鹃,传说为古蜀王杜宇之魂所化。春末夏初,昼夜啼鸣,其声哀切。在宣城见杜鹃花,联想传说中的子规,引起对故乡的追忆。连用三个"一"、"三"两个数字,造成叠加的印象。又张祜的《宫词》:

> 故国三千里,深宫二十年。一声《何满子》,双泪落君前。

张祜,中唐诗人,《唐才子传》上说他"乐高尚,称处士",没有做过官;又说他"骚情雅思,凡知己者悉当时英杰",交好的有白居易、杜牧等人。他的生平行事多靠传闻,异说颇多,可参看傅璇琮主编的《唐才子传》里吴在庆所撰相关条目。这是一首古体五言诗,属常见的宫怨主题。故国,故乡,在"三千里"之外,锁闭深宫十二年之久,已经没有重见天日的机会。"河满子"是一首流行乐曲,据说传自名叫何满的人。关于其人、其曲,传闻异辞,有说是开元年间的,也有说天宝年间的;有说他因罪系狱作此曲,也有说临刑进此曲得赦免的。总之,这是一首悲凉感人的乐曲。又据《韵语阳秋》记载,这个曲子"一曲四词歌八叠",是复叠的长曲。而张祜的诗写仅仅"一声"《何满子》,就让人泗泪滂沱,可见歌者声调之凄苦悲凉。杜牧称赞张祜的诗说:"谁人得似张公子,千首诗轻万户侯","可怜故国三千里,虚唱歌词满六宫"。前一联诗出七律《登池州九峰楼寄张祜》。后一联出七律《酬张祜处士见寄》,就是指这首《宫词》。又《全唐诗》里张祜名下有《孟才人叹并序》,说唐武宗疾笃,迁住便殿,有宠爱歌妓孟才人表示要以死相殉,歌一声《河满子》而气绝云云,事迹传闻世间,贡士多为文咏叹,张祜有七绝诗曰:"偶因歌态咏娇嚬,传唱宫中十二春。却为一声《河满子》,下泉须吊旧才人。"传说见晚唐康骈《剧谈录》卷上,或许这是依据张祜诗制作的传说,七绝则是拟作。

"思想性"强的例子,如陆游的《夜泊水村》,抒写抗金报国的志向,有句曰:"一心报国有万死,双鬓向人无再青。""一心"对"双鬓",上句表决心报国、不畏牺牲的心情,下句写自己已形容衰老,壮心不已。

又苏轼的诗《溪阴堂》:

> 白水满时双鹭下,绿槐高处一蝉吟。酒醒门外三竿日,卧看溪南十亩阴。

这首诗利用数字与前面讨论的杜甫《绝句》"两个黄鹂"类似,都是"实数"。有声有色、形神毕肖地描写夏日田园景致,抒写闲散自得的心情。

同样是抒情的,写爱情的,元张可久(约 1270—1350)的《天净沙·春情》：

> 一言半语恩情，三番两次叮咛，万劫千生誓盟，柳衰花病，
> 春风何处莺莺。

可久，名伯远，号小山，以字行，元曲名家，与乔吉并称"双璧"，与张养浩并称"二张"。他的这首小令，前三句十八个字，六个数目字，小儿女娓娓倾诉衷情的语气活灵活现，照应下面青春易逝的感伤和真挚爱情的渴望。这些数字帮助这首篇幅窘窄的小令造成语尽情遥的艺术效果。

数字构成辞藻

回过头来看前面引述杨慎《丹铅余录》讲的杜牧诗句"二十四桥明月夜"、"故乡七十五长亭"。

本书曾讲作为"诗语"的"辞藻"。汉语文里一个值得注意的现象是，有些辞藻是带数字的。从古及今，积累起不少，如今还在不断地创造出来并广泛应用，如"五讲"、"四美"之类。这种类型词藻的形成、使用与思维方式，是题外话。在诗词里，有些被赋予一定的象征意义，成为意象鲜明、具有表现力的诗语，例如上面杜牧两句诗里的"二十四桥"和"七十五长亭"即是。前一句出《寄扬州韩绰判官》：

> 青山隐隐水迢迢，秋尽江南草未凋。二十四桥明月夜，玉
> 人何处教吹箫。

这首小诗意象极其优美，有一种如梦如幻的艺术效果。扬州是淮南节度使驻节地，大和七年（833），杜牧曾在那里任幕职，住过两年，韩绰是他的同僚。大体和杜牧同时的徐凝有《忆扬州》诗曰：

"天下三分明月夜，二分无赖是扬州。"扬州的月色在当时以风景优美名满天下。杜牧从扬州转职东都洛阳，写诗寄给友人，怀念江南风光和浪漫情境，设想友人正在扬州瘦西湖的桥边月下，与美人相伴吹箫。短短的二十八字，描绘一幅江南月色小景，对友人予艳羡与调侃，友情的怀念寄托其中。

这里的"二十四桥"是一座名为"二十四"的桥，还是二十四座桥，历来说法不一。一种说法是，二十四桥又名吴家砖桥，或红药桥，并具体指出在熙春台后。如今瘦西湖上据以恢复了"二十四桥"景点。另一种说法是有二十四座桥，并一一列举出名称。但在杜牧诗里，"二十四桥"成了扬州美丽风光的象征，浪漫风情的符号，已经和具体的桥或多少座桥无大关系。后来诸多诗人把它当作典故用在作品里。如韦庄有《过扬州》七律：

> 当年人未识兵戈，处处青楼夜夜歌。花发洞中春日永，月明衣上好风多。淮王去后无鸡犬，炀帝归来葬绮罗。二十四桥空寂寂，绿杨摧折旧官河。

韦庄(836？－910)，晚唐人。唐末黄巢起义，广明元年(880)围困扬州，从此城池衰败。韦庄曾辗转流移江南，路过扬州，写诗哀悼。他用了"二十四桥"做典故。这本是歌舞升平的象征，如今一片"空寂"，写出繁华都城的残破。

欧阳修和苏轼都有知扬州然后又知颍州(今安徽阜阳市颍州区)的经历，是相当有趣的巧合；他们都为此写过抒发感慨的诗，又都用了"二十四桥"典故。欧阳修的《西湖戏作示同游者》诗说：

> 菡萏香清画舸浮，使君宁复忆扬州。都将二十四桥月，换得西湖十顷秋。

苏轼《轼在颍州与赵德麟同治西湖未成改扬州三月十六日湖成德麟有诗见怀次韵》诗说：

太山秋毫两无穷,巨细本出相形中。大千起灭一尘里,未觉杭颍谁雌雄……二十四桥亦何有,换此十顷玻璃风……

两首诗都是拿"二十四桥"指代扬州的富庶繁华,并用颍州的西湖风光来作对比,都是抒写外物不萦于怀的潇洒放旷的心情。

利用"二十四桥"来表达丧乱之感更为精彩的有南宋姜夔的《扬州慢》,前有小序:

淳熙丙申至日,余过维扬,夜雪初霁,荠麦弥望。入其城,则四顾萧条,寒水自碧,暮色渐起,戍角悲吟。予怀怆然,感慨今昔,因自度此曲。千岩老人以为有黍离之悲也。

淮左名都,竹西佳处,解鞍少住初程。过春风十里,尽荠麦青青。自胡马窥江去后,废池乔木,犹厌言兵。渐黄昏,清角吹寒,都在空城。 杜郎俊赏,算而今,重到须惊。纵豆蔻词工,青楼梦好,难赋深情。二十四桥仍在,波心荡,冷月无声。念桥边红药,年年知为谁生。

这阕词里"二十四桥"是给主题点睛的词语。"淳熙"是宋孝宗年号,"丙申"指公元1176年。词里说的"胡马窥江"指金兵于宋高宗建炎三年(1129)和绍兴三十一年(1161)两度南下,扬州遭受兵燹,北宋以来得到恢复的繁华的扬州城又遭到严重破坏。诗人过访战乱后的扬州,和韦庄一样,写词表达痛悼的心情。序里的"千岩老人"是著名诗人萧德藻的号,姜夔是他的侄婿。姜夔的这阕词巧妙地隐括杜牧诗的意象和言句,抒写出一代繁华城池兵燹残破的悲哀。"淮左名都,竹西佳处",用杜牧《题扬州禅智寺》:"谁知竹西路,歌吹是扬州。""过春风十里,尽荠麦青青"用杜牧《赠别二首》之一:"春风十里扬州路,卷上珠帘总不如。"杜牧诗写的是歌舞升平景象,而这里写的是战火破坏的"废池"、"空城",静寂中传来凄凉的号角声。后幅用杜牧的经历来衬托。杜牧这首诗另一句曰:"娉娉袅袅十三余,豆蔻梢头二月初。"又《遣怀》诗:"十年一觉扬州梦,赢得青楼薄幸名。"都是抒写风流才子在扬州的浪漫生活,"重到"
的"空城"更显得荒芜寂寞。最后用杜牧的《寄扬州韩绰判官》诗里
的"二十四桥"典故收尾。这座桥作为扬州当年繁华美景的象征,
景物依然,但物是人非,只留下无限的忧愁、怅惘。

　　文天祥抗元,在广东潮州被俘,押解到大都(北京市)途中作
诗,集成《指南后录》。其中《望扬州》诗说:

　　　　阮籍临广武,杜甫登吹台。高情发慷慨,前人后人哀。江
　　左遘阳运,铜驼化飞灰。二十四桥月,楚囚今日来。

当年阮籍过刘邦、项羽争战的河南荥阳广武山发出感叹:"时无英
雄,使竖子成名。"《新唐书》记载杜甫曾和高适、李白一起到汴梁,
登吹台怀古。"遘阳运"指逢厄运。"铜驼"本是宫殿前的装饰,"铜
驼化飞灰"指南宋灭亡。以下也是用"二十四桥"指代扬州。文天
祥当年南下抗战,曾路经扬州,现在被俘再来,顾念今昔,无限
伤痛。

　　杨慎举出的另一句"故乡七十五长亭",宋吴曾《能改斋漫录》
指其出处:

　　　　杜牧之《齐安城楼》诗:"呜咽江楼角一声,微阳潋潋落寒
　　汀。不用凭栏苦回首,故乡七十五长亭。"盖用李太白《淮阴书
　　怀》诗"沙墩至梁苑,七十五长亭"。

"长亭"本来是古时行旅休憩处,据传古时道路十里设一长亭,故有
"十里长亭"之说。北周庾信《哀江南赋》上说"十里五里,长亭短
亭"。这里的"短亭"一词则出诗人的联想。文中所举出的《题齐安
城楼》诗是杜牧会昌(841－846)年间出守黄州时的作品,独上江
楼,游宦思乡,路途无限漫长。

　　清初的田雯(1635－1704),担任过贵州巡抚,也是诗人,有《古
欢堂集》,他的《三角店》诗:

> 蛮方闻道已休兵,何事军书夜未停。土屋柴门三角店,愁
> 人七十五长亭。

这是写于他平定贵州苗民叛乱途中,也是感叹中原的遥远。

胡仔《苕溪渔隐丛话》上说:"鲁直《竹枝词》:'鬼门关外莫言远,五十三驿是皇州。'皆相沿袭也。"后来王士禎《师友诗传续录》上又说:"唐诗如'故乡七十五长亭','红阑四百九十桥'皆妙,虽算博士何妨,但勿呆相耳。所云'点鬼簿',亦忌堆垛。高手驱遣,自不觉耳。"为什么桥是"二十四",长亭是"七十五",驿是"五十三",说不出什么道理。但是这些数字用在诗里,借助诗人描写的意象,都带上了联想、象征的意趣,成了典故。后人加以借用,能够增添情趣,成为有效的艺术手段。

上面这些带数字的"诗语"是诗人创造的。下面举一例,本是现成事典,被诗人使用。

战国时期齐国的孟尝君、赵国的信陵君以至后来的秦国吕不韦养士,《史记》上都记载说门下"客"三千人。这"三千"显然是夸饰的概数,用来表示宾客众多,后来成了相当稳定的辞藻,被在多重意义上用在诗文里。

李白《博平郑太守自庐山千里相寻入江夏北市门见访却之武陵立马赠别》诗:"大梁贵公子,气盖苍梧云。若无三千客,谁道信陵君。"这是赞扬来访者门庭好客,主人显然是个有相当地位的人物。又《江上赠窦长史》:"相约相期何太深,棹歌摇艇月中寻。不同珠履三千客,别欲论交一片心。"这是说自己把窦长史看做心心相印的朋友,不是权贵门下客的泛泛之交。吕温《道州送戴简处士往贺州谒杨侍郎》诗:

> 羸马孤童鸟道微,三千客散独南归。山公念旧偏知我,今日因君泪满衣。

吕温(772—811),中唐人,善诗文,与王叔文、柳宗元、刘禹锡友善,

是政治上具有革新意识的人物。王叔文等进行"永贞革新"，他正出使吐蕃，失败后没有受到牵连。不过到元和三年（808），因为和宰相李吉甫有隙，贬为道州（今湖南道县）刺史。这首诗是在道州给戴姓处士去贺州（今广西贺州市）拜会杨凭的送别诗。诗题里的"杨侍郎"即指杨凭，是柳宗元的岳父，元和四年任京兆尹，被御史中丞李夷简劾奏，贬贺州临贺尉。诗里用"山公"即西晋时的山涛比拟杨凭，司马炎称帝，任山涛为大鸿胪，受到信重，先后担任侍中、吏部尚书、太子少傅、左仆射等要职，以选贤用能著称。"三千客散"则指杨凭贬贺州，门下僚友星散，戴处士是其中之一。戴大概是南方人，不忘旧情，回到南方，去贺州拜访杨凭，路过道州，吕温送别。吕温用"三千客"这个词语，感戴杨凭的知遇之恩，致同情于杨凭的被贬谪，宾客零落，又表达与戴处士的同病相怜之感。

　　把"三千客"用在诗里，流传遐迩的还有一首署名贯休的作品，全文是：

　　　　贵逼人来不自由，龙骧凤翥势难收。满堂花醉三千客，一剑霜寒十四州。鼓角揭天嘉气冷，风涛动地海山秋。东南永作擎天柱，谁羡当年万户侯。

关于这首诗的写作流传一个有趣的故事。贯休（832－912）是晚唐五代诗僧。据北宋和尚文莹在《续湘山野录》里记载，这首诗是贯休投献给晚唐担任镇海、镇东节度使，割据江东的钱镠的。据说贯休前往拜见时，"（钱）镠爱其诗，遣客吏谕之曰：'教和尚改十四为四十州，方与见。'休性褊介，谓吏曰：'州亦难添，诗亦不改。然闲云孤鹤，何天而不可飞邪？'遂飘然入蜀……"不过按就史事考察，钱镠担任领地十四州的镇海、镇东两镇节度使在乾宁三年（896），那一年贯休已经离开江东入蜀，不可能那个时候去拜访钱镠。《宋高僧传》有记载说贯休"乾宁初，赍志谒吴越武肃王钱氏，因献诗五章，章八句，甚惬旨，遗赠亦丰"。《宋高僧传》编撰于太平兴国七年

（982），距离贯休活动时间不远，所述应当有所依据。贯休这件献诗故事应当是根据这个记载编造的。不过就诗论诗，写得确实不错。格律精严不论，立意巧妙地寓讽喻于颂扬，出在晚唐五代，这篇作品是有相当积极的政治意义的。其中颔联，上句用"三千客"典，比喻钱镠如古代孟尝君等"战国四公子"，爱才好士，宾客众多，名满天下；下句写他凭军功执掌两镇大权，统辖杭、苏、常、升、润等十四州。前句虚写，后句实写，虚、实映衬。如此颂扬钱镠爱才好士，威震东南，符合献诗的惯例，这是"虚"的揄扬。"实"的意思在尾联。传说钱镠让他改"十四州"为"四十州"，他恃强跋扈、扩张领地的野心发露无余，而贯休不畏强势，断然拒绝，诗的结尾反而规劝他为维护唐王朝统一做出贡献，点出讽喻的主题。钱镠先是被唐朝廷封为越王，又被五代后唐立为吴越王，终于立国，这是后话。

　　如上所说，数字本来是枯燥的。但由于中国诗歌有精严的格律，又由于汉语文单音节、方块字的形式上的鲜明特征，诗人们以数字入诗，数字成了传达诗情的手段，具有相当的表现力。数字入诗的艺术魅力，也体现汉语、汉字的强大魅力。

说"对偶"

作"对子"

旧时的启蒙课本,一类是所谓"三"(《三字经》)、"百"(《百家姓》)、"千"(《千字文》)。不讲它们的内容是否陈旧迂腐,这些薄薄的册子用有限的文字,把孩子应当认识的字词、应当懂得的道理、应当具备的知识用三字句、四字句的韵文写出来,如诗如歌,容易明白、诵读,不能不佩服编写技巧是十分高超的。

除了"三"、"百"、"千",用于启蒙教育,还有另一类教对偶押韵的书。这也是声韵格律入门工具书的一种。"对偶"是自古及今写作中常用的修辞方法(不仅文学作品,甚至写公文、做报告也离不开"对偶")。特别是在古代,南北朝兴骈体文;隋、唐行科举,考试要写试帖诗、作律赋;明、清考八股文,熟悉对偶乃是学养的基础。至于士大夫平时吟诗作赋,交际中应景作诗,头脑里有现成的"对子"就更方便。所以无论是作为进身之阶的实用,还是一般的文化教养,作"对子"都是基本功。儿童启蒙,当然也要做这方面的训练,相关的一类书也就应运而生了。

后世这类书主要的也有三种:明代司守谦编的《训蒙骈句》、清初车万育编的《声律启蒙》和李渔（1611—1680）编的《笠翁对韵》。三本书体例相同，按天文、地理、花木、鸟兽、人物、器物等等分门别类，再按当时流行的标准韵部，选择相应的字、词和句子，编成"顺口溜"似的成双作对的韵文，便于查阅和记诵。李渔年轻的时候科举失利，三十几岁又逢明、清鼎革，遂无意仕进，加上他当时家饶资财，有条件优游度世，寄情艺事。他从事词曲创作，留下《笠翁十种曲》，成为大戏剧家。他还留下一部传世名作《闲情偶寄》，讲词曲，讲园林、饮食、起居等等，写的是优游闲适的士大夫生活与情趣，特别得到林语堂的赞赏。李渔又热心填词，他曾说："填词非末技，乃与史传诗文同流而异派者也。"他编写上述三部书里的一种，有前人作品可以借鉴，本人又有从事词曲创作的实践，自然后来居上。兼之他名声大，《笠翁对韵》一出，就成为相关书籍中影响最大、流传最广的了。了解它的格式、编排，可看下面书的开端"阴平·一东"的例子：

> 天对地，雨对风。大陆对长空。山花对海树，赤日对苍穹。雷隐隐，雾蒙蒙。日下对天中。风高秋月白，雨霁晚霞红。牛女二星河左右，参商两曜斗西东。十月塞边，飒飒寒霜惊戍旅；三冬江上，漫漫朔雪冷渔翁。

其他韵部体例也都一样。这种写法、编排法，从字、词到句子成双作对，又兼顾音律的平仄搭配，虽然连贯起来并不成诗，但每个"对子"都有意思，也有些趣味，容易记诵。这种示人以对偶声律的韵文，给人提供了一种便捷简明的写作工具。

谈"对偶"，想起虞愚先生，他是我受教多多的一位前辈学人。现在年轻人知道这位的不多了。他是学养高深的文学家、佛学家，又是优秀的诗人、书法家。先生后半生坎坷，过世后，我曾作文纪念，曾感慨说："在生命这最后几十年，由于种种原因所限，却没有取得本应取得的更光辉的成就。这是更让人痛感凄凉的。"（《师从虞愚先生学因明》，中华书局《学林漫录》第十五辑）。我有幸得到他的多幅墨宝，文字多是联语。其中的一副是：

> 苏和仲山高月小，
> 范希文心旷神怡。

两个一组对句，前面是三个字的人物：一位苏轼，字子瞻，又字和仲；一位范仲淹，字希文，都是宋代名人，都用字号。下四字是成语，又都是动宾结构的两个词构成的短语，前者出苏轼《后赤壁赋》："江流有声，断岸千尺，山高月小，水落石出。"后者出范仲淹《岳阳楼记》："登斯楼也，则有心旷神怡，宠辱皆忘，把酒临风，其喜洋洋者矣。"都是人们熟知的名文、名句，又都是对景抒怀，抒写一种高妙超脱的境界。这副对子对得文字整齐，两个名字和两个短语又都平仄合律，成一联绝佳的妙对。写在近三尺的玉版宣上，笔法娟秀优美，结构疏朗开阔，气势健举，欣赏过的人没有不赞叹的。还有一副联语，虞先生曾屡屡书写：

> 骏马秋风冀北，
> 杏花春雨江南。

这同样是意境、词语、声韵都堪称上品的对子。旧时文人集会的雅兴，往往出一个句子，可以是现成诗作里的一句，也可以是自作的，大体作为上句，称"出句"，让人对出下句，称"对句"。这往往也是教导或测验孩子写作能力的办法。虞先生这一联的后一句出元代虞集的词，对出上句，算是一种变格。虞集原作所用词牌《风入松》，全文是：

> 画堂红袖倚清酣，华发不胜簪。几回晚直金銮殿，东风软，花里停骖。书诏许传宫烛，香罗初剪朝衫。　御沟冰泮水挼蓝，飞燕又呢喃。重重帘幕寒犹在，凭谁寄，金字泥缄。报道先生归也，杏花春雨江南。

这阕词抒写倦于官宦生涯的落寞,轻安愉悦之情意在言表,但境界显得庸俗,并不算高明。只是最后一句"杏花春雨江南",确是点睛之笔。这一句实是点化陆游著名的七律《临安春雨初霁》,它的前两联是:"世味年来薄似纱,谁令骑马客京华。小楼一夜听春雨,深巷明朝卖杏花。"陆游这首诗写得情景交融,明丽轻快,据说传入宫廷,得到宋高宗激赏,陆游由此名闻海内。虞先生对出上句"骏马秋风冀北",成一佳联。所描绘的是相对待又相补充的两种境界:严峻和秀美,雄健和轻柔,可看作是艺术上的追求,也可作为对于人生境界的一种领悟,给人留下不尽的联想和美感。据说在一次中、日书法家交流会上,虞先生写下这副对联,文笔绝佳,惊动四座。

掌握、善用"对偶",是写作的功力,也是艺术修养。

"对偶"作为修辞手段

启功先生生前长时期从事古典文学的教学与研究,总结经验,深感外文的"葛郎玛"(英语 grammar 的音译,语法)用来分析汉语往往枘凿不合。他曾就汉语诗文的表现特点,写了一系列文章,结集成《汉语现象论丛》一书,1997 年由中华书局出版。其中多论及汉语的修辞,包括"对偶",作为汉语文独特的表现方法及其规律加以阐述,多有精彩论断。如说:"修辞的作用有时比语法的作用更大,甚至在某些句、段、篇中的语法即只是修辞。"(《古代诗歌、骈文的语法问题》,《汉语现象论丛》第 23 页)涉及"对偶",启功先生结合自己的体验说:

> 如今过了五十多年,才懂得骈体文为甚么通行了近两千年,屡次被打,竟自未倒。直到"五四",才算倒了,谁知十年动

乱中,无论口号讲演,笔下批判,都要在开头说"东风万里,红旗飘扬"。啊,唐人律赋的破题,在这时又冒出尖来……我们只能承认,骈句这个模子、这个范型,大约是从歌唱而来的,整齐的拍节,反复的咏叹,在时间和空间上,都易于行远。历史上历次的打倒,都只是"我不理它"而已,它的存在"依然如故"焉。(《汉语现象论丛·前言》第 8 页)

日本著名汉学家吉川幸次郎论中国文学,又曾做过另一个十分精辟的论断:

重视非虚构素材和特别重视语言表现技巧可以说是中国文学的两大特长。(《中国文学论》,钱婉约译《我的留学记》第168 页)

这种外国行家所作出的客观观察确有独到之处。前一点"重视非虚构素材"暂且不论;后一点"重视语言表现技巧",确是中国文学的主要特征之一。先秦子书在哲学史上讲,在文学史上又当作散文作品讲;司马迁的《史记》本是史书,又是不朽的文学名著。这些哲学书、史书之所以被当作文学作品欣赏,主要原因之一是它们的语言确实精彩,包括使用"对偶"表现的高度技巧。

"对偶"又称为"骈偶"、"骈俪"。狭义的"对偶"指字与字对,词与词对;扩展开来,广义的对偶涵盖从短语到句子、段落的成双作对。如前面引用启功先生所说,这是古今各种文体普遍行用的、几乎是说话作文须臾不能离开的修辞方法。

汉语独特的语言结构决定作文能够并经常、必须广用"对偶":每个方块汉字基本是形、音、义合一的,容易做成对子;魏晋以来语言发展,双音词激增,出现大量新词语,而双音词又是在单音"字"的基础上构造起来的,简单的如天上地下、阴盛阳衰、富贵贫贱、强大弱小等等,都成对子;又虚词虽然无"义",但各有语法上的功能,则是另一类的"义"。这些都提供了"对偶"的可能和必要。又语言本是思维的外壳,而宇宙间的现象本来是"一分为二"、正反相对的,如天地、阴阳、动静、吉凶、忧喜、得失、明暗、好坏、美丑、难易、强弱、生死、贫富、毁誉、褒贬、否臧、灾祥,以至大小、上下、前后、左右、东西、南北等等,对偶从而又是思维规律的体现。

又文学创作是"美文","对偶"又是构成形式美的重要因素。刘勰的《文心雕龙》写作在骈文流行的时代,其中《丽辞》篇讲辞藻修饰,主要就是讲"对偶",连带讲到用典。其开端明义就说:"造化赋形,支体必双,神理为用,事不孤立。夫心生文辞,运裁百虑,高下相须,自然成对。"接着举例指出,唐虞之世的经典中表现的"圣人之妙思",就是"字字相衔"、"字字相俪"的;接着说:"至于诗人(指《诗经》作者)偶章,大夫(指三闾大夫屈原)联辞,奇偶适变,不劳经营。自扬(扬雄)、马(司马相如)、张(张衡)、蔡(蔡邕),崇盛丽辞……丽句与深采并流,偶意共逸韵俱发……"这样,他先是讲宇宙事物的存在本来都是成双成对的,所以语言的"对偶"是反映客观存在的;接着他从"圣人之妙思"说到《诗》、《骚》、扬、马等,则又指出文学的发展体现在"丽辞"即"对偶"和典故的应用上。用另一句话说,即"丽辞"乃是文学发展的具体体现。然后他又说到"至魏晋群才,析句弥密,联字合趣,剖毫析厘。然契机者入巧,浮假者无功"。他显然又是看到当时写作严重骈俪化、滥用"对偶"的流弊的。

再进一步,日本学者中村元研究印度、中国和日本不同民族的思维方法,也是从语言表现着手的。他指出:

> 我们在研究一个民族的思维方法时,可以在他们的语言中找到一种最初的线索。语言是一个民族的文化生活的基础……在人们的深层意识里,语言表达的形式就成了在心理上用一套固定的结构来安排思维活动的形式,成了使思维活动得出结论的形式。(林太、马小鹤译《东方民族的思维方法》第5页)

"对偶"实则又体现一种思维形式:对称、平正、整齐、严谨。这是中华民族思维性格的特征。李济曾说:

> 在各种文学作品中对称原则的重要超乎一切逻辑推理之上。所有这些特点错综交织成中国读书人的精神生活,并强烈反映在与知识阶级密切相关的各种制度上。(《中国民族的形成》第 341 页)

这样,"对偶"作为汉语文的修辞手段,又体现使用这种语言的人的思维特点和习惯;而语言中使用"对偶"的传统,又有助于思维方式的养成和传承。也正因此,"对偶"的作用与意义就又不限于语言,对于民族文化与精神的发展也是关系重大的。

诗的"对仗"

"对偶"的作用,宋代之前,突出地表现在诗赋、骈文的创作中。《丽辞》篇接下来说:

> 故丽辞之体,凡有四对:言对为易,事对为难,反对为优,正对为劣。言对者,双比空辞者也;事对者,并举人验者也;反对者,理殊趣合者也;正对者,事异义同者也。长卿(司马相如)《上林》云:"修容乎礼园,翱翔乎书圃。"此言对之类也;宋玉《神女赋》云:"毛嫱鄣袂,不足程序;西施掩面,比之无色。"此事对之类也;仲宣(王粲)《登楼》云:"钟仪幽而楚奏,庄舄显而越吟。"此反对之类也;孟阳(张载)《七哀》云:"汉祖想枌榆,光武思白水。"此正对之类也。凡偶辞胸臆,言对所以为易也;征人之学,事对所以为难也;幽显同志,反对所以为优也;并贵共心,正对所以为劣也。(《文心雕龙》卷七《丽辞》)

这里提出四种"对偶"方式,举出例子,比较其优劣。实则这四类不属于同一范畴:"言对"指词语,"事对"是用典,"正对"和"反对"则属于文意。但无论如何,从中可以看出"对偶"方式的多种多样。而就文学创作说,"对偶"有助于创造"美文",基本体现在两方面,一是形式整齐,再是声调和谐。两者作为表现手段,都能够造成动人的艺术效果。

　　"对偶"美化文字的作用,可看看沈括《梦溪笔谈》里所录魏野的一首诗《陕州平陆县》:

　　　　寒食花藏县,重阳菊绕湾。一声离岸橹,数点别州山。

这是一首写景诗,仔细揣详,意思平平,如果用散语来写,不会有多少情趣,可是四句两联,对得实在好,大大提升了欣赏意味。古人七律作得好的,当然首推杜甫。其感慨悲壮、"沉郁顿挫"风格的形成,"对偶"起了相当大的作用。如"五更鼓角声悲壮,三峡星河影动摇"、"无边落木萧萧下,不尽长江滚滚来"、"白日放歌须纵酒,青春作伴好还乡",等等,人们耳熟能详,不烦例举。古代诗人中再一位以善"对偶"著称的是陆游。所谓"古人好对偶被放翁用尽"(《后村诗话》),钱锺书在《宋诗选注》里特别提到这一点。陆游一生作诗近万首,难免有相当数量空疏潦草之作。可由于他善作对句,一些意思平庸之作大为提高了欣赏价值。如写浮桥:"九轨徐行怒涛上,千艘横系大江心。"(《度浮桥至南台》)写春天的郊野:"苜蓿苗侵官道合,芜菁花入麦畦稀。"(《春残》)写路上风景:"山平水远苍茫外,地辟天开指顾中。"(《初发夷陵》)还有前面引用过的《临安春雨初霁》的"矮纸斜行闲作草,晴窗细乳戏分茶",抒写闲适情趣,细腻而生动;名作《书愤》的"楼船夜雪瓜洲渡,铁马秋风大散关",这写的是两个诗人旧游之地,也是宋金争战的战场,绍兴三十一年十一月宋兵曾在瓜州、采石一带抵抗金兵,同年秋宋、金又在大散关展开争夺战,由个人的思旧之情联想到宋金争战的形势,写出这抒发愤慨和隐忧的一联诗。

　　"对偶"作为艺术技巧，又成为诗人们炫奇斗巧的手段。而优秀的作者在这方面确实能够发挥才智，取得卓越的艺术效果。胡仔《苕溪渔隐丛话》里记载：

> 　　《漫叟诗话》云：杜诗有"自天题处湿，当暑着来清"，"自天"、"当暑"，乃全语也。东坡诗云："公独未知其趣耳，臣今时复一中之。"可谓青出于蓝。苕溪渔隐曰：东坡此诗，戏徐君猷、孟亨之皆不饮酒，不止天生此对，其全篇用事亲切，尤为可喜。诗云："孟嘉嗜酒桓温笑，徐邈狂言孟德疑。公独未知其趣耳，臣今时复一中之。风流自有高人识，通介宁随薄俗移。二子有灵应抚掌，吾孙还有独醒时。"皆徐、孟二人事也。又《王直方诗话》载蔡宽夫天启为太学博士，和人"治"字韵诗，有"先生万古有何用，博士三年冗不治"与此相类，亦佳对也。（《苕溪渔隐丛话》前集卷九）

这里中间讨论的东坡诗题为《太守徐君猷通守孟亨之皆不饮酒以诗戏之云》。诗是贬黄州时作的，徐君猷是黄州太守，通守是佐理郡务的官。戏赠这两位不饮酒的人，用了两个同姓善饮古人的典故。《晋书》本传上说"孟嘉好酣饮，愈多不乱。桓温问嘉曰：'酒有何好，而卿嗜之？'嘉曰：'公未得酒中趣尔。'"《三国志·魏书·徐邈传》上说："魏国初建，为尚书郎。时科禁酒，而邈私饮至于沉醉。校事赵达问以曹事，邈曰：'中圣人。'达白之太祖，太祖甚怒。度辽将军鲜于辅进曰：'平日醉客谓酒清者为圣人，浊者为贤人，邈性修慎，偶醉言耳。'"苏轼把这两件事做成对子，对得严丝合缝，人、事、声韵都十分稳妥；更妙在颔联，把人们熟知的"酒中趣"和"中圣人"两个典故拆散，又用虚词作句尾，表现谐谑的情趣。这算是游戏之作，但精巧的用典、对仗却显示诗人的功力，强化了欣赏效果。

　　"对偶"的精巧还可用陆游的例子。下面这一联是刘克庄称赞过的，出自他的《自咏示客》诗："吏进饱谙箝纸尾，客来苦劝摸床棱。"这是讲为官消极应付之道的。上句"箝纸尾"典出韩愈《蓝田县丞厅壁记》，写当时官场陋俗，县丞是县令的辅佐，为了避嫌，却"不可否事，文书行，吏抱成案诣丞，卷其前，钳以左手，右手摘纸尾，雁鹜行以进"，县丞看"吏"的眼色签署，"不敢略省，漫不知何事"；下句用苏味道典，史书记载他"初拜相，门人问曰：'方事之殷，相公何以燮和？'味道：'但以手摸床棱而已。'时谓摸床棱宰相"。陆游诗的妙处还在典故本身很形象，即使不知道具体出处也无碍对诗的理解。

宋人总结出多种多样"对偶"的方法。如沈括说：

> 如徐陵云："陪游馺娑，骋纤腰于结风；长乐鸳鸯，奏新声于度曲。"又云："厌长乐之疏钟，劳中宫之缓箭。"虽两"长乐"，意义不同，不为重复，此类为傍犯（《玉台新咏序》）；如《九歌》："蕙肴蒸兮兰籍，奠桂酒兮椒浆。"当曰"蒸蕙肴"，对"奠桂酒"，今倒用之，谓之蹉对；如"自朱耶之狼狈，致赤子之流离"（不详所出），不唯"赤"对"朱"，"耶"对"子"，兼"狼狈"、"流离"乃兽名对鸟名；又如"厨人具鸡黍，稚子摘杨梅"（孟浩然《裴司士见访》），以"鸡"对"杨"，如此之类，皆为假对；如"几家村草里，吹唱隔江闻"（不详所出），"几家村草"与"吹唱隔江"，皆双声；如"月影侵簪冷，江光逼履清"[韩偓《赠吴颠尊师（丙寅年作）》]，"侵簪"、"逼履"皆叠韵；诗第二字侧入谓之正格，如"凤历轩辕纪，龙飞四十春"（杜甫《上韦左相二十韵》）之类；第二字平入谓之偏格，如"四更山吐月，残夜水明楼"（杜甫《月》）之类。（《梦溪笔谈》卷十五）。

诗文里无数巧妙的对仗、对句提高了读者欣赏的兴趣，更重要的是增添了表达的内涵。它们遂成为关系作品整体艺术水平的重要修辞手段。

"对偶"作为"工具"

看古人的诗集，里面往往有和作、联句类作品。古代交际，游艺、宴饮、迎送、集会等场合，一个人就某题写一首诗，其他的人写同题的诗，是为"唱和"；如果写律诗，按前人同一部里的字押韵，就是"和韵"；如果押韵逐一用前人诗里同样的韵字，则是"步韵"。联句是两个或两个以上的人写诗，你一句我一句，实际每联诗的后一句就是前一句的"对句"。无论是唱和还是联句，写得好，对得工整，不容易。这需要知识、技巧，还要头脑的机敏。但从另一面说，如果自幼经受过对偶声韵的训练，熟读过相关的工具书，记住一批现成的"对子"，凑合着作上一篇，联上一句，又是相当容易的。现在很少有人使用古诗唱和、联句了，往往把各种事看得太难，太神秘，实则有秘诀，即在掌握"工具"。

闻一多《类书与诗》一文讲唐代大量编纂类书与科举考试的关系。其中说到徐坚编的《初学记》，这是当年唐玄宗专门为了教导诸皇子写诗作文编写的。全书分二十三部，从"天"、"岁时"、"地"、"州郡"到"兽"、"鸟"、"鳞介"、"虫"，内容包笼天地万象；每一部先是"叙事"，然后是"事对"，最后征引诗文。例如开头的"天部"里的"天"字，开始是"叙事"，引用《河图括地象》、《释名》、《物理论》、《广雅》等著作，还有辞书对"天"字加以解释："事对"部分列举有关"天"的"对子"：转盖、倚杵，复盆、转毂，象盖、如笠，玉仪、铜浑，设位、垂象，姮娥月、少女风，白鹤云、黄雀风等，一共二十八组，每个词下面都注明出处；诗文部分引录与"天"相关的作品：晋成公绥《天地赋》，晋傅玄、梁刘孝绰、陈张正见、唐宋之问的诗，郭璞的《释天地图赞》。对这部书，《四库全书》馆臣给予很高评价，说它"在唐人类书中,博不及《艺文类聚》,而精则胜之,若《北堂书钞》及《(白氏)六帖》,则出此书之下远矣"。获得这个评价,主要缘由之一应当是这部书有"事对",而"事对"有益于实用。闻一多说到如何把这部书当作"工具"来使用:

> 《初学记》虽是开元间的产物,但实足以代表较早的一个时期的态度。在我们的讨论的范围内,这部书的体裁,看来最有趣。在每一项题目下,最初是"叙事",其次是"事对",最后便是成篇的诗赋或文……一首初唐诗的构成程序也就完全暴露出来了。你想,一首诗做到有了"事对"的程度,岂不是已经成功了一半吗?余下的工作,无非是将"事对"装潢成五个字一副的更完整的对联,拼上韵脚,再按上一头一尾罢了。(《类书与诗》)

掌握这样的"工具",包括前面提到的李渔《笠翁对韵》之类的工具书,无论是参加考试,还是在集会里凑热闹唱和、联句,也就有余裕来应付局面了。这也是旧时把对偶、声韵的训练作为教学基本功的理由。不过这种"凑"出来的诗,很难说有什么"意境"、"情趣"等等的了。唐代士子考试作的试帖诗基本没有好诗好句,也就理所当然了。

上面引用沈括、胡仔论"对偶"的段落,出自"诗话"一类的书,是对前人或时人写作技巧的总结。古代的诗话算是一种独特的文学理论书,内容大多不成体系,显得琐细饾饤,可是吉光片羽,不乏精彩意见。如前面引用过的,唐初近体诗格律定型,诗话之类书里多对于"对偶"的方法加以总结。例如宋魏庆之《诗人玉屑》里的《属对》,讲唐初上官仪的"六对":

> 唐上官仪曰:"诗有六对:一曰正名对,天地、日月是也;二曰同类对,花叶、草芽是也;三曰连珠对,萧萧、赫赫是也;四曰双声对,黄槐、绿柳是也;五曰叠韵对,彷徨、放旷是也;六曰双

拟对,春树、秋池是也。"(《诗人玉屑》卷七)

接着又讲"八对",并加上例句说明,如"一曰的名对,送酒东南去,迎琴西北来是也;二曰异类对,风织池间树,虫穿草上文是也"等等。上官仪本人精于声律,对于近体格律的定型做出一定贡献。

继而出现许多《诗格》一类书,则是另一类"工具",讲"对偶"也是其中主要内容。中唐时期入唐的日本学僧空海的《文镜秘府论》里用很大篇幅讲"对",东卷《论对》曰:"文辞妍丽,良由对嘱之能;笔札雄通,实安施之巧。若言不对,语必徒申;韵而不切,烦词枉费。"他总结出二十九种对,就是根据当时流行的《诗格》一类书,考核异同,加以汇总的。他给每一种"对"做出具体说明,然后举出例句加以解释。如"的名对",他说:"的名对者,正也,凡作文章,正正相对。上句安天,下句安地……或曰:天地,日月,好恶,去来……如此之类,正名对。"然后举例子:"东圃青梅发,西园绿草开。砌下花徐去,阶前絮缓来。"(《文镜秘府论》东卷)这四句诗出处无考,上下句相应的每个字都成"正对"。这二十九种对应当是今存文献里讲作诗"对偶"最细致详尽的了。近人所著讲诗词格律的书,也都会用很大篇幅讲"对仗"技巧,讲"对"的宽严,讲"借对"、"流水对"等,具体方法变化多端,也是示人以"工具"。但是有了工具,除了看能否熟练地使用,更重要的是从事写作还得有精彩、动人的思想感情作为内容。

梁启超有一篇文章《痛苦中的小玩意儿》,介绍从清人到他自己所作集句联语,权且拿其中的一段话作为本文的结尾:

> 骈俪对偶之文,近来颇为青年文学家所排斥……但以我国文字的构造,结果当然要产生这种文学,而这种文学,故自有其特殊之美,不可磨灭。我以为爱美的人,殊不必先横一成见,一定是丹非素,徒削减自己娱乐的领土。楹联起自宋后,在骈俪文中,原不过附庸之附庸,然其佳者,也能令人起无限美感。

说"典故"

"事典"和"语典"

上世纪三十年代,北洋政府统治北京,女师大闹学潮。校长杨荫榆发表《感言》,说到校方与学生的矛盾,其中有"与此曹子勃谿相向"的话;又《晨报》上刊登哲学系教员兼代主任汪懋祖的"意见书",其中形容当局与学生的关系又是"相煎益急"。当时一批进步教授出面支持学生,带头的鲁迅写了一系列文字抨击当局,其中一篇杂文《咬文嚼字(三)》,后来收入《华盖集》,里面说:"发见了……(杨的)这一句话,才算得到一点头绪:校长与学生的关系是'犹'之'妇姑'";接着又说看到(汪的)后一句话,"知道我又错了,原来都是兄弟,而且正在'相煎益急',像曹操的儿子阿丕和阿植似的"。这是抓住对方作为大学校长或著名教授,而在一般文字里典故使用不当,对镇压学潮的当局及其代表人物旁敲侧击,加以嘲讽。

"勃谿"一语出《庄子·外物》:"室无空虚,则妇姑勃谿。"成玄英疏:"勃谿,争斗也。"依据这个出典,这个词语本是用来形容婆媳互斗的。杨荫榆这样使用,就是把校长与学生的关系说成婆媳了。接着鲁迅又俏皮地加上一句:"婆媳吵架,与西宾(私塾师傅)又何干呢。"

这就又照应下文,对帮忙的教授连带捎上一句。"相煎益急"出南朝刘义庆《世说新语·文学》:"文帝(曹丕)尝令东阿王(曹植)七步中作诗,不成者行大法。应声便为诗曰:'煮豆持作羹,漉菽以为汁。其在釜下燃,豆在釜中泣。本是同根生,相煎何太急!'""相煎何急"是这个故事的概括,指对亲人迫害或残杀。汪懋祖使用这个词语,又把当局与学生的关系说成是兄弟了。鲁迅在这里称曹丕和曹植为"阿丕和阿植",以戏谑称呼来强化讽刺效果。杨荫榆或汪懋祖用语比拟不伦,如果公允点说,或许他们写作当时不一定想得那么清楚。而鲁迅捉住用典的不当,以老辣用笔,揭露其观念的陈腐。这是攻其一点伤其全身的笔法,技巧之精彩不能不让人叫绝。

"勃溪"用来形容内部争斗,这是前人(《庄子》书)用过、后人又相沿使用(这种生僻的用语当然要有一定文化素养的人才能使用)的词藻,用在文章里,叫做"语典";"相煎益急"是从一个故事概括出来的,已形成形态稳固的词语,用在文章里叫做"事典"。"语典"和"事典"统称"典故"。使用典故,即所谓"用典",是写作的一种技巧。用得好,会提高作文的表现力、感染力,也是衡量艺术水准的标志。

继续拿鲁迅文章做例子:女师大学潮是 1924 到 1925 年的事。在这之前的 1922 年,吴宓等几位教授在南京创办杂志《学衡》,标榜"昌明国学,融化新知"。"学衡"这个词有衡量学术即判定学术是非的意思。办杂志用来作名字,编者显然是在高自标帜,表示自己可以衡量、指导学术。在"五四"运动刚刚过后的当时提倡所谓"国学",这个杂志又不用白话而用古文,立场上显然是和"新文化运动"背道而驰的。杂志创刊号发行后,鲁迅立即予以批判,写了《估学衡》一文,取义"估量"这份称为"学衡"的杂志的分量。这是对《学衡》名称的戏谑,文章后来收在杂文集《热风》里。鲁迅专门"衡量"这本刊物所刊诗文文字上的谬误,从看似用语小节处揭露这些教授们"不通文墨",根本没有"衡"的资格。其中典故运用是批驳的重要一项。例如刊物里邵祖平的诗《渔丈人行》起首两句是:"楚王无道杀伍奢,覆巢之下无完家。"作者用的事典出宋刘义庆《世说新语·言语》："孔融被收,中外惶怖。时融儿大者九岁,小者八岁,二儿故琢钉戏,了无遽容。融谓使者曰:'冀罪止于身,二儿可得全不?'儿徐进曰:'大人岂见覆巢之下,复有完卵乎?'寻亦收至。"诗的作者为了凑韵,把"无完卵"改成"无完家",鲁迅说:"这'无完家'虽比'无完卵'新奇,但未免颇有语病。假如'家'就是鸟巢,那便犯了复,而且'之下'二字没有着落,倘说是人家,则掉下来的鸟巢未免太沉重了……押韵至于如此,则翻开《诗韵合璧》的六麻来,写道'无完蛇''无完瓜''无完叉',都无所不可的。"还有一篇萧纯锦作的《中国提倡社会主义之商榷》,其中说:"凡理想学说之发生。皆有其历史上之背影。绝非悬空虚构。造乌托之邦。作无病之呻者也。"鲁迅利用戏仿的笔法批驳说:"查英吉之利的摩耳,并未做 Pia of Uto,虽曰之乎者也,欲罢不能,但别寻古典也非难事,又何必当中夹楦呢。于古未闻'睹史之陀',在今不云'宁古之塔',奇句如此,真可谓'有病之呻'了。"萧作显然是为了凑足四字句,在"乌托邦"这个音译词中间加了个"之"字,鲁迅接下来用"睹史之陀"、"宁古之塔"加以戏仿。"睹史陀"是梵文音译,另译"兜率天",是佛教所说欲界第四天,弥勒菩萨所在;"宁古塔"是清朝地名,在今黑龙江省牡丹江市附近,是清廷流放罪人的地方。鲁迅批评的上述两例,"无完卵"是"事典","乌托邦"可以算是"语典"。姑不论两篇文章内容,仅就用典看,显然犯了大忌,就是一经形成为"典故",形态就是稳固的,不能随意改动。

不过就事论事,尚有两点可议。

一是所谓"语典",哪些算哪些不算,要有个限制。后人文章所用词语,大多数会在前人作品里找到"出处"。黄庭坚评论杜甫诗,曾说"老杜诗字字有出处"。历来注杜甫诗最详密的当数清人仇兆鳌的《杜少陵集详注》,注解密密麻麻,几乎每个字都找到出处。如果有"出处"的词语都可算作"语典",那就太宽泛了,因而不能不有所限制:即一般常用词藻不能算"语典","语典"应当是:第一,意义具有一定内涵的;第二,经过长期使用,形态较稳固的;第三,表述精粹、凝练的词语。至于前面三点达到什么程度,很难划定明确的界线。所以"语典"是个模糊概念。在对事物的分类中,所用概念验之实际都会有模糊的地方。

再说"事典",当然必须是形态稳固的词语,不过可否改动也不是绝对的。例如杜甫《入衡州》诗有句曰:"剧孟七国畏,马卿四赋良。"上句用战国时的游侠剧孟典,据说当时列国相争,他一人之力可敌一国;下句用司马相如典,他写了《子虚》等四篇赋。相如号长卿,把他作四篇赋这件事浓缩在五言句里,杜甫简化司马长卿为"马卿",有点不伦不类,所以曾受到后人批评。不过杜甫名气大,这么写了,后来有人跟着写。钱起诗《送褚大落第东归》:"稚子只思陶令至,文君不厌马卿贫。"上一句用陶渊明弃官归田典,后一句用司马相如与卓文君当垆卖酒典。后来写诗用"马卿"称代"司马相如"的颇不乏人。还有,《论语・宪问》上记载孔子说:"微管仲,吾其被发左衽矣。"这是称赞管仲的话,"微"是无、没有的意思,是说幸亏有管仲,不然今天还处在野蛮状态呢。而刘宋傅亮作《为宋公修张良庙教》说:"夫盛德不泯,义存祀典。微管之叹,抚事弥深。"用"微管"代称管仲。后人接着这样称呼,如陆游《雨夜书感》诗:"群胡穴中原,令人叹微管。"刘克庄《贺新郎・杜子昕凯歌》词:"不论周郎并幼度,便仲尼复起嗟微管。"如此用典,也就"约定俗成"了。所以"事典"也不是绝对不可改动,灵活运用也是允许的。鲁迅善于抓人的小辫子,而且揪住不放,是他冷嘲热讽技巧的一例。

"典故"——一种特殊的词藻

刘勰在《文心雕龙》里专立《事类》一题,专门讨论用典,开宗明义就说：

> 事类者，盖文章之外，据事以类义，援古以证今者也。

这里所谓"事"就是指"事典"。他又说：

> 明理引乎成辞，征义举乎人事，乃圣贤之鸿谟，经籍之通矩也。

这里"成辞"即"语典"，"人事"即"事典"。下面加以具体论说，追溯到屈（原）、宋（玉）、贾（谊）、马（司马相如），指出写文章使用"典故"由来已久。刘勰自己的这部书是相当漂亮的骈体文，也大量使用典故。例如就在这一篇里，他说明写作"博综在学，取事贵约"，就说："将赡才力，务在博见，狐腋非一皮能温，鸡跖必数千而饱矣。"这是用了《淮南子·说山训》："天下无粹白狐而有粹白之裘，掇之众白也；善学者若齐王之食鸡，必食其跖数十而后足。"刘勰这段话里用了两个典故：前者"狐腋"云云是"语典"，不过稍加变化（这是容许的）；后者用齐王食鸡事，则是"事典"。

"用典"并非中国古代诗文写作的独创，世界各国做文章也相当普遍地使用典故。例如西方作家多使用希腊神话和《圣经》里的典故，前者如阿喀里斯之踵（Achilles' heel，致命弱点）、特洛伊木马（the Trojan Horse，使用计谋从内部攻陷）、达摩克利斯之剑（the Sword of Damocles，千钧一发）等等；后者如伊甸园（Garden of Eden，乐园）、巴别塔（Tower of Babel，空中楼阁）、挪亚方舟（Noah's Ark，得救之地）等等。但就典故的丰富多彩、用典技巧的精致娴熟说，西方文学不能和中国文学相比。中国诗文创作的一大特点是善用语言，讲究语言技巧，这也体现在大量使用典故上。

古代诗文多用典故，首先决定于中国文化传统的悠久、丰厚，积累起大量典籍，提供无比丰富的典故"资源"。传世的儒家经典、诸子百家、《左》《国》《史》《汉》等早期史书乃是后人掇取典故的渊薮。两汉以后典籍更多，除了后来总括为四部书的大量著作，还有佛、道二教在内容、语言和表现手法上都独具特色的"经典",从而给作者提供更多的典故。而且往往一个典故,使用中又不断衍生出新的含义,让它在使用中可以花样翻新。例如葛洪《神仙传》里写仙人王远和麻姑相会,麻姑说:"接待以来,已见东海三为桑田。"这是神仙的语言,极端夸张地表明了时光悠远和世事剧变,由此形成"沧桑"一语,成为经常被使用的"语典"。后来这个词语又衍生出人生磨难、面貌苍老、朝代更迭等新义。这样,无数含义深刻而又表达精粹的词语构成庞大的典故堆积,成为写作取之不尽的材料。

大量使用典故又与中国文化传统有关系。古人一般认为《周易》爻辞是文王或周公所作,并不足据,但它作为中国最早的典籍之一是可以肯定的。其中已经用典。例如"泰"卦阴爻五的爻辞"帝乙归妹,以祉元吉"。帝乙是殷纣王的父亲,把女儿嫁给周文王,这个女儿就是有莘氏之女、周武王的母亲太姒,这当初是周朝的盛事。这一爻的爻辞就是用"帝乙归妹"这个典故来形容事情吉祥。《周易》用典不止这一处。到先秦诸子、辞赋、《左》《国》,用典已经成为重要的修辞手段。中国古代有"好古敏求"的传统,士大夫"学而优则仕",熟悉典籍是他们的基本功。所谓"口不绝吟于六艺之文,手不停披于百家之编,记事者必提其要,纂言者必钩其玄",所谓"沉浸酖郁,含英咀华"(韩愈《进学解》),他们的才学、知识、教养、能力正可以在使用典故中表现出来。

古代诗文多用典故还和汉语、汉字、中国传统的行文体制等属于表现"形式"的种种因素有关系。写作短篇诗文要求文字简洁凝练。特别是诗歌(包含辞赋,还有骈文)创作,又有音节、韵律、对偶等格律限制,利用凝缩一定含义的典故就成为必要的表达手段。典故的基本作用在指代。比如人们耳熟能详的两首唐人七绝的结句:"黄沙百战穿金甲,不破楼兰终不还。"(王昌龄《从军行》五首之三)"吹之一曲犹未了,愁杀楼兰征戍儿。"(岑参《胡笳歌送颜真卿使赴河陇》)。这两首诗用了"楼兰"一词。楼兰是汉代西域国名，汉武帝通西域，于元封三年（前 108）归附汉朝，后来汉朝派傅介子立尉屠耆为王，更名为鄯善。这是中国历史上开疆拓土、张扬声威的著名史迹。两首诗用了同一典故，表达全然不同的两种境界：前一首诗是抒写边关战士战胜强敌的雄心壮志，"楼兰"是指代唐时西北边疆内侵的少数族渠帅；后一首是指代旷远荒凉的边关之地，中原远征战士在荒凉边陲长期羁留，不得还乡。这样，"楼兰"这个词使用在不同场合又能表达不同含意。又例如白居易的《长恨歌》，写唐玄宗和杨贵妃爱情故事，开头说"汉皇重色思倾国，御宇多年求不得"，上句"倾国"用《诗·大雅·瞻卬》："哲夫成城，哲妇倾城。"郑玄笺："城，犹国也。"是说周幽王迷恋褒姒导致亡国。后来《汉书·外戚传上·李夫人》记载："延年侍上起舞，歌曰：'北方有佳人，绝世而独立，一顾倾人城，再顾倾人国。宁不知倾城与倾国，佳人难再得！'"白居易沿用这个典故，用汉武帝指代唐玄宗，是避讳的手法。后来李商隐《马嵬》诗说："君王若道能倾国，玉辇何由过马嵬！"这是咏史诗，用这个典故说唐玄宗当初如果明白迷恋美女会国破家亡，就不至于经过马嵬逃亡到四川了。也是用史事行讽刺。再如李商隐仕途不顺利，卷入中唐朝廷两大派官僚的"牛李党争"。他年轻时受到牛党令狐陶父子的照料，后来在泾原又和担任节度使的李党王茂元的女儿结婚，结果被指责没有操守，受到两方排斥。他写《安定城楼》诗，安定城即泾原，其中说："贾生年少虚垂涕，王粲春来更远游。"这里用贾谊和王粲作比：汉代贾谊年少才高，二十多岁上书汉文帝，受到排斥，远贬长沙，活了三十三岁就故去了；三国时的王粲因为北方混战，远走荆州，依附刘表，却没有得到重用。李商隐用这两个"事典"来自述，表白自己抱负远大，所依非人，处境困顿，把愤悱不平之情抒写得既深刻又委婉。这些概括史事的"事典"起到叙事、指代、讽刺等不同作用，把作者的观点表达得既生动又显豁。

　　晋宋以降，骈体文大兴，诗歌格律精致化。它们在表达上有几个共同要求：一是讲究辞藻，二是使用对偶，三是讲究声韵，再一个就是大量使用"典故"。魏晋以来文学创作的"骈俪化"往往被看作是形式主义、唯美主义的表现。但如果全面地就以考察，这一潮流在艺术技巧上的追求及其利弊，是不可简单地加以否定的。从文学自身发展的角度看，讲究文字修饰，注重修辞技术，包括使典用事，乃是艺术水准演进的要求与表现。至于罔顾内容，流宕忘返，成为流弊，则是另一个问题了。不过应当承认，写作艺术的进步，内容与形式不会是均衡的、直线的。南北朝时期诗文创作在词藻、对偶、声韵和典故运用等艺术技巧方面取得的成就，正给唐宋高水准的诗文创作提供了艺术上的资源与借鉴。

　　这样，使典用事乃是中国写作传统的艺术技巧，多用、善用典故乃是古代诗文的特点和优长。典故用得合宜、巧妙，会使作品更凝练精致，含蕴丰富，增强作品的表现力，予人特殊的美感。

"小众"的用典

　　古典诗文基本是文人士大夫的创作。从根本说，这又是"小众"的艺术。据传白居易曾努力让自己的诗"老妪能解"。但那只是一种理想，表达诗人对普通民众的善意和关切。实在说来，今天许多即使是有相当学养的读书人读古文、古诗，不借助注解也难以完全明白。如果把阅读比喻为欣赏过路的风景，作品中的典故往往成为路上的沟沟坎坎。阅读时一面看原文，一面按标号找注解，麻烦不必说，也大大败坏了欣赏的兴致。但是另一方面，那些艺术技巧娴熟的作品，典故用得熨帖得当，把内容表达得含蕴深厚，意境完美，读者感觉不到刻意造作的痕迹，不得不让人击节称叹，又平添几分欣赏的乐趣。这样,使典用事的效果如何,又是作者和读者两方面的事。作者用得巧妙,还得读者有一定文化水平,能够理解、欣赏。

自古及今使用典故技巧纯熟的作者、作品很多。从文学史上第一位有名的大作家屈原到清末的龚自珍,许多卓越的作者都喜欢用典,善于用典。他们显然都刻意在这方面用功夫,取得的成就也令人赞叹。就诗歌创作说,有两个人,一位唐代的李商隐,一位明清之际的吴梅村,特别喜欢用典,而且用得出神入化。李商隐创作中的那些无题诗大量使用典故,主旨隐微难解,意境迷离恍惚,所以有"只恨无人作郑笺"(元好问《论诗三十首》)的慨叹。典故成为破解这些作品的主要障碍。但是李商隐利用那些典故构成含蓄朦胧的意境,成为他的创作的主要艺术特征之一,让人推详、猜测,获得艺术享受。对这其间的奥秘,探索的人很多,他的诗可参阅的繁、简注本也很多,这里不拟讨论。

吴梅村(1609—1672),名伟业,明末清初诗人,是历史评价颇受争议的人物。他多才多艺,不仅工诗能文,词曲、书画亦无不精工,是明末江左文人的领袖。明朝灭亡后,他本来绝意仕进,隐居故里,但后来迫于清廷威压,到清王朝定都北京十年后的顺治十一年(1654),不得不应召出仕,遂玷污大半生英名。他的诗各体皆工,尤长于以时事入诗的长篇歌行。他的这一类作品,叙写生动,又深情绵邈,颇得唐人神髓,技法上则格律精严,辞采华艳,特别是大量使典用事,巧妙精工,出神入化,成为他创作的重要特点和长处。典型体现他的创作风格和艺术水平的作品正是《圆圆曲》。

这首长诗以叛明降清将领吴三桂与名妓陈圆圆在乱世中的离合悲欢情事为题材,据考(叶君远《吴梅村传》)作于顺治八年(1651)。其时清廷统治已经稳固,吴三桂受命镇守汉中,是在吴梅村本人尚未出仕的时候。吴三桂本是明末镇守东北边防的将领,李自成义军攻陷北京,崇祯皇帝自缢煤山,他投降义军,受命北上抵抗清军。行至河北玉田，获悉其父被捕和爱妾陈圆圆被李部将刘宗敏劫掠，遂叛变杀回北京，攻打李自成，夺取陈圆圆。这个乱世中翻覆逞强的将帅与名妓的聚散离合故事，一时间传诵人口，被吴梅村演绎成一首气势壮阔、丰赡富艳的长篇歌行，展现天崩地裂的乱世中托命权豪的妇人的悲剧命运，给予权倾一时的叛将吴三桂严厉的讥刺诛伐。这篇作品在技法上长处多多，这里只讲善于用典一项。全诗七十八行，五百四十九字，限于篇幅，只节录开头五小节，以两句一联为单位，随文对用典加以解说：

　　　　鼎湖当日弃人间，破敌收京下玉关。

上句写崇祯皇帝弃市，吊死煤山，用黄帝在鼎湖乘龙升天传说，典出《史记·封禅书》；下句写吴三桂从山海关回师北京，讨伐李自成起义军。玉关，玉门关，指代榆关，即山海关。前者是"事典"，后者是"语典"。这一联起句把全诗情节置于国破巨变的局面之下，而比拟崇祯之死为黄帝升天，有怀念先朝的意味。

　　　　恸哭六军俱缟素，冲冠一怒为红颜。

《周礼·夏官》上说"王六军"；"缟素"义为白色丧服，典出《管子·轻重甲》："故君请缟素而就士室。"这一句是说明朝全军恸哭，为崇祯服丧。岳飞《满江红》的起句是"怒发冲冠"，这里变化为"冲冠一怒"；"红颜"指年轻美女，典出汉傅毅《舞赋》："红颜晔其扬华"。这里吴三桂"亮相"：与"六军"为国丧恸哭相对映，他"为红颜"弃守边关。而为一妇人被夺"冲冠一怒"，再让人联想岳飞的"怒发冲冠"，又形成鲜明对照。这一句一字千钧，定下吴三桂的千古罪案。

　　　　红颜流落非吾恋，逆贼夭亡自荒宴。

"红颜"承上，句法是所谓顶针格。"非吾恋"乃是虚饰语。"逆贼"指李自成，这样的用语当然表明了作者的政治态度。"荒宴"是说沉溺酒宴，典出宋颜延之《五君咏·刘参军》："韬精日沉饮，谁知非荒宴。"这里是形容李自成入京后骄横恣意,沉溺享乐。

> 电扫黄巾定黑山,哭罢君亲再相见。

"黄巾"本是汉末农民起义军,此指代李自成军队;"黑山",史籍所载非一处,大都指北方军事要塞。这里"黑山"用典是泛指。而作为"词藻"、"语典",也是利用"黑"、"山"字面给人的印象。下句回应前面"非吾恋","哭罢君亲",而把"君亲"放前头,然后再见"红颜",表面上意在回护吴三贵在军事倥偬之际急切地会见陈圆圆,实意在讥讽。

> 相见初经田窦家,侯门歌舞出如花。

"相见",又是顶针格,这里笔锋转而写陈圆圆。她本为苏州艺妓,时有外戚田宏遇(? —1643?),是明思宗朱由检的田妃之兄,他曾将田妃供奉掖庭,田妃受宠,他被封为左都督。当初陈圆圆曾被田宏遇强行抢到京城,准备献给崇祯皇帝,后来几经周折,再回田邸,在田家宴席上被介绍给吴三桂,一见钟情,订约聘娶。这里上句"田窦家"用了西汉声势雄豪的皇戚武安侯田蚡和魏其侯窦婴典故。田宏遇也是外戚,也姓田,用来比况,用典天衣无缝。"侯门"承"田窦家",典出范摅《云溪友议》里的故事:唐崔郊之姑有侍婢,与郊相恋,被卖与连帅,后与郊相遇,郊赠之以诗曰:"公子王孙逐后尘,绿珠垂泪滴罗巾。侯门一入深如海,从此萧郎是路人。"这里叙写"如花"的美女沦落侯门,恰到好处地表明了陈圆圆的身份、处境。

> 许将戚里箜篌伎,等取将军油壁车。

"戚里",指外戚聚居之处,典出《史记·万石张叔列传》:"于是高祖召其姊为美人,以奋为中涓,受书谒,徙其家长安中戚里。"这里"戚里"正好照应前面"田窦家"。箜篌,一种拨弦乐器,《史记》裴骃集解转引应劭说"武帝令乐人侯调始造箜篌",所以"箜篌伎"指宫廷艺人,这是照应陈圆圆入宫的经历。"油壁车"是一种以油涂壁的华贵车子,典出《南齐书·鄱阳王锵传》:"殿下但乘油壁车入宫。"

> 家本姑苏浣花里,圆圆小字娇罗绮。

"浣花里"本是唐名妓薛涛在成都所居之处,用在这里切合陈圆圆的身份。"罗绮"本来是两种丝绸的名称,引申指服装华贵的女子,李白《清平乐》词有句:"女伴莫话孤眠,六宫罗绮三千。"这里写陈圆圆家住浣花里,小名叫罗绮,都是"语典",实际是诗人自我作古的典故。

> 梦向夫差苑里游,宫娥拥入君王起。

夫差,春秋时吴王国君,宠爱越国范蠡所献西施,迷惑忘政,兵败笠泽(即苏州太湖),亡于越国。"夫差苑"的名称也是自我作古。因为陈圆圆出身苏州,所以联想到春秋时期吴国故事。

> 前身合是采莲人,门前一片横塘水。

"采莲人"指西施,承上,用李白《子夜吴歌·夏歌》典:"镜湖三百里,菡萏发荷花。五月西施采,人看隘若耶。""横塘"是古堤名,三国吴大帝时筑于建业(今南京市)南淮水(今秦淮河)南岸,晋左思《吴都赋》"横塘查下,邑屋隆夸"所述即其地;后来苏州西南亦有横塘。这里是写陈圆圆原本是青春的民间女子。

> 横塘双桨去如飞,何处豪家强载归。

"横塘",又是顶针格。"豪家",有钱有势的人家,典出《管子·轻重甲》:"吾国之豪家迁封食邑而居者……"此处指陈圆圆被外戚田宏遇劫掠。船"去如飞",形容"豪家"的气势骄横。

> 此际岂知非薄命,此时唯有泪沾衣……

"薄命",典出《汉书·外戚传下·孝成许皇后》:"妾薄命,端遇竟宁前。"

以上节取全诗开头的二十二句,从明朝灭亡写起,写吴三桂因为陈圆圆被李自成所夺,引领清军入关,然后回叙初次在田宏遇府上饮宴相见情景,再向前追述陈圆圆的出身和被田宏遇劫掠的经历。这一大段字数并不多,但所述情节从改朝换代的世事巨变到民间小女子的境遇,开合变化,配合以平仄声韵跌宕起伏的转换,展开一对特殊"情人"悲欢离合故事的序幕。以下,以人系事,叙述陈圆圆与吴三桂定情、身陷李自成变乱、与吴三桂再次相聚,直到追随降清的吴三桂进兵陕西的曲折经历。吴梅村这首诗选取这个翻覆无常的强悍将帅与美貌妓女的恋情故事做题材,不是搜奇猎艳,也不只是描写人物的个人悲剧,而是在明清易代社会剧变的广阔的历史画面中展现了两个具有传奇色彩的人物的交往与命运,表达对有权势的叛逆将帅的讥刺、痛恨和对不能掌握自己命运的弱女子的同情,遂成为中国诗史上辞情并茂的咏史名篇。

上面节录这一段写法的明显特征之一,就是用典繁密,几乎句句用典,而且用得极其贴切巧妙。一方面借典故来叙述故事,创造意境;另一方面又充分发挥典故的指代、比况、影射、象征、避讳、讽刺等作用,传达出诗人鲜明的爱憎感情。全诗读起来音情顿挫,典丽精工,情意绵邈,趣味盎然。当然,这是一篇典型的知识精英的创作,体现浓重的炫耀才情、炫奇斗异的意味。这类作品的创作者和接受者必然都是"小众"。没有相当文化素养、古典知识是不能读懂的,遑论欣赏。但是如果真的有能力,能够读懂,则可以体会诗人写作技巧的高超,得到高度美的享受。这也充分表明诗文创作中使典用事的作用和意义,同时其局限和弊端也就很清楚了。

不过从另外的角度看,随着读者文化水准的提高,后世会有更多的人能够读懂典故,欣赏作品。比如这首《圆圆曲》,到写出三百六十多年后的今天,就有越来越多的人作为文学经典来诵读。借助注解本,有一般阅读能力的人也能够欣赏,并通过欣赏作品接受艺术熏陶,增长知识。所以"小众"的范围又是在不断变化、扩展的,因而"阳春白雪"的"小众"作品的价值也是要充分估量的。

"用典"与"出处"

宋人"以文字为诗",特别注重写诗用语要有"出处"。黄庭坚说:

> 自作语最难。老杜作诗,退之作文,无一字无来处。盖后人读书少,故谓韩、杜自作此语耳。古之能为文章者,真能陶冶万物,虽取古人之陈言入于翰墨,如灵丹一粒,点铁成金也。(《答洪驹父书三首》,《山谷集》卷十九)

> 作诗句要须详略,用事精切,更无虚字也。如老杜诗,字字有出处,熟读三五十遍,寻其用意处,则所得多矣。(《论作诗文》,《山谷别集》卷六)

如前面说过,所谓"出处"就是广义的"事典"和"语典"。黄庭坚写诗是宗杜的,杜诗确乎善于用典。如后来胡应麟在《诗薮》内编里说:

> 杜用事门目甚多,姑举人名一类,如"清新庾开府,俊逸鲍参军",正用者也;"聪明过管辂,尺牍倒陈遵",反用者也;"谢氏登山屐,陶公漉酒巾",明用者也;"伏柱闻周史,乘查似汉臣",暗用者也……"并用"、"单用"、"分用"、"串用"等。

这里只举出用"人名"为例。杜甫才学博大深厚,写诗用典,手到擒来,浑然天成,乃是形成他诗风"沉郁顿挫"的一端。杜诗用典,和他对艺术技巧整体的追求一样,是为表达内容服务的。如果单单以拼凑典故为能事,这就是所谓"掉书袋"、"录鬼簿",变成卖弄学问的文字游戏了。

诗文创作里大量使用典故是在晋宋以降。前面提到的行文骈俪化，让使典用事更加盛行。诗歌则近体格律形成，严格声韵、对仗，更需要讲究使典用事。唐初编出几部大型类书，流传至今的还有《初学记》、《艺文类聚》等，其主要作用就是给写作提供范本和事典。例如《初学记》，列举出大量成对的词藻，正可供写诗作赋拿来使用。闻一多在《类书与诗》一文中曾说："一首诗做到有了'事对'的程度，岂不是已经成功了一半吗？余下的工作无非是将'事对'装潢成五个字一副的更完整的对联，拼上韵脚，再按上一头一尾罢了……我要说唐初是个大规模征集词藻的时期。"举个例子，苏味道的《正月十五日夜》诗：

> 火树银花合，星桥铁锁开。暗尘随马去，明月逐人来。游骑皆秾李，行歌尽落梅。金吾不禁夜，玉漏莫相催。

正月十五是上元日，习俗举行灯会，这是描写首都长安灯会的诗，几乎句句用典。"火树"典出晋傅玄《庭燎》诗："枝灯若火树，庭燎继天光。"写树上装饰灯火；"星桥"典出庾信《舟中望月》诗："天汉看珠蚌，星桥似桂花。"指天上银河。所谓"铁锁开"，形容地上的灯光亮彻天空，银河都隐没了。"暗尘"、"明月"两句也可寻出处，但如上所说，这算是一般的词藻。"秾李"本义是美丽的李花，用来形容美女，典出齐王融《永嘉长公主墓志铭》："作仪阿媛，取俪汉妃；相金陋质，秾李惭晖。"描写这位公主美貌赛过"秾李"的光华。"落梅"指汉乐府横吹曲《梅花落》，《乐府诗集·横吹曲辞四·梅花落》郭茂倩题解："《梅花落》本笛中曲也。"隋江总《梅花落》诗有句："长安少年多轻薄，两两常唱《梅花落》。"这两句写贵妇人骑马游行，街市上舞乐骈阗。最后写担任都城警卫的金吾卫不再"禁夜"，钟漏不再催人，人们彻夜狂欢。选唐诗，这一篇往往入选。这首诗描写唐王朝建立统一大国的兴盛繁华，还不算是空洞雕饰的恶例。从组织结构看，全篇正符合闻一多所说的写法。

前面说过,李商隐善于用典。比如他的那些"无题"诗(有些以诗的首二字为题,等于无题),利用典故来创造迷离惝恍的意境,成为诗歌艺术的精品。不过他也写了些堆垛典故、意趣寡然之作,如下面这首《泪》,引录如下,把所用典故注在括号里:

> 永巷长年怨绮罗(《三辅黄图》:"永巷,宫中之长巷,幽闭宫女之有罪者。"),离情终日思风波。湘江竹上痕无限(《博物志》:"舜之二妃,舜崩,二妃啼,以泪挥竹,竹尽斑。"),岘首碑前洒几多(《晋书·羊祜传》:襄阳人怀念羊祜,在其平生游憩之所立碑,望碑者莫不流泪,杜预称"坠泪碑")。人去紫台秋入塞(用汉昭君出塞和亲典,"紫台"指宫城),兵残楚帐夜闻歌(用楚霸王兵败夜闻汉军四面楚歌典)。朝来灞水桥边问(灞桥在长安东,当时是为送别场所),未抵青袍送玉珂("青袍"指寒士,没有官位者服青袍;"珂"指马笼头上的装饰,"玉珂"指代远行人)。

这首诗咏泪,纯用事典构成:写幽闭宫女的泪、送别长征的泪、思念丈夫的泪、感念恩德的泪、异域思乡的泪、兵败绝望的泪,最后一结,说这些流泪的悲伤都不及失意士子送别知心友人的凄苦难耐。这里用了六个典故,全不搭界,不能够成完整的意境。李商隐大半生客寄沦落,如此写他个人的体验、悲情,还算有些意义(这首诗有人以为是送别被贬黜的李德裕的,为另一解)。再来看宋人杨亿模仿他所作同题诗,就如同意趣寡然的文字游戏了。下面同样在括号中注出典:

> 锦字梭停掩夜机(《晋书·窦滔妻苏氏传》:"窦滔妻苏氏……善属文。滔苻坚时为秦州刺史,被徙流沙,苏氏思之,织锦为回文旋图诗以赠……词甚凄惋。"),白头吟苦怨新知[《西京杂记》:"(司马)相如将聘茂陵人女为妾,卓文君作《白头吟》以自绝,相如乃止。"]。谁闻陇水回肠后(古乐府《陇头

歌辞》："陇头流水,鸣声幽咽,遥望秦川,心肝断绝。"),更听巴猿拭袂时(《水经注·江水》："每至晴初霜旦,林寒涧肃,常有高猿长啸……故渔者歌曰:'巴东三峡巫峡长,猿鸣三声泪沾裳。'")。汉殿微凉金屋闭(汉武帝小名阿娇的陈皇后失宠,当年四岁时曾说若得到阿娇"当作进屋贮之也"),魏宫清晓玉壶欹(魏文帝宫人薛灵芸被选入宫,以玉壶盛泪)。多情不待悲秋意(宋玉《九辩》："悲哉秋之为气也……"),只是伤春鬓已丝。

这是对李诗机械的模仿。宋初的杨亿、钱惟演、刘筠等人都是宫廷高官,在朝作诗唱和,辑成《西昆酬倡集》,意思是他们如仙人在昆仑山上优游酬唱。这些人没有什么深刻生活体验,写诗追求华词丽句,堆砌辞藻。他们刻意模仿李商隐,只能得其皮毛。当时优人做戏,拿他们开玩笑,刘攽的《中山诗话》记载:

> 祥符、天禧中,杨大年(亿)、钱文僖(惟演)、晏元献(殊)、刘子仪(筠)以文章立朝,为诗皆宗尚李义山,号"西昆体",后进多窃义山语句。赐宴,优人有为义山者,衣服败敝,告人曰:"我为诸馆职掎扯至此。"闻者欢笑。

上面引录的一首,就是这一派作者"多窃义山语句"的典型例子。同题诗现存还有杨亿、钱惟演、刘筠各两首。这些诗是都罗列互不相涉的事典,作无病呻吟,至多只能表现作者的记忆和拼凑功夫。

惠洪《冷斋夜话》里说到"换骨夺胎法",也是引用黄庭坚的话:

> 山谷云:诗意无穷而人之才有限,以有限之才追无穷之意,虽渊明、少陵不得工也。然不易其意而造其语,谓之换骨法;窥入其意而形容之,谓之夺胎法。

这里所谓"换骨",是用古人之意而自创新词;"夺胎"则是利用陈语来表达己意。黄庭坚的诗歌创作有其艺术成就,毋庸赘述。但如此单纯在使典用事上花样翻新，则是艺术追求上的偏颇了。

清代沈义父的《乐府指迷》里对写词提出要求，有一条谓"说桃需用'红雨'、'刘郎'等字，说柳需用'章台'、'灞岸'等字，说书需用'银钩'等字，说泪需用'玉箸'等字，说发需用'绿云'等字，说簟需用'湘竹'等字，不可直说破"，四库馆臣批评说"其意欲避鄙俗，而不知转成涂饰，亦非确论"。这种"不说破"而滥用典故，就是所谓"掉书袋"以炫博学，王国维直斥说"古今类书具在，又安用词为耶?"

"文章本天成"

用典的弊端，除了堆垛、"掉书袋"，另一个就是用僻典。晚唐段成式《酉阳杂俎》里记载一个故事，说玄宗朝著名宰相、以"燕许大手笔"著称的文坛领袖人物张说读王勃的《益州夫子庙碑》开头四句："述夫帝车南指，遁七曜于中阶；华盖西临，藏五云于太甲"，"悉不解"，不得不问高僧、天文学家一行。但一行也只能用他的天文知识解释前一句"北斗建午，七曜在南方，有是之祥，无位圣人当出"，而"华盖以下，卒不可悉"。清代蒋清翊注《王子安集》，注出是用《晋书·天文志》："大帝上九星曰华盖，所以覆蔽大帝之坐也。盖下九星曰杠，盖之柄也……华盖杠旁六星曰六甲，可以分阴阳而配节候，故在帝旁，所以布政教而授农时也。""五云"则见《乾元殿颂序》。《晋书》不算僻书，但《天文志》一般读书人不会注意。王勃这样用典，连大学问家的张说都读不懂，不禁让人问为文何用?

近人多用僻典的，如龚自珍。他的代表作《己亥杂诗》是名篇，但多用僻典，不能不说是弊病。如其中有句曰："忏摩重起耳提若，三普贯珠累累若。"上句"忏摩"出唐僧义净《南海寄归内法传》，有自注:"'忏摩'是西土音,'悔'乃中夏之字。"这是用音译的"忏摩"代替"悔"的意思。下句"三普"指佛经的《观世音菩萨普门品》、《普贤菩萨劝发品》、《圆觉普眼品》,是佛门内部用语,一般典籍中未见使用。又有句曰:"椎埋三辅饱于鹰,薛下人家六万增"。上句"椎埋"指盗墓,出《史记·王温舒传》:"少时椎埋为奸。"下句"薛下"用《史记·孟尝君传》:"孟尝君招致天下任侠,奸人入薛中盖六万余家矣。"这两个出典虽然都在读书人熟悉的《史记》,但也相当生僻。有时候,生僻典故有助于烘托出诗情的奇崛生梗,但总会造成阅读障碍,影响欣赏的情趣。

前面说过,随着晋宋以来文风"骈俪化",诗文创作大量使用典故。弊病随之产生,引起反弹。沈约在《宋书·谢灵运传论》里已经提出"直举胸情,非傍诗史"。后来钟嵘的《诗品》也说"吟咏情性,亦何贵于用事?'思君如流水',既是即目;'高台多悲风',亦唯所见;'清晨登陇首',羌无故实;'明月照积雪',讵出经史?观古今胜语,多非补假,皆由直寻。颜延、谢庄,尤为繁密,于时化之。故大明、泰始中,文章殆同书抄"。萧子显《南齐书·文学传论》里也说:"今之文章,作者虽众,总而为论,略有三体……次则缉事比类,非对不发,博物可嘉,职成拘制。或全借古语,用申今情,崎岖牵引,直为偶说,唯睹事例,顿失清采……"当初已经有不少人批评盲目使典用事的文风。

也是如前面提到的,宋人从"西昆体"到黄庭坚,都提倡用典,但对这方面弊端提出意见的也不少。如陆游曾说:

> 今人解杜诗,但寻出处,不知少陵之意初不如是。且如《岳阳楼》诗:"昔闻洞庭水,今上岳阳楼。吴楚东南坼,乾坤日夜浮。亲朋无一字,老病有孤舟。戎马关山北,凭轩涕泗流。"此岂可以出处求哉!纵使字字寻得出处,去少陵之意益远矣。盖后人元不知杜诗所以妙绝古今者在何处,但以一字亦有出处为工,如《西昆酬倡集》中诗,何曾有一字无出处者,便以为追配少陵,可

乎？且今人作诗,亦未尝无出处,渠自不知若为之笺注,亦字字有出处,但不妨其为恶诗耳。(《老学庵笔记》卷七)

类似的意见,如朱熹弟子记载师说:"或言今人作诗多要有出处,曰:'关关雎鸠',出在何处?'"后来严羽《沧浪诗话》,更高张扬唐抑宋旗帜,其不满于宋诗也集中在"以学问为诗"、"以文字为诗",集中表现之一也在用典故、讲"出处"。

陆游提出写作的一种境界:"文章本天成,妙手自得之。"(《文章》)在对待典故上,不是不用,而是要用得泯然无迹,让读者浑然不觉。这就如邢子才说的:"沈侯(约)文章,用事不使人觉,若胸臆语。"(《诗人玉屑》卷七)沈约诗文是否做到这一点是另一个问题,但他提出了用典的一种理想的效果。《西清诗话》论"用事",也有"用事要无迹"一条:

> 杜少陵云:作诗用事,要如禅家语"水中着盐,饮水乃知盐味"。此说诗家秘要藏也。如"五更鼓角声悲壮,三峡星河影动摇",人徒见凌轹造化之工,不知乃用事也。《祢衡传》:"挝渔阳掺,声悲壮。"《汉武故事》:"星辰动摇,东方朔谓民劳之应。"则善用事者,如系风捕影,岂有迹耶?(《诗人玉屑》卷七)

这里"杜少陵云",未详所据,不过所说道理是对的。但做到这一点,需要作者的修养与技巧:典故对于内容表达确有必要;用在作品里要贴切、得当;还得考虑避免使用生典、辟典;理想的境界是典故不能成为阅读的障碍,而有助于内容的表达。

用典精确、妥帖的例子,如辛弃疾的词《贺新郎·别茂嘉十二弟》。这阕词明显是借鉴李商隐的七律《泪》的写法的,也是使用一系列古人流泪的典故:

> 绿树听鹈鴂,更那堪,鹧鸪声住,杜鹃声切。啼到春归无寻处,苦恨芳菲都歇,算未抵人间离别。马上琵琶关塞黑,更长门翠辇辞金阙。看燕燕,送归妾。   将军百战身名裂,向河

梁,回头万里,故人长绝。易水萧萧西风冷,满座衣冠似雪,正壮士悲歌未彻。啼鸟还知如许恨,料不啼清泪长啼血。谁共我,醉明月。

词的开头写景,"鹈鴂"、"鹧鸪"、"杜鹃"都有出处:"鹈鴂",出《楚辞·离骚》:"恐鹈鴂之先鸣兮,使夫百草为之不芳。"王逸注:"鹈鴂……常以春分鸣也。"词人用在这里,也是照应下面"春归"的时令;"鹧鸪",鸣声凄苦,谐音"行不得也哥哥";杜鹃,宋鲍照《拟行路难》之六:"中有一鸟名杜鹃,言是古时蜀帝魂。其声哀苦鸣不息,羽毛憔悴似人髡。"这些典故的运用,即使不知道出处,也无碍对意境的理解。而如果了解出处,则会对意境体认得更为深切。接着写景物所衬托的"人间离别",从"马上琵琶"开始,用昭君出塞事;"更长门",用汉武帝陈皇后失宠事,司马相如《长门赋序》(此序据考为后人伪撰)说陈皇后被幽居长门宫;"将军百战"句用李陵典,李陵抵抗匈奴,兵败被俘投降,败坏了一世英名;"向河梁"写李陵与守节不降的苏武告别,传世的李陵《与苏武诗》中有"携手河梁上,游子暮何之"句;"易水萧萧"用《史记·刺客列传》荆轲出使刺秦王,燕太子丹与众宾客在易水送别事,高渐离击筑,荆轲和而歌:"风萧萧兮易水寒,壮士一去兮不复还。"这样,全篇回应前面群鸟悲鸣的景物,利用典故抒写出刻骨的离愁别恨。而且这些典故是一般人熟悉的。这样的作品与杨亿等人玩弄辞藻的拟作全然不同。讲"境界"的王国维在《人间词话》里赞扬说:"章法绝妙,且语语有境界,此能品而几于神者。"

更进一步,还有一些作品,清通自然,看不出是否用典。例如王之涣《凉州词》:"羌笛何须怨杨柳,春风不度玉门关。"完全可以作写实看,写的就是边关实景。但其中有典故:"杨柳",汉乐府横吹曲辞有《折杨柳》,歌词曰:"上马不捉鞭,反拗杨柳枝。下马吹横笛,愁杀行客儿。"至唐,该曲易名《杨柳枝》,"怨杨柳"是著名抒发哀怨的乐曲;玉门关故址在今甘肃敦煌西北小方盘城,是汉代为通往西域的门户,东汉定远侯班超投笔从戎,经营西域三十年,立下丰功伟绩,晚年思乡,上书朝廷说:"臣不敢望九泉郡,但愿生入玉门关。"这里是暗用这个典故。再如张继《枫桥夜泊》:"月落乌啼霜满天,江枫渔火对愁眠。"也浑然为实景。而乐府琴曲有《乌夜啼引》,元稹《听庾及之弹乌夜啼引》诗说"后人写出《乌啼引》,吴调哀弦声楚楚","乌啼"言声音凄惨;"江枫"出屈原《招魂》"湛湛江水兮上有枫,目极千里兮伤春心"。知道这些出典的人,读张继诗会有联想,会对诗意作更深入的理解。但如前所说,这种如"水中盐味"、融会无间的用典,即使全然不知出处,也无碍对作品的欣赏。

艺术贵创造。创造追求表达方式与风格的多样性。司空图《诗品》讲"典雅"也讲"自然",讲"含蓄"也讲"实境",等等。貌似对立的境界,都体现作为艺术本质特征的创造精神。所以,絮絮如话家常也可能写出好诗,典故丰赡、典丽精工也会成为佳作。技巧、风格没有高下,关键在提供给人阅读、欣赏,让人得到思想滋养和艺术享受。

说"四六"

从骈俪到"四六"

先来看一篇文章。文学史上骈文（或称"骈俪文"）写得好，一般公认的有南北朝的"徐（陵）、庾（信）"。下面是庾信（513－581）的一篇被视为典范的短篇骈文——《谢滕王赉马启》。庾信本来出仕南朝的梁，梁末丧乱，奔江陵（今湖北荆州市江陵县）；后来梁元帝萧绎即位（552），派遣他出使西魏，遂留在长安（今陕西西安市）；北周篡魏，继续羁留。北周明帝宇文毓、武帝宇文邕都好文学，他表面上特蒙恩礼，实际是系因身份。他本来以文风绮艳著称，经过世事变迁，人生坎坷，格调陡变，写出了《小园赋》、《枯树赋》等感时伤事、悲歌慷慨的名作。杜甫诗所谓"庾信文章老更成"（《戏为六绝句》之一），说的就是这个。这篇《谢滕王赉马启》是他晚年在北周作的应酬文字。滕王指宇文逌（？－580），是北周实际奠基者宇文泰（追尊为"周文帝"）第十三子、周明帝的弟弟。这个人好经史，善属文，也是诗人，初封滕国公，后来晋爵为王，算是庾信的朋友。庾信在北周多靠他的荫庇。庾信原有集二十卷（久佚，今传《庾开府集》是明清人相继辑录的），序言就是他作的。当时庾信生活困顿,衣食所需多得到他的资助。每得到接济,庾信总是写信表示千恩万谢。这是庾信收到他送的一匹马所写的答谢书启。文章很短,只有五十八个字。下面是全文,随文括注加以解释:

某启(原来应当有自己的官职、名字,编文集时省略了):

奉教,垂赉乌骝马一匹(开头的套话,点题。"教"是文体名,诸王给下属的文字称"教"。"赉",赏赐;以上赏下,故曰"垂赉")。

柳谷未开[《搜神记》卷七:"张掖之柳谷有开石焉,始见于建安(196—220),形成于黄初(220—226),文备于太和(227—233)。周围七寻,中高一仞。苍质素章,龙马、麟鹿、凤皇、仙人之象,粲然咸著。此一事者,魏、晋代兴之符也。"],翻逢紫燕[《西京杂记》卷二:"(汉)文帝自代(古郡名,今山西阳高县至河北蔚县一带)还,有良马九匹,皆天下之骏马也……一名紫燕骝。"用前一个典故,有祝贺王朝兴盛的意思;用后一个典故,把滕王抬到汉文帝的地位];陵源犹远,忽见桃花(这里上句是用陶潜《桃花源记》,武陵人捕鱼为业、忽逢桃花林云云。下句的"桃花"又是双关语:《尔雅》里有"黄白杂驱",郭璞注谓"今之桃花马"。这两句是对马的描写)。流电争光,浮云连影(这里继续用《西京杂记》,汉文帝九匹良马,第一、二两匹分别名"浮云"、"赤电"。这又是双关语,用以比拟送的这匹马如汉文帝的良马,同时又是描写马奋迅奔腾的动态)。张敞画眉之暇,直走章台(这里用汉代张敞典,据《汉书》卷七十六本传,他任京兆尹,"无威仪,时罢朝会,过走马章台街,使御吏驱,自以便面拊马,又为妇画眉……"章台街是长安一条街道,从上面的记述看,显然是官员不应去的混杂地方,后来诗文多用来指风尘女子聚居之地。不过这个典故在这里只是表明这匹马可供自己上朝骑乘);王济饮酒之欢,长驱金埒(《世说新语》卷下之下:"王武子被责移第北邙下。于时人多地贵,济好马射,买

地作埒,编钱匝地竟埒,时人号曰'金埒'。""埒",本义是矮墙,
用钱编起来,故称"金埒"。这句是说自己会像王济那样,对这
匹马会十分珍惜的保养)。

谨启(书信结尾套语)。

这是一篇"应用文",是六朝骈文中具有典型意义的文字,被选入一
些著名选本,例如清许梿评选、黎经诰笺注的《六朝文絜》。这种私
人间的通信,当初写作就是要给人看的,有炫耀才华的用意,所以
写起来很用功夫。这个短篇用了六个典故,精心结撰,把感激的意
思表达出来,写作技巧不可谓不高超。但是如果讲思想内容,就很
难说有什么价值了。

以这篇典型的骈文为例,可以知道写这种文章的基本规则:

一、讲究对偶,一般通篇都是对句。"骈"的本义是两马并驾,
"俪"的本义是配偶。二者合起来,引申义是成双成对。这是"骈
文"、"骈俪文"名称的由来,也表明这种文体行文的基本要求。

二、讲究声韵,即用语的节奏和平仄。汉语文诵读时一般是两
个字一个节奏。这种节奏相当于拼音文字的"音步"。魏晋以后,
汉语里双音词大量增加,正适用于这样的节奏。两个和三个音节
构成的四字和六字对偶句结构整齐,长短适宜,语感流利朗畅,成
为骈文的基本句式。又汉语语音有四声、平仄,对句上下句的声调
要相互搭配(一般是平仄相对,具体情形复杂),造成音调高低变
化、和谐悦耳的效果,也就是沈约(441—513)所说的"宫羽相变,低
昂互节,若前有浮声,则后须切响;一简之内,音韵尽殊,两句之中,
轻重悉异"。

三、多用典故,即忌直说。典故实际成为一种广义的比喻,即
借用前代典籍里的"事典"或"语典"来表达意思,以求达到强化、夸
饰、隐讳等等表现效果。中国文化历史悠久,积累的典故特别多。
由于资源丰富,用典可以随手拈来,但是可用的典故太多,有许多
生词僻典,用起来又有相当的难度。特别是用典又有很多讲究:不

论是事典还是语典,上下对句里用典要照顾到相互搭配,典故的类型、出处等也要相照应。比如事典,最好用同一朝代的人或事,甚或是出于同一部典籍的;语典则要用词性、词义同一类型的词,或同样用双声词、叠韵词或同类的象形字、形声字等等,还有"生事必对熟事,熟事必对生事"之类讲究。总之,方法变化多端,求以贴切、新巧取胜。

四、讲究辞藻,即多用富修饰性的新颖、华丽的字面。

按照这样的规则写出来的文字,就成为精心修饰、规律精严的美文。但表达上如此严格、繁琐的要求,给写作造成严重束缚,写起来不易,读起来很难,也限制了它的流通,只能应用、流通在上层社会、文人圈子里。

后来唐代"古文"家们反对骈偶,提倡写作散体单行的"古文","革正"文体、文风和文学语言,"革正"的对象就是骈文。"古文运动"领袖之一的柳宗元写《乞巧文》,批评当时流行的骈文是"骈四俪六,锦心绣口",上句指责这种文章多用四字、六字组成的对句,下句批评行文讲究雕绣藻绘,缺乏实际内容。又晚唐李商隐年轻时得到擅写骈体的名家令狐楚的传授,自编骈体章表奏记为《樊南甲集》,又称《樊南四六》。骈文遂又得"四六文"称呼。不过后世所谓"四六文"有广义和狭义之分。按广义说,骈文就是四六文;按狭义说,四六文是骈文一体,是把骈文的句式、对偶、声律进一步规范,严格基本以四字、六字对句结构的文章。

如果追寻骈文的源流,所谓"骈词俪句",本来"古已有之"。马叙伦曾指出:

> 秦汉以上,文无骈、散。《书》之二《典》,《易》之十《传》,佶屈聱牙之中,有妃黄俪白之句。惟《春秋》及《周髀》、《算经》之类,无偶词者,势使然也。左氏内、外《传》,即骈散兼布矣。广搜周、秦诸子及两汉词赋,盖莫不然。(《读书小记》)

这种"骈散兼布"的例子不胜枚举。从发展趋势看,战国时期的诸子著述、秦汉时期的政论、章奏,对偶句逐渐增多。而且如李斯《谏逐客书》、贾谊《过秦论》等名作里面,这类句子又多是耐人诵读的精彩部分。到西晋,陆机作《演连珠五十首》,每首都由四六骈句构成,可视为格律精严的骈文的滥觞。《晋书》是唐初太宗李世民命大臣房玄龄等人领衔编纂的,其中魏宣帝(司马懿)、魏武帝(司马炎)、陆机、王羲之四篇传记的论赞名义上由唐太宗执笔,所以全书题为"御撰"。其中《陆机传》的论赞曰"文藻宏丽"、"高词迥映"、"一绪连文,则珠流璧合",就是称赞陆机文字富艳华美。南北朝时期著名文人如颜延年、鲍照、沈约、徐陵、庾信、江总等人都是写作骈文的大家。他们技巧娴熟,表达精美,文坛群起响应,遂造成骈文大盛、统治文坛的局面。延宕到唐初,所谓"四杰"的"王(勃)、杨(炯)、卢(照邻)、骆(宾王)"也都擅长写骈文。有人评价说王勃的骈文在写作技巧上达到了顶峰。延宕到中唐,"古文运动"兴起,才扭转遏制了骈文统治文坛的局面。但是散体"古文"兴盛,并不能完全取代骈文。如上所述,晚唐李商隐就是写作"四六文"的名家。宋代骈文又称"时文",仍然相当流行,特别是朝廷诏诰制令等官文书大体用骈文。包括从事所谓"诗文革新"的代表人物欧阳修、"三苏"(苏洵、苏轼、苏辙)父子、王安石等人,"时文"写作都成绩斐然。唐宋以降,历朝都有人写骈文,也不乏相当精致的篇章。

　从晋宋到隋唐,在一定意义上说,骈文盛行了一个相当长的时期。应当肯定,几百年间的骈文写作是取得了一定艺术成就的。一方面历代骈文创作确实留下不少优秀篇章,另一方面又确实丰富、积累了一些修辞方法和艺术手法。但是这几百年间的骈文总体上体现一种消极、堕落的写作倾向也是不可否认的。而这种局面,有多方面因缘凑合而成:前面说的汉语文自身的句法、词汇、语音结构规律是先决条件;另一个决定性因素是,在当时的士族社会,文人们写作"帮忙"、"帮闲"文章,骈文正适应表达的需求;再有中国文学发展的内在规律也发挥了重要作用。

先说这后一方面。

从"文学的自觉"到"文笔论"

上文曾引述过日本著名中国学家吉川幸次郎提出的"重视非虚构素材和特别重视语言表现技巧可以说是中国文学的两大特长"(《中国文学论》)的判断。这是针对传统文人创作体裁诗文说的。他指出的两点,"非虚构"和"重视语言",可说是对于中国诗文创作特征的精粹概括。也正是这两点制约着文章写作,对于骈文文体的形成、发展起了重要作用。

在中国文学发展史上,一般认为鲁迅所说的"文学的自觉"出现在魏晋时期。其重要标志是荀勖(? —289)撰《中经新簿》、李充撰《晋元帝四部书目》,从而"四部分,文集立"。就是说,把"文"从儒家经典、历史著作、学术著作中区分、独立开来。但是当时的"集部"之"文"并不是作家莫言所说的"讲故事"的文学创作,而是单篇诗、文的结集。"文"则大体是"应用文"。东晋虞挚编《文章流别集》三十卷,其书久佚,《晋书》本传上说他把文章"类聚区分"并系之以论。从严可均《全晋文》所辑佚文看,他编的这部书收集和讨论的除了诗、颂等韵文外,属于"文"的有箴、铭、哀辞、诔、碑、图谶等,都是"实用"文章。这样,所谓"文学的自觉"显然有很大局限,突出表现是创作基本限制在"实用"文体的范畴内。西晋陆机(261—303)作《文赋》,是早期专门论"文"的重要文献,其中列举"文"的体裁说:

> 诗缘情而绮靡,赋体物而浏亮,碑披文以相质,诔缠绵而凄怆,铭博约而温润,箴顿挫而清壮,颂优游以彬蔚,论精微而

朗畅,奏平彻以闲雅,说炜晔而谲诳。虽区分之在兹,亦禁邪而制放。要辞达而理举,故无取乎冗长。

这里是十种文体,除了诗、赋,另外八者都是"应用文"。其中提出的基本要求是"辞达而理举",重视的是"辞"即语言修饰和"理"即说理清楚。再后来,到梁萧统(501—531)编《文选》,进一步区别"文"与"非文"。在《序言》里,他把"立意为宗,不能以文为本"的诸子之文、记载"贤人之美辞,忠臣之抗直,谋夫之话,辩士之端"的史传之文排斥在"文"之外,主张只有"综辑辞采"、"错比文华"、"事出于沉思,义归乎翰藻"的文字才称得上"文"。这在强调语言辞藻方面显然比陆机更进了一步,其中的"文体"观念仍然是延续前代,只是更扩展一些种类而已。《文选》六十卷,诗和赋三十四卷半之外,其他二十五卷半按文体分别是:"诏"、"册"(0.5;这里数字是在全书里所占卷数,下同)、"令"、"教"、"文"(1)、"表"(2)、"上书"、"启"(1)、"弹事"、"笺"、"奏记"(1)、"书"(3)、"檄"(1)、"对问"、"设论"、"辞"(0.5)、"序"(1.5)、"颂"、"赞"(1)、"符命"(1)、"史论"、"史述赞"(1)、"论"(4.5)、"连珠"(0.5)、"箴"、"铭"(0.5)、"诔"(1)、"哀"(1)、"碑文"(1.5)、"墓志"(1)、"行状"、"吊文"、"祭文"(1)等三十一类。这三十一类都是如上所说的"非虚构"(即不是作家的主观创作)的"应用"文体。

《文心雕龙·总术》篇上又说,"今之常言,有文有笔,以为无韵者笔也,有韵者文也"。这就是所谓"文笔论",是当时流行的写作观念:即从声律的"有韵"、"无韵"来区分"文"与"笔"。这对"文"的范畴又进一步加以限制:所谓"有韵"的"文",除了诗和赋,就是骈文。如此区分"有韵"、"无韵",也就认定骈文是"文"的正宗,把非骈文的散体文章排斥在"文"之外。近人刘师培(1884—1919)所著《中国中古文学史讲义》里的《文学辨体》一章,列举晋宋以来划分"文"、"笔"的种种议论,指出:

　　偶语韵词谓之文，凡非偶语韵词概谓之笔。盖文以韵词
为主，无韵而偶，亦得称文。《金楼》所诠，至为昭晰。

**这样注重"对偶"在"文"里的作用，也是根据骈文考虑的。又，他所
谓"《金楼》所诠"，是指梁元帝萧绎（508—555）《金楼子·立言》里
的一段话：**

　　夫子门徒，转相师受，通圣人之经者谓之儒。屈原、宋玉、
枚乘、长卿之徒，止于辞赋，则谓之文。今之儒，博穷子史，但
能识其事，不能通其理者，谓之学。至如不便为诗如阎纂，善
为章奏如伯松，若此之流，泛谓之笔；吟咏风谣，流连哀思者谓
之文。

这段话里所论之"文"，注重"吟咏风谣，流连哀思"，显然更注重诗、
赋。这和刘勰的意思不完全相同。其中"吟咏风谣"可说大体等同
"有韵"，"流连哀思"则关系内容了。应当说萧绎对"文"的看法更
全面一些：兼顾"有韵"的诗、赋和文章，又顾及作品的内容，特别是
注重文学作品富于"情感"的特征。但是，这种观点还是没有触及
文学创作的根本特征——主观虚构。

　　文学创作取材方式各种各样。鲁迅说他写的人物是根据现实
人物"杂凑"起来的。即使如此，他小说里的人物仍是虚构的。应
当注意，文学创作中"想象"与"虚构"是两码事。陆机《文赋》里说
"伫中区以玄览"、"渺众虑而为言"，刘勰《文心雕龙》里讲"神思"，
都是讲思维活动中的想象，而不是艺术"虚构"。中国文学传统的
"非虚构"、主"应用"的根本特征局限了文章写作，造成士族文人们
把精力集中到语言表达技巧上，在对偶、声韵、用典、辞藻等方面精
益求精，争奇斗胜。骈文的形成和兴盛正体现这样的趋势。

　　阮元（1754—1849）是清廷大员，担任过两广、云贵总督，注重
教育，爱才好士，重视学术，著述宏富，经史、文学均有所成就。他
曾被学界尊为泰斗，领袖一时坛坫。文学研究上提出所谓"新文笔

论",为隋唐以来备受诟病的骈文翻案,他说:

> 自齐、梁以后,溺于声律,彦和《雕龙》,渐开四六之体,至
> 唐而四六更卑。然文体不可谓之不卑,而文统不得谓之不正。
> (《书梁昭明太子文选序后》,《揅经室三集》卷二)

他主张以"有韵"、"无韵"作为划分"文"与"非文"标志的"文笔论"得
"文统"之正,是看到了骈文乃是体现中国文学发展独特规律的成果。
而从划分"四部"到区分"文"、"笔",这一演变、发展过程,正体现文章
写作"骈俪化"普及和深入的实际状况,又是吉川指出的中国文学传
统上"非虚构"性质和"特别重视语言表现技巧"的集中表现。因此可
以说骈文的形成和兴盛也是中国文学发展的内在规律决定的。

"应用"骈文的流弊

　　文体是写作体裁,和写作技巧一样,无所谓优劣。写成文章有优
劣,基本上决定于谁来写、写什么、怎么写。应当注意,中国古代,唐
宋以前,没有以作品娱人、谋生的专业"作家"。参与文学创作的人身
份有不同,地位有高低,但几乎都是士族官宦出身。有些人隐逸不
仕,也是候补的或退下来的官僚。他们写文章,乃是仕途活动、交际
应酬的一部分。这也决定了骈文基本的"应用"功能及其性质。
　　本文开头引录的庾信《谢滕王赉马启》是一篇典型的骈文。如
前面已经指出的,这种文章表达不论如何精巧,无论题材还是主题
都没什么价值;而且不到六十字的文章堆砌六个典故,没有相当文
献修养的人很难读懂。再看另外两个例子。第一篇是南齐王融
(467—493)的《三月三日曲水诗序》。永明九年(491)三月三日,齐
武帝萧赜率群臣在芳林园曲水流觞、修禊游宴。这是魏晋以来流

行的风流雅集活动(起初在三月上巳日,后来固定在三月三日),君臣逸乐赋诗,命王融写序。这篇文章篇幅很长,一千四百字左右,一向以文藻富丽为人称许。现节取开头两小节,以见风格的一斑:

> 臣闻出豫为象(《易·豫卦》:"先王作乐,殷荐上帝。"这里是说历来"作乐"乃祭祀上帝之象),钧天之乐张焉(《史记·赵世家》:赵简子病二日而悟,曰:"我之帝所甚乐,与百神游于钧天广乐,九奏万舞。");时乘既位,御气之驾翔焉(《庄子·逍遥游》:"乘天地之正而御六气之辩。""辩"通"变")。是以得一奉宸("得一",出《老子》"王得一而天下正"。"奉宸",奉天,出《尚书·泰誓中》"惟辟奉天宸"),逍遥襄城之域(《庄子·徐无鬼》:"黄帝将见大隗于具茨之山……至襄城之野。");体元则大("体元",体元气为本;"则大",出《论语·泰伯》"唯天为大,惟尧则之"),怅望姑射之阿。然窅眇寂寥,其独适者已(《庄子·逍遥游》:"尧治天下之民,平海内之政,往见四子藐姑射之山,汾水之阳,窅然丧其天下焉。")。至如夏后两龙(《山海经·海外西经》:"大乐之野,夏后启于此舞九代,乘两龙。"),载驱璇台之上[《竹书纪年》卷上:"(夏)帝启,元年癸亥……大飨诸侯于璇台。"];穆满八骏(《穆天子传》卷一:"天子之骏,赤骥、盗骊、白义、逾轮、山子、渠黄、华骝、绿耳。"),如舞瑶水之阴(《穆天子传》卷三:"乙丑,天子觞西王母于瑶池之上。")。亦有向云,固不与万民共也。

上面第一节,是说自古帝王游宴,不能与民同乐。这给下面歌颂齐武帝做铺垫,也是把齐武帝抬到古代所有帝王之上:

> 我大齐之握机创历("握机",掌握天下枢机;"创历","历"指历法,指改正朔,创建新朝),诞命建家("诞命",接受天命;"建家",建一家天下),接礼贰宫("贰宫",天子接待贤人的宫室),考庸太室(祭于太室;"太室",明堂中央之室)。幽明献期

（“幽明”，天地；“献期”，献受命之期），雷风通飚（《书·尧典》记载，尧将禅舜，“纳于大麓，烈风雷雨弗迷”）。昭华之珍既徙（《尚书大传》：“尧得舜，推而尊之，赠以昭华之玉。”），延喜之玉攸归（《尚书璇玑铃》：“玄圭出，刻曰：延喜之玉。”），革宋受天，保生万国。度邑静鹿丘之叹［“度邑”，卜度都城；“鹿丘之叹”，《周书·度邑》：“维（周武）王克殷，乃永叹曰：‘呜呼不淑，充天之对。’自鹿至于丘中，具明不寝。”］，迁鼎息大坰之惭（《帝王世纪》：“汤即天子位，遂迁九鼎于亳，至大坰而有惭德。”）。绍清和于帝猷（“清和”，清和之德；“帝猷”，帝王治国之道），联显懿于王表（“显懿”，显明美善；帝王表羡功德），骏发开其远祥（《诗·噫嘻》：“骏发尔私。”骏发，急速发扬），定尔固其洪业（《诗·天保》：“天保定尔。”洪业，帝王大业）……

这一节歌颂齐高帝萧道成篡宋夺位，写成是天命攸归的禅让，歌颂齐朝基业永固。先是大幅颂扬齐臣盛德，特别赞美齐武帝的功业；后面转入写曲水流觞主题，着笔不多，主要还是描写齐高帝驾幸芳林园、群臣咏和的盛况。全篇基本不见描写园林、游宴和众人的感受。王融是“竟陵八友”之一，在当朝亲贵间相当活跃。到永明末（493），武帝病笃，卷入宗室继位之争，被孔稚珪弹劾，下狱处死。从朝廷这种局面可以推测他如此写这种颂谀文章的原因。

另一篇是沈约的《齐故安睦昭王碑文》。沈约（441－513）也是齐梁时期的著名文人，同样是骈体大家。齐安睦昭王是萧缅谥号。萧缅（455－491）是齐安贞王萧道生的儿子，齐明帝萧鸾的兄弟，曾仕宋，为中书郎，入齐后累任要职。史书上说他屡蒙武帝顾问，担任郢、雍两州刺史，百姓畏爱。他只活了三十七岁。作为宗室亲贵，一生养尊处优，实际没有什么功业，史书记载的也是空洞的谀辞。但沈约碑文却对他极尽溢美扬善的能事。文章同样相当长，节取两段，看沈约是如何写的。开头依例交代姓名、族出、世系，之后对墓主作总的评价：

> 公含辰象之秀德（"象"谓日月星辰），体河岳之上灵（"河岳"，黄河、泰山），气蕴风云，身负日月。立行可模（"模"，楷模），置言成范（"范"，典范），英华外发，清明内昭（"内昭"，谓显于身内；"昭"，明朗）。天经地义之德，因心必尽；简久远大之方，率由斯至。挹其源者，游泳而莫测；怀其道者，日用而不知。昭昭若三辰之丽于天（"三辰"，日、月、星；"丽于天"，附着在天上），滔滔犹四渎之纪于地（《尔雅•释水》："江、河、淮、济为四渎。"）。六幽允洽（"六幽"，天地四方），一德无爽（《尚书•咸有一德》："德惟一，动罔不吉。"）。万物仰之而弥高，千里不言而斯应。

这段文字没用生辞僻典，算比较通达晓畅，但对墓主的评价却全是冠冕堂皇、虚伪不实的套话。再看描述他病死情形的一段：

> 而遘疾弥留，欻焉大渐。耕夫释耒，桑妇下机，参请门衢（"参请"，指问疾），并走群望（"群望"，山川所有祈祭之所）。维永明九年夏五月三十日辛酉，薨，春秋三十有七。城府飒然（"飒然"，吹木叶落貌），庶僚如霣（"如霣"，零落貌）。男女老幼，大临街衢，接响传声，不逾时而达于四境。夷群戎落（指少数族人），幽远必至，望城拊膺，震动郛邑。并求入奉灵榇，藩司抑而弗许。虽邓训致劈面之哀（东汉邓训为乌桓校尉，病卒，胡羌爱惜，至有按戎俗以刀自割者），羊公深罢市之慕（晋人羊祜为都督荆州诸军事，卒，南州人为之恸哭罢市），对而为言，远有惭德。

统治地方的宗室亲贵和平头百姓不可能有什么关系，说他病了，"耕夫释耒，桑妇下机"；死了，"夷群戎落，幽也必至"，全是凭空的想象。从以上两小节，可以知道这种文字所写非实事，所抒非实情。这可以代表当时骈体碑传文字的典型写法。如果按白居易提出的"文章合为时而著，歌诗合为事而作"的标准，这样的文章无论对偶多么精切,用典多么巧妙,都是不及格的。

这两篇是典型的齐梁骈文,歌功颂德、华而不实,铺张扬厉、雕绣藻绘,是贵族社会、士族文人的"应用"文章,被冠以形式主义、唯美主义的恶谥是不无道理的。

这类文体,作为一种格律精严的美文,是"小众"的。但是应当承认,对于这"小众",这种文体"应用"起来又确能够发挥一定作用。朱自清曾指出"骈文宜于表情,记事说理,都不能精确"(《朱自清回忆录·清华的一日》)。这里所谓"宜于表情",不是指一般的抒情,是指赞扬、颂美、祝愿、庆贺等,能够夸饰形容,造成强烈效果;所谓"记事说理,不能精确",如前面两个例子表明的,指不能真实地纪实述事。这是骈文的缺点,也可说是特征,却正适应古代社会统治阶层的"应用"。例如诏诰制令等官方文书、官僚士大夫的应酬文字,需要夸饰形容,往往又要含糊隐讳。所以无论是在朝做官,还是觅举求进,写骈文都成了基本功。即使如唐代的白居易、元稹,是"古文运动"的支持者,写一手漂亮的"古文"。而元稹《酬乐天余思不尽加为六韵之作》诗有句曰:"《白朴》流传用转新。"自注谓:"乐天于翰林中书取书诏批答词等,撰为程序,禁中号曰《白朴》。每有新入学士求访,宝重过于《六典》也。"他们两位曾为参加科举集中时间专门练习写骈文,白居易又编了写骈文的专门工具书《白朴》。宋人谢伋说:

> 四六全在编类古语。唐李义山有《金钥》,宋景文(宋祁)有一字至十字对,司马文正(司马光)亦有《金桴》,王岐公(王禹玉)最多,在中书日久,生日例有礼物之赐,集中谢表,其用事多同,而语不蹈袭。(《四六谈尘》)

《宋史·艺文志》著录李商隐《金钥》二卷,《直斋书录解题》上说:"唐太学博士河内李商隐义山,撰分四部,曰帝室、职官、岁时、州府,大略为笺启应用之备。"司马光《金桴》未见著录,应是和《白朴》

同类的书。这类书后来一直流行，也是适应科举生员和朝廷官员写作的实际需要。

骈文有佳作——精致的美文

从上面举出的实例看，骈文的"流弊"十分明显。就内容说，空洞、浮夸、虚伪乃至庸腐；从形式看，格律过于谨严，语言过于雕凿。但是如欧阳修所说"偶俪之文，苟合于理，未必为非"（《论尹师鲁墓志》），历代骈文创作又确实留下不少值得一读的好作品。

如上所述，构成骈体的基本因素有四个——对偶、声韵、典故、辞藻。其实这些都是汉语文在长期发展中形成的有效的表现手段。只是在骈文里把这四者严重地程式化、绝对化了。具体分析起来，这四者又可分为两组。对偶和声韵算一组，即要求用语对称，句式整齐，节奏清晰，声调和谐。这两者在一般文章里也都需要讲究，只是骈文里规定得更严格。对于读者接受，这两者造成的困难不算大，用得适度，还会得到好的表达效果。另一组典故和辞藻，在骈文里用典过于繁密，又多用僻典，用语雕绣藻绘，又多用生词怪字，就会搞得深晦难懂了。如果再进一步，作者有意好奇尚异，又缺乏正大的内容，就变成少数人的文字游戏了。在骈文大盛的梁代，萧子显在《南齐书·文学传论》里已经批评当时文坛行"缉事比类，非对不发，博物可嘉，职成拘制"的风气。他是对于诗文说的，显然已经意识到这样的弊端。但是在相习成风的局面下，他自己写作也只得随顺潮流了。

这样，如果能够一定程度上解散骈偶，少用僻典，比较质直地记事述情，充实以有意义的思想内容，利用骈体也能写出相当优秀的文章。南北朝时期的，如颜延年的《陶征士诔》、鲍照的《登大雷

岸与妹书》、孔稚珪的《北山移文》、萧统的《陶渊明集序》、刘孝标的
《广绝交论》、丘迟的《与陈伯之书》、吴均的《与朱元思书》等等,就
是这样的作品。唐宋"古文"盛行,明代茅坤选《唐宋八大家文钞》,
风行当时和后世,其中也收骈文。他说:

> 四六文字,予初不欲录,然欧阳公之婉丽,苏子瞻之悲慨,
> 王荆公之深刺,于君臣上下之间,似有感动处,故录而存之。
> 宋诸贤叙事,当以欧阳公为最。(《苏文忠公文钞》卷首)

近人高步瀛编《唐宋文举要》,上篇是散体,下篇是骈文,收录了唐
宋古文家一批骈文佳作。

下面看几篇优秀骈文的例子。

宋齐间人孔稚珪(447—501)的《北山移文》就是一篇具有深刻
现实意义的优秀骈体作品。"移"义为"改易",作为文体名是劝勉、
责难的意思。这篇文章是讽刺同时人周颙的。周颙(441?—
491?),宋齐两代为官,佛教史上著名的官僚居士。齐高帝时他在
征北将军、南徐州刺史萧长懋幕下。高帝崩,武帝萧赜继立,萧长
懋为太子,周颙任太子仆。应当是感受到朝廷政争险恶,他热衷佛
说,结交僧徒,曾在京城(今江苏南京市)北钟山营建草堂,为隐逸
之所。可是他又不能割舍高官厚禄的诱惑,不久即出仕朝廷。孔
稚珪的文章以山灵为"移"的口吻,讥讽周颙溺于荣利,隐逸不终,
虚贞实黩,品格低下。有人说孔稚珪本来与周颙有隙,周颙做文章
攻击他。但不论实情如何,这篇文章描写一个贪恋荣利、行无持
操、虚伪矫饰、没有原则的人物,是颇具典型意义的形象。其中写
周颙虚张声势地归隐、很快又归于尘俗、山灵大失所望一段:

> 其始至也,将欲排巢父(古传说中的高士,筑巢而居,尧以天
> 下让之,不受,闲放终生),拉许由(传说中另一唐尧时的高士,同
> 样尧欲禅位,不受,临颍水洗耳),傲百氏,蔑王侯。风情张日,霜
> 气横秋。或歌幽人长往(潘岳《西征赋》:"悟山潜之逸士,卓长往

而不反。"），或怨王孙不游（《楚辞·招隐士》："王孙游兮不归,春草生兮萋萋。"）。谈空空于释部（大乘佛教教理讲万法皆空,而空亦空;"释部",佛法）,核玄玄于道流（"核",考察,研讨。《老子》："玄之又玄,众妙之门。""道流",道家）。务光何足比,涓子不能俦（务光和涓子都是传说中的古仙人）。及其鸣驺入谷（"驺",古时养马驾车的人;"鸣驺"意指显贵出行传呼喝道）,鹤书赴陇（"鹤书",鹤头书,书体名,这里指朝廷征召诏书）,形驰魄散,志变神动。尔乃眉轩席次（扬眉坐席之上）,袂耸筵上（"袂",衣袖;宴席上掠起衣袖,得意状）,焚芰制而裂荷衣（"芰",菱;"芰制",菱叶做的衣服;同下"荷衣"）,抗尘容而走俗状。风云凄其带愤,石泉咽而下怆,望林峦而有失,顾草木而如丧。

接着,描写周颙回归仕途的尘俗鄙陋之态,致使山灵更感寂寞:

至其纽金章（佩铜印）,绾墨绶（系黑色绶带;"绶"是系印的带子;汉代秩六百石以上皆铜印墨绶）,跨属城之雄（"属城",管辖的城邑）,冠百里之首（古一县辖地百里）。张英风于海甸（"海甸",近海地区）,驰妙誉于浙右。道帙长殡（"道帙",道教典籍;"帙",书的封套;"殡",摈弃）,法筵久埋（"法筵",佛教法会的坐席;"筵",坐垫）。敲扑喧嚣犯其虑（"敲扑",鞭打的刑具,短曰敲,长曰扑,此指刑讯犯人）,牒诉倥偬装其怀（"牒诉",告状文书）。琴歌既断,酒赋无续,常绸缪于结课（"绸缪",纠缠;"结课",做官考评等级）,每纷纶于折狱（"折狱",判决讼案）。笼张、赵于往图（汉代的张敞、赵广汉为京兆尹,久任其职）,架卓、鲁于前箓（汉代的卓茂和鲁恭以德化治理地方）。希踪三辅豪（"三辅",京畿地区）,驰声九州牧。使我高霞孤映,明月独举,青松落阴,白云谁侣?涧户摧绝无与归,石径荒凉徒延伫。

骈体在表现上能够铺张扬厉地夸饰,反复排比地形容,又可以利用事典来取喻规讽。这篇文章充分发挥了这些优势，造成强烈的讽喻效果。历史上的讽刺文字，从班固的《解嘲》到韩愈的《进学解》等，大多利用骈体或骈句，情形类似。

另举一篇，是真正的官文书、中唐陆贽代皇帝写的一道诏书。建中四年（783），节度使朱泚叛乱，"泾源（治泾州，今甘肃泾川北）兵变"，叛军占领长安，唐德宗逃到奉天（今陕西乾县）避难。在极端危殆的局面下，他不得不下罪己诏，表示反悔以收拾人心。诏书由陆贽执笔。陆贽（754—805）是随德宗逃亡的近臣、翰林学士，依例代皇帝书写诏书。这篇《奉天改元大赦制》，以唐德宗的口吻痛陈形势危机，把责任归于自身，对自己昏庸无能、不能体恤民情深表痛悔，发挥骈体排比夸饰的效用，写得声情并茂，痛切而深刻。例如开头一段：

> 致理兴化，必在推诚；忘己济人，不吝改过……肆予小子（"肆"，故，因此；"小子"，蔑称，这里指自己）……长于深宫之中，暗于经国之务，积习易溺，居安忘危。不知稼穑之艰难，不察征戍之劳苦。泽靡下究，情不上通，事既壅隔，人怀疑阻。犹昧省己（"省己"，自己反省），遂用兴戎（"兴戎"，挑起战事），征师四方，转饷千里，赋车籍马（指征召民间车马），远近骚然，行赍居送（出行和居家迎送，指战士出征服装、备品都要家里准备），众庶劳止（"众庶"，民众）。或一日屡交锋刃，或连年不解甲胄。祀奠乏主（"祀奠"，指家里的祭祀），室家靡依（"靡依"，没有依靠），生死流离，怨气凝结。力役不息，田莱多荒，暴命峻于诛求，疲甿空于杼轴（"杼轴"本指织机上的两个部件；"空于杼轴"形容家里空无一物）。转死沟壑，离去乡闾，邑里丘墟，人烟断绝。天谴于上而朕不悟，人怨于下而朕不知，驯致乱阶（"乱阶"，祸根），变兴都邑（"都邑"，指京城长安）……

虽然这段文字所写的都是儒家经典对君主所要求的经世治民的基本道理,但用排比夸张、重叠反复的笔法抒写出来,音情顿挫,一唱三叹,就造成了强烈的煽情效果。又,这篇文章基本不用典,文字朴直清通,表达情真意切,容易被人接受且引起同情。韩愈的《顺宗实录》说"行在制诏始下,闻者虽武人悍卒,无不挥涕感激,议者咸以为德宗克平寇难,旋复天位,不惟神武成功,爪牙宣力,盖以文德广被,腹心有助焉",是说这篇文书对于当时抵抗叛军、挽回人心起了作用。陆贽以善骈体章奏著称。他以骈体议论时政,多精到之语,如"论德昏明,在乎所务本末⋯⋯国本在人,安得不务"、"君养人以成国,人戴君以成生,上下相成,事如一体",等等。苏轼《乞校正陆贽奏议上进札子》里评论陆贽的为人及其文章说:"论深切于事情,言不离于道德,智如子房(张良)而文则过,辩如贾谊而术不疏。上以格君心之非,下以通天下之志。三代以还,一人而已。"他给欧阳修文集作序,又曾称赞欧阳修"论事似陆贽"(《六一居士集叙》),可见对陆贽骈体章奏的器重。陆贽死后谥"宣公","陆宣公奏议"成为后世章奏的范本。他的文字体现骈体的新变,提供了骈体官文书发挥实际效用的例子。

个人抒写心迹的文章,李商隐的《上河东公启》可做例子。前面提到过,"四六文"就是根据他的《樊南四六》定名的。李商隐仕途坎坷,多年托身幕府,给长官、友人写了不少书启,多是表达攀附、请托之意的,又颇能形容自己身世零落、心绪酸楚。这类文字客观上反映了当时世态人情的一面。《上河东公启》是大中五年(851)在梓州(今四川三台县)写给上司柳公绰的:

　　商隐启:两日前,于张评事处伏睹手笔,兼评事传指意,于乐籍中赐一人("乐籍",乐户名籍,官伎),以备纫补。
　　某悼伤已来("悼伤",指丧妻王氏),光阴未几。梧桐半死(指丧妻;《诗·大雅·卷阿》孔颖达疏:"梧桐可以为琴瑟。"琴瑟喻夫妇),方有述哀;灵光独存("灵光",此指人身;庾信《哀江南赋》：“死生契阔，不可问天。况复零落将尽，灵光岿然。”），且兼多病。眷言息胤，不暇提携。或小于叔夜之男（《晋书·嵇康传》记载嵇康“男年八岁”），或幼于伯喈之女（蔡邕字伯喈；《蔡琰别传》记载蔡邕女蔡琰六岁就聪慧异常）。检庾信荀娘之启（庾信有《谢赵王赉息荀娘丝布启》，“荀娘”应是他儿子庾立的小字），常有酸辛；咏陶潜通子之诗（陶渊明《责子诗》有“通子年九龄，但觅梨与栗”之句），每嗟漂泊。

所赖因依德宇（指依托在门下），驰骤府庭（指服务于东川节度使府）；方思效命旌旄，不敢载怀乡土。锦茵象榻，石馆金台（“石馆”，汉代皇家藏书处的石渠阁；“金台”，《战国策·燕策一》所载燕昭王筑黄金台招贤），入则陪奉光尘，出则揣摩铅钝（指写文章；“揣摩”，用心思；“铅钝”，喻笔墨）。兼之早岁，志在玄门（指热衷佛教）；及到此都，更敦夙契。自安衰薄，微得端倪。至于南国妖姬（曹植《杂诗》：“南国有佳人。”），丛台妙妓（“丛台”，战国时赵国筑于今河北邯郸城内，数台联接），虽有涉于篇什，实不接于风流。

况张懿仙本自无双（“张懿仙”，所赐官伎名），曾来独立。既从上将，又托英僚。汲县勒铭，方依崔瑗［《崔氏家传》：“（崔）瑗为汲令，吏民立碑，颂德纪迹。”这里指张懿仙以前托身的“上将”］；汉庭曳履，犹忆郑崇（《汉书·郑崇传》：“哀帝擢为尚书仆射……每见曳革履。”这里指张懿仙以前托身的“英僚”）。宁复河里飞星，云间坠月，窥西家之宋玉（宋玉《登徒子好色赋》里写“东家之宋玉”被东家女子窃窥三年），恨东舍之王昌（梁武帝诗：“恨不早嫁东家王。”）。诚出恩私，非所宜称。

伏惟克从至愿，赐寝前言。使国人尽保展禽（《诗·巷伯》毛传载：有鲁男子展禽独处不纳邻家嫠妇），酒肆不疑阮籍（《世说新语·任诞》：“阮公邻家妇有美色，当垆沽酒，阮与王安丰常从妇饮……伺察终无它意。”）。则恩优之理，何以加焉！干冒尊严,伏用惶灼。

　　谨启。

柳公绰（763－830）郡望河东,加封河东公,时任东川节度使、梓州刺史。李商隐在他那里做幕僚,名义是检校工部尚书、节度书记,这是所谓"虚衔"。当时他丧妻未久,柳公绰为了安慰他,在官籍的乐伎里选送一人服侍他。他婉拒,写下这封书启。这篇文字向对方表示诚挚的谢意,抒写自己妻子刚刚去世、身体多病、身世飘零、胸怀酸楚的心情,解释无意接受乐伎的理由,表白个人志行高洁、爱惜羽毛的品格。写得述情委婉细腻,如感情浓郁的散文诗。与同是向上司致谢的庾信的《谢滕王赉马启》相比,这一篇显然表情真切,哀婉动人,又有一定的思想意义。史称李商隐年轻时"为文瑰迈奇古,辞难事隐,及从（令狐）楚学俪偶长短,而繁缛过之。每属缀,多检阅书册,左右鳞次,号'獭祭鱼'"（辛文房《唐才子传》）。这是说他从年轻时候起就擅写骈文,又师从名家令狐楚,行文繁缛,好用典故。这篇文章正体现这样的风格特征。这种文字一般读者阅读相当困难,对象当然是"小众"的。但其写作技巧确实娴熟而精美,称得上是真正的美文,艺术手法多有可资借鉴的地方。

　　如前面所说的,骈文作为文体,本身无所谓优劣,看谁来写、写什么、怎么写。袁枚曾说:"骈体者,修词之尤工者也。"（《胡稚威骈体文序》）从"修词"角度看,骈文确实是达到了"尤工"的极致了。毛际可又说:"文之有骈体,犹诗之有排体也。"（《陈其年文集序》）这是把骈文和近体诗并列,二者对于格律的要求同样高度谨严,格律诗的写作被比喻为"带这锁链跳舞",骈文也是如此。如果从中国文学创作"特别重视语言表现技巧"的"传统"看,骈文可说是把这一"特长"发挥到极致了。事情发展到"极致",也就会造成弊端。而就骈文说,这种把汉语文表现手段的对偶、声韵、典故、辞藻等的技巧发挥到极致的文体,尽管有很多缺陷、流弊,但确实又取得一定的艺术成就,积累一定的艺术经验,作为文学遗产是不可简单地加以否定的。现借用启功先生一段话作为本文的结尾：

> 骈文为什么通行了近两千年，屡次打倒竟自未倒。直到"五四"，才算倒了，谁知十年动乱中无论口中讲演，笔下批判都要在开头说"东风万里，红旗飘扬"。啊，唐人律赋的破题，在这时又冒出尖来……这个范型，大约是从歌唱而来的，整齐的拍节，反复的咏叹，在时间和空间上，都易于行远。历史上历次的打倒，都只是"我不理它"而已，它的存在"依然如故"焉。（《汉语现象论丛》前言）

杂谈"古文"

"古文"与"散文"

　　"古文"这个词表示多种不同概念,一般是指古代文字、古代文章。经学史上,汉代发现用先秦古文字(籀文)书写的儒家经典与传世经典文字(隶书)不同,是为"古文经",引起经学长时期的今、古文之争。文学史上,唐人以韩愈、柳宗元为代表,反对"骈四俪六"、雕绣藻绘的骈文,提倡复兴先秦盛汉单行散体的文体,称之为"古文",一时造成声势,用个近代概念,称之为"古文运动"。唐宋以来,这种"古文"成为文章写作和散文创作的主导文体,是本文将要讨论的。

　　至于"散文",定义很难下。在文学理论(实际是西方的文学理论)里,"散文"作为文学样式,是与诗歌、小说、戏剧并列的文学"样式",指一种自由松散地进行叙事、描写、抒情、议论的"文学"作品。细分起来,又有随笔、小品、杂文、报告文学等不同体裁。但由于它体制"自由松散",什么样的作品算"散文",具体包容范围如何,也就相当模糊。总的说来,散文是一种短篇文章,不同于各类政治、思想、学术论著,得够体现点作者的"主观创作"意识,在行文上有点感情和文采、讲究点"艺术性"。至于上面这几"点"如何把握,如何用来衡量具体作品,就得见仁见智了。

具体到中国古代文章,情形更为复杂。这和鲁迅所说的"文学的自觉"观念在中国明晰较晚有很大关系。如本书前面所载的《说"四六"》一文指出的,唐宋以前,文章主要是"实用"的。讲先秦、两汉文学史,讲"诸子散文"、"史传散文"、"政论散文"等,严格说来,那都是学术著作、历史著作、政治论文,都不能算是纯正的"散文"。鲁迅讲小说史,提出"唐人始有意为小说",是说到唐代,才有基于作者的"幻设"、"作意"写出来的、作为自觉的文学创作的"小说"[《中国小说史略》第八篇《唐之传奇文(上)》]。那就意味着南北朝时期的志怪小说(例如《搜神记》)、志人小说(例如《世说新语》)还不能算是真正意义的小说。实则文学散文的情况类似。下面拿两个例子来说明。

南朝梁武帝时候,临川王萧宏率兵讨伐北魏,曾在齐、梁担任过江州(今江西九江市)刺史、已经投降北魏的陈伯之率兵相拒,萧宏请幕僚也是陈伯之的朋友丘迟(464-508)写了一封劝降信。这就是收在《文选》里的名作《与陈伯之书》。信的前半大部分文字分析形势,晓以利害,指出其依魏之非计,亡命之悖谬,劝对方"迷途知返"。这是诉之于理;最后用一小节描写江南风光,这是陈伯之故乡风景,动之以情。文曰:

> 暮春三月,江南草长,杂花生树,群莺乱飞。见故国之旗鼓,感生平于畴日,抚弦登陴,岂不怆恨。所以廉公之思赵将,吴子之泣西河,人之情也,将军独无情哉?想早励良规,自求多福。

这里用了两个战国人典故:"廉公之思赵将",是说廉颇本为赵国上卿,因为不被赵悼襄王重用而投奔魏国,却又不为魏王信重,后来赵国困于秦兵,赵王思复得廉颇,颇亦思复用于赵;"吴子之泣西河",是说吴起仕魏,治西河之外,即今陕西合阳一带,魏武侯听信谗言召吴起,吴起临行,望西河而泣。两个典故都是讲怀抱忠心的臣下遭受谗害,用在这里,有对陈伯之的叛变行为加以缓颊的用意。在这段文字前面,是短短十六个字,生动地描摹一幅江南三月暮春风光,意在启发对方的“故国”之思,确是神来之笔。宋湘(1757—1862)《论诗八首》之七说:“文章绝妙有丘迟,一纸书中百首诗。正在将军旗鼓处,忽然花杂草长时。”据说当初“伯之得书,乃于寿阳(今山西寿阳县)拥众八千归降”(《南史·陈伯之传》)。在文学史上,这篇文章被赞许,特别着眼在自然景物的描写。这封信与大体同时期的陶弘景(456—536)的《答谢中书书》和吴均(469—520)的《与朱元思书》,同被看作是唐宋繁荣的山水散文的滥觞。

再看另一篇文章,柳宗元“永州八记”里的一篇《至小丘西山小石潭记》。

> 从小丘西行百二十步,隔篁竹,闻水声,如鸣珮环,心乐之。伐竹取道,下见小潭,水尤清冽。泉石以为底,近岸卷石底以出,为坻为屿,为嵁为岩,青树翠蔓,蒙络摇缀,参差披拂。潭中鱼可百许头,皆若空游无所依,日光下澈,影布石上,怡然不动,俶尔远逝,往来翕忽,似与游者相乐。潭西南而望,斗折蛇行,明灭可见。其岸势犬牙差互,不可知其源。坐潭上,四面竹树环合,寂寥无人,凄神寒骨,悄怆幽邃。以其境过清,不可久居,乃记之而去。同游者吴武陵、龚古、余弟宗玄,隶而从者,崔氏二小生,曰恕己,曰奉壹。

柳宗元和他的“永州八记”人们耳熟能详,不烦另作解说。如果仅从两篇文章对自然景物的描写看,都鲜明生动,字字珠玉,是绝佳文字。但是如果就总体相比较,两者有很大的不同:

一、丘迟文章的文体是书信,是“应用文”,描写自然风景只是附带部分;柳宗元的文章是一篇“记”,专门“记”小石潭,小石潭风光是这篇文字的主体;

二、前者的写作以劝降为目的,书写目的是现实的、理性的;后者则是借自然景物抒写作者个人的游兴，是主观构想的产物；

　　三、两者描摹自然风光的美都具有供人欣赏的美学意义，但在前者，这种赞赏是说理的补充，是附带的，而在后者，抒发、欣赏小石潭的美则是写作的主要目的。

　　文学史上讲柳宗元在文学写作上的贡献之一，是他写出了成熟的山水游记，确立了"山水记"这一散文体裁的历史地位。从前面的对比中可以明确，柳宗元的山水游记与丘迟书信的景物描写确有根本不同，就在于前者乃是出于作者主观构想的艺术创作。对于这种艺术创作的"主观"性质，到过永州的人，拿柳宗元的描写和当地景物加以对比就可以领会。经过一千几百年，草树等景观会发生改变，但陵谷不会有大的变迁。如今永州的实际景象是，柳宗元描绘的丘壑纵横、奇峰峻岭的西山不过是低矮的山丘，婉转曲折、奔流激越的小溪也只是平常的沟渠而已。在柳宗元给朋友写的信里曾描写与上述《小石潭记》等作品截然不同的另一番景象："永州于楚为最南，状与越相类。仆闷即出游，游复多恐，涉野则有蝮虺、大蜂，仰空视地，寸步劳倦。近水即畏射工、沙虱，含怒窃发，中人形影，动成疮痏。时到幽树好石，暂得一笑，已复不乐。"（《与李翰林建书》）柳宗元在永州还写过一篇《囚山赋》。他把永州写成群山围困的牢狱。那是他心里的另一样永州山水。唐时的永州本是南荒僻远小州，基本还没有开发。这后一类描写显然更接近真实。由此可知《小石潭记》等"永州八记"里描写的永州山水显然是带着作者强烈主观感情的艺术创作的产物。林纾评论柳宗元说他"文有诗情"（《柳文研究法》），他的山水游记正突出地体现了主观的"诗情"。清人刘开（1784－1824）在《与阮芸台宫保（阮元）论文书》一文里说"柳州始创为山水杂记之体"。所谓"始创"，也是肯定柳宗元写作"山水杂记"有所创新，推动这一体创作走向成熟。当然在柳宗元之前，如王维（《山中与裴秀才迪书》）、元结（《右溪记》）等人已经写出一些描摹自然风光的优美篇章。应当说这些也给柳宗元创作成熟的山水散文做了准备。

这样,柳宗元利用"古文"写的山水游记,乃是出自他的主观构想、具有独立的美学欣赏意义的创作。这已经是不同于一般应用文字的文学散文。

唐代"古文"家的创作,仍多采用汉魏以来的"实用"文章体裁,如书启、记序、碑志、传状等,但从总体说,它们已体现前所未有的艺术创新价值,乃是作家主观创作的成果,是真正意义的"文学散文"。例如碑志,一般评价韩文中以碑志为第一。韩愈那些优秀的碑志作品已经完全打破汉魏以来作为纪念、颂扬死者的"应用"文字的传统格局,写成具有一定思想内容、艺术技巧纯熟的记述人物的散文。下面还将举例介绍。

不过应当指出,上面用了"纯正的'散文'"、"真正意义的文学散文"之类说法,是因为衡量古代作品是否算是散文,时代越是靠前,标准越是宽松。特别是考虑到中国散文发展的具体状况,一般还是要把先秦两汉的"诸子散文"、"史传散文"、"政论散文"视为"散文"的。不过越是靠后的作品,判断就越加严格了。没有人把《清史稿》当作"史传散文"的,尽管有些段落也是文采盎然;司马光的《资治通鉴》则往往在两可之间。

总之,正如前面引述鲁迅讲的"唐人始有意为小说",是说唐传奇作为文学样式才具有"小说"充分成熟的形态;唐代散文的发展与小说处在同一个文学创新的潮流之中。唐代是中国历史发展的全面转折时期。思想观念在发生重大转变,文学观念、文学创作随之发生演变。文学散文的成熟是这重大演变的一端。

"古文"与"传奇"

上面说到唐代散文与小说的发展处在同一文学演变的潮流之

中。二者的发展相互关联、相互影响。

　　关于这一点，宋人陈师道（1053－1101）《诗话》里记载的一个掌故可给人以启发：

　　　　范文正公（仲淹）为《岳阳楼记》，用对语说时景，世以为奇。尹师鲁读之，曰："《传奇》体耳。"《传奇》，唐裴铏所著小说也。

尹师鲁（名洙，1001－1047）这个评论，陈振孙在《直斋书录解题》里说"盖一时戏笑之谈耳"。尹师鲁博闻强记，知通今古，和范仲淹（989－1052）是朋友。仁宗朝，范与宰相吕夷简相忤，贬饶州（今江西鄱阳县），其时尹师鲁为太子中允，上疏辩护，牵连被贬监郢州（今湖北钟祥市）酒税。他对友人写的《岳阳楼记》的评论虽出戏谑，确也指出了这篇文章表现上的特点。

　　《传奇》是晚唐裴铏的一部志怪小说集。裴铏在僖宗（874－888）年间做过静海节度使（静海军，辖地占今越南北部）高骈的幕僚。高骈好神仙道术，他应有同好，所作《传奇》所述"皆神仙恢谲事"（《郡斋读书志》）。传奇创作发展到晚唐，已是其烂熟期。这部作品总体水平虽然不能和以前的《李娃传》、《莺莺传》、《霍小玉传》等优秀作品相比，但其中《郑德麟》、《聂隐娘》、《裴航》、《陶尹二君》等篇设想奇诡，描摹生动，也算是晚唐传奇里较优秀、有特色的作品。尹师鲁说《岳阳楼记》是"《传奇》体"，也是着眼于二者表达技巧有相似处。范仲淹"用对语说时景"一段如下：

　　　　若夫霪雨霏霏，连月不开，阴风怒号，浊浪排空；日星隐耀，山岳潜形，商旅不行，樯倾楫摧；薄暮冥冥，虎啸猿啼。登斯楼也，则有去国怀乡，忧谗畏讥，满目萧然，感极而悲者矣。至若春和景明，波澜不惊，上下天光，一碧万顷；沙鸥翔集，锦鳞游泳，岸芷汀兰，郁郁青青；而或长烟一空，皓月千里，浮光跃金，静影沉璧；渔歌互答，此乐何极。登斯楼也，则有心旷神怡，宠辱皆忘，把酒临风，其喜洋洋者矣。

拿裴铏的《传奇》文字与之相比照，两者明显类似点有二：一是二者行文基本都用骈体；再是二者都使用描摹手法。文学创作讲究形象性，重描摹，这后一点在考察散文发展形态上是个重要标准。

钱锺书在《管锥编》里讨论梁江淹的《四时赋》、《丽色赋》，同样联系到范仲淹的《岳阳楼记》，指出其中"春和景明"云云描写洞庭风景一段文字，"艳缛损格，不足比欧、苏之简淡"，又批评"尹洙抗志希古，糠秕六代，唐文舍韩、柳外，即视同郐下，故读范《记》而不识本源。"(《管锥编》第 1408—1410 页)他批评尹洙不知道《岳阳楼记》这一段因袭了江淹的写法。如果从"用对语说时景"角度看，江淹与范仲淹两人的文章确有继承关系。下面是江淹《四时赋》里的一段：

> 若乃旭日始暖，蕙草可织，园桃红点，流水碧色。思应都兮心断，怜故人兮无极。至若炎云峰起，芳树未移，泽兰生坂，朱荷出池。忆上国之绮树，想金陵之蕙枝。若夫秋风一至，白露团团，明月生波，萤火迎寒。眷庭中之梧桐，念机上之罗纨。至于冬阴北边，永夜不晓，平芜际海，千里飞鸟。何尝不梦帝城之阡陌，忆故都之台沼。

两相比照，主要类似点在都是用排比手法写四时风景，又都用骈体。但认真分析，两者写法有根本不同：江淹不是写实景，基本是组织事典，加以藻绘形容，这是六朝赋的典型写法；而范仲淹则是对真实情境的生动描绘：面对浩森的洞庭湖，联想到宇宙浩瀚，人生起伏，抒写出"先天下之忧而忧，后天下之乐而乐"的志愿。至于这种文字是否"艳缛损格"，则各人所见不同了。

钱锺书还举出欧、苏同样是登临写景、按时间变化加以描写的文章，说他们的写法更为"简淡"。他没有举出具体作品。这里姑且看看写法类似的例子——欧阳修的《醉翁亭记》：

若夫日出而林霏开,云归而岩穴暝,晦明变化者,山间之朝暮也;野芳发而幽香,佳木秀而繁阴,风霜高洁,水清而石出者,山间之四时也;朝而往,暮而归,四时之景不同,而乐亦无穷也。

又苏轼的《放鹤亭记》:

春夏之交,草木际天;秋冬雪月,千里一色。风雨晦明之间,俯仰百变。山人有二鹤,甚驯而善飞。旦则望西山之缺而放焉,纵其所如,或立于陂田,或翔于云表;莫则傃东山而归,故名之曰放鹤亭。郡守苏轼时从宾客僚吏,往见山人,饮酒于斯亭而乐之。

这两篇的写法,就描写真情实境一点,确实与《岳阳楼记》有类似处。两者写得确实也更为灵活淡雅。黄宗羲论文有一个看法:"叙事须有风韵,不可担板。今人见此,遂以为小说家伎俩。"(《论文管见》)这样从总体看,《岳阳楼记》和这两篇作品的行文又确实与裴铏《传奇》有一致之处。

关于唐代"古文"与传奇小说的关系,陈寅恪曾说:

中国文学史中别有一可注意之点焉,即今日所谓唐代小说者,亦起于贞元元和之世,与古文运动实同一时,而其时最佳小说之作者,实亦即古文运动中之中坚人物是也……是故唐代贞元元和间之小说,乃一种新文体,不独流行当世,复更辗转为后来所则效,本与唐代古文同一原起及体制也。(《元白诗笺证稿》第一章《长恨歌》)

后来他写关于韩愈的专论,又论述韩愈的"古文"与传奇小说的关系:

退之之古文乃用先秦、两汉之文体,改作唐代当时民间流行之小说,欲借以一扫腐化僵化不适用于人生之骈体文,作此尝试而能成功者,故名虽复古,实则通今,在当时为最便宣传,

甚合实际之文体也。(《论韩愈》)

这就精辟地揭示"古文运动"和传奇小说在文体上的一致处,并把这种一致归结到同一的社会背景和社会需求。实则类似的意见鲁迅早就说过,他在《六朝小说和唐代传奇文有怎样的区别》一文中已经指出:

> 晋人尚清谈,讲标格,常以寥寥数言,立致通显,所以那时的小说,多是记载畸行隽语的《世说》一类,其实是借口舌取名位的入门书。唐以诗文取士,但也看社会的名声,所以士子入京应试,也须豫先干谒名公,呈献诗文,冀其称誉,这诗文叫做"行卷"。诗文既滥,人不欲观,有的就用传奇文,来希图一新耳目,获得特效了,于是那些的传奇文,也就和"敲门砖"很有关系。

这样,说《岳阳楼记》乃是"《传奇》体",实则表明唐、宋"古文"与传奇创作写法上相类似、发展上相促进。这也是文学发展中各种样式相互作用的具有规律性的现象。

前面提到韩愈的有些碑志乃是优秀的文学散文。另如韩、柳写的"传",其中包括寓言性质的所谓"寓传",如韩愈的《张中丞传后叙》、《圬者王承福传》、《毛颖传》,柳宗元的《种树郭橐驼传》、《梓人传》、《童区寄传》等,无论是构思还是写法,也都和当时流行的传奇类似。

这样,"古文"作为文学散文的发展,得力于与唐传奇写作的相互交流与借鉴。正是在这样的交流与借鉴中,两者作为自觉的文学创作的性格形成、确立下来。

"只是要作好文章"

朱熹评论韩愈、柳宗元有个说法:

　　……如韩退之、柳子厚辈亦是如此，其答李翊、韦中立之
书，可见其用力处矣。然皆只是要作好文章，令人称赏而已。
究竟何预己事，却用了许多岁月，费了许多精神，甚可惜也。
（《沧洲精舍谕学者》）

这是批评韩、柳更用心力作文章，没有在钻研儒道上认真用功夫。
这是表明他道学家立场的一种评论。韩、柳对儒道的理解和阐发，
他们在儒学发展上的成绩如何，是古往今来多有争论的问题。但
他们热衷文事，努力做好文章则是没有疑问的。朱熹又曾批评韩
愈"裂文与道以为两物"。这倒合乎事实。他和柳宗元以及"古文
运动"的许多作者确实是把文章写作当做与张扬儒道并重甚或更
为重大的事业来对待的。下面看看他们是如何处理"文"、"道"关
系，如何努力"作好文章"的。

　　第一，他们从事创作的纲领是"文以明道"。这个说法最初见
于韩愈在贞元九年（793）写的《争臣论》：

　　君子居其位，则思死其官；未得位，则思修其辞，以明其
道。我将以明道也。

柳宗元说法类似：

　　圣人之言，其以明道……道假辞以明，辞假书而传，要之
之道而已耳。道之及，及乎物而已耳。（《报崔黯秀才论为
文书》）

他们所欲"明"之"道"当然是"儒道"。通常说他们提倡的唐代"古
文运动"与"儒学复古运动"相为表里。这大体符合历史实际。柳
宗元等参与"运动"的几个人好佛，韩、柳在对佛教的态度和评价上
发生争论，但没有改变这个"运动"处理"文"、"道"关系的总体立
场。当时韩、柳等一批知识精英把"安史之乱"以来朝政败坏、政出
多门、国是日非、矛盾丛生等种种弊端的原因归结为儒道不彰，因

此鼓吹所谓"儒学复古",大力张扬儒道,以为挽救国事衰败的基本策略。韩愈在《与孟尚书书》里痛陈秦、汉以来儒学颓败的严重形势,说:"汉氏以来,群儒区区修补,百孔千疮,随乱随失,其危如一发引千钧,绵绵延延,浸以微灭";又表示自己复兴儒道的志愿和决心:"使其道由愈以粗传,虽灭死万万无恨。"柳宗元也一样。他虽然被远贬永州,身为系囚,仍表示"念终泯没蛮夷,不闻于时……苟一明大道,施于人代,死无所憾。"(《贞符序》)他所说的"大道",也是儒道。后来苏轼写纪念韩愈的名文《潮州韩文公庙碑》,今存文本开头两句十四个字,字字力重千钧:"匹夫而为百世师,一言而为天下法。"据说他为写好这个开头破费斟酌,"不能得一起头,起行百十遭"(《朱子语类·论文上》)。这里前一句指韩愈振兴儒学的功绩,后一句说他给后世作文提供了楷模。这也是概括韩愈功绩的两个方面。而就韩、柳的主观认识说,"文以明道",这两个方面是相辅相成的。

后世有关"文"、"道"关系的看法,有"道盛言文"之说。如欧阳修主张:"大抵道胜者文不难而自至也"(《答吴充秀才书》)。有更极端的"因文害道"说。如有学人问理学家程颐:"作文害道否?"他回答曰:"害也。凡为文不专意则不工。若专意,则志局于此,又安能与天地通其大也……今为文者,专务章句悦人耳目。既务悦人,非俳优而何?"对比之下,韩、柳的"文以道明"兼顾"文"、"道"两个方面,主张"道"借"文"而明,"文"用以明"道"。这个提法确实有"文"与"道"并立、并重的意味,即朱熹批评的"裂文与道以为两物"。在实践上,为了实现"明道"的目标,他们则用功作文。如韩愈说:

> 愈之为古文,岂独取其句读不类于今者耶?思古人而不得见,学古道则欲兼通其辞。通其辞者,本志于古道者也。(《书哀辞后》)

柳宗元则说:

> 文之用,辞令褒贬、导扬讽谕而已。虽其言鄙野,足以备

　　于用，然而阙其文采，固不足以竦动时听，夸示后学。立言而
　　朽，君子不由也。故作者抱其根源，而必由是假道焉。作于
　　圣，故曰经；述于才，故曰文。(《杨评事文集后序》)

这样，他们必然用尽心力，"作好文章"。

　　第二，也因此，他们必然用心学文，特别是继承古人写作的艺
术成就。这也就是所谓"文体复古"。韩愈说：

　　愈少驽怯，于他艺能，自度无可努力，又不通时事，而与世
　　多龃龉，念终无以树立，遂发愤笃专于文学。(《答窦秀才书》)

他作《进学解》，用幽默自嘲的笔法回答他所教导的国学生员对他
人生坎坷、遭逢不幸的讥讽，在讲自己"之于儒可谓有劳矣"之后，
继而讲学"文"：

　　沈浸酖郁，含英咀华，作为文章，其书满家。上规姚、姒，
　　浑浑无涯；《周诰》、《殷盘》，佶屈聱牙；《春秋》谨严，《左氏》浮
　　夸；《易》奇而法，《诗》正而葩；下逮《庄》、《骚》，太史所录；子
　　云、相如，同工异曲——先生之于文，可谓闳其中而肆其外矣。

这讲的是自己用心钻研古代典籍，基本是儒家经典的情形。其中
对具体典籍写法上的评论，如"谨严"、"浮夸"等等，指的都是作品
的表现风格和艺术特征，即是从写作技巧上着眼的。从中可见他
学习这些典籍之所重。柳宗元同样十分重视作为"士"掌握"文"的
技巧的重要。他在给岳父杨凭的信里说：

　　今之世言士者，先文章。文章，士之末也。然立言存乎其
　　中，即末而操其本，可十七八，未易忽也。(《与杨京兆凭书》)

他同样广泛研读古代典籍，具体态度和做法几乎和韩愈同样。他
给弟子写信论文，列举古典名目，具体说明研习所得：

　　本之《书》以求其质，本之《诗》以求其恒，本之《礼》以求其

宜,本之《春秋》以求其断,本之《易》以求其动,此吾所以取道之原也;参之《穀梁氏》以厉其气,参之《孟》《荀》以畅其支,参之《庄》《老》以肆其端,参之《国语》以博其趣,参之《离骚》以致其幽,参之《太史》以著其洁——此吾所以旁推交通而以为之文也。

这里值得注意的是,他把"取道之原"的儒家经典,和诸子、《离骚》、《国语》《史记》等作品区分开来。这表明,他注重研习儒家经典,但在"为文"时又更广泛地从各类古代典籍中汲取艺术滋养。

第三,从事创作,他们的态度极其认真,精益求精,努力在写作技巧上达到更高的水准。韩愈曾对弟子介绍自己写作情形:

生所谓立言者是也。生所为者与所期者甚似而几矣。抑不知生之志蕲胜于人而取于人邪? 将蕲至于古之立言者邪? 蕲胜于人而取于人,则固胜于人而可取于人矣;将蕲至于古之立言者,则无望其速成,无诱于势利,养其根而俟其实,加其膏而希其光;根之茂者其实遂,膏之沃者其光晔,仁义之人,其言蔼如也。

抑又有难者,愈之所为不自知其至犹未也。虽然,学之二十余年矣。始者非三代、两汉之书不敢观,非圣人之志不敢存,处若忘,行若遗,俨乎其若思,茫乎其若迷。当其取于心而注于手也,惟陈言之务去,戛戛乎其难哉! 其观于人,不知其非笑之为非笑也。如是者亦有年,犹不改,然后识古书之正伪,与虽正而不至焉者,昭昭然白黑分矣,而务去之,乃徐有得也。当其取于心而注于手也,汩汩然来矣。其观于人也,笑之则以为喜,誉之则以为忧,以其犹有人之说者存也。如是者亦有年,然后浩乎其沛然矣。吾又惧其杂也,迎而距之,平心而察之,其皆醇也,然后肆焉。虽然,不可以不养也。行之乎仁义之途,游之乎《诗》《书》之源,无迷其途,无绝其源,终吾身

而已矣。(《答李翊书》)

这里他当然是站在儒家立场说话,指出作文要以儒家修养为根底,可是具体谈到自己的写作,则强调其"难",表明自己运思下笔,反复酌量,用了更多心力,下了更多功夫。柳宗元向弟子传授写作经验,说到写作时如何推敲、煞费苦心,意思和上述韩愈说法类似:

> 故吾每为文章,未尝敢以轻心掉之,惧其剽而不留也;未尝敢以怠心易之,惧其弛而不严也;未尝敢以昏气出之,惧其昧没而杂也;未尝敢以矜气作之,惧其偃蹇而骄也。抑之欲其奥,扬之欲其明,疏之欲其通,廉之欲其节,激而发之欲其清,固而存之欲其重,此吾所以羽翼夫道也。(《答韦中立论师道书》)

他强调端正心态方面,认真刻苦,努力达到理想的"羽翼夫道"的表达效果。

第四,他们不随流俗,不拘成规,勇于突破传统,大胆创新。这是他们提倡"古文"成功的关键,也是发展文学散文取得成就的关键。韩愈说:

> 仆为文久,每自称意中以为好,则人必以为恶矣。小称意,人亦小怪之;大称意,即人必大怪之也。时时应事作俗下文字,下笔令人惭,及示人,则人以为好矣。小惭者亦蒙谓之小好,大惭者即必以为大好矣。不知古文直何用于今世也?(《与冯宿论文书》)

从这段文字可见当时文坛守旧势力之巨大,创新需要相当的自信和勇气。柳宗元的《乞巧文》则是用比喻手法表明自己的性格不能随附流俗机巧,也说到作文:

> ……眩耀为文,琐碎排偶,抽黄对白,啴咺飞走。骈四俪六,锦心绣口,宫沉羽振,笙簧触手。观者舞悦,夸谈雷吼,独溺臣心,使甘老丑。罾昏莽卤,朴钝枯朽,不期一时,以俟悠

久。(《乞巧文》)

这是写流行的骈文之鄙陋,最后借"天孙"之口表示:"汝唯知耻,诶貌淫辞,宁辱不贵,自适其宜。中心已定,胡妄而祈?坚汝之心,密汝所持。"是说自己绝不为潮流所裹挟,坚持革正文体的方向。

　　这样,韩、柳倡导"古文",提出比较系统的理论主张,又有成功的创作实践,并能够广为宣传,招引后学,凭借他们卓越的才能和坚韧的品格,尽心尽力,终于取得全面革正文体和文风的成就,推动文学散文发展到真正成熟的阶段。

　　清代道学家程廷祚(1691—1767)曾批评韩愈说:

　　　　且退之以道自命,则当直接古圣贤之传,三代可四,而六经可七矣。乃志在于沉浸浓郁,含英咀华,作为文章,戛戛乎去陈言而造新语,以自标置,其所操亦末矣。以此与八代争短长,纵使己所言皆在仁义道德,彼所言皆在于月露风云,而究无以相服。[《复家鱼门(晋芳)论古文书》]

这是说韩愈自恃继古圣贤而张扬儒道,但实际用力处则在"作为文章,戛戛乎去陈言而造新语",这样作出来的文章根本不能与"八代"争短长。这种批评,显然不清楚韩愈和唐代"古文"家们虽然主张复兴"儒道",但并不忽视"作好文章";他们标榜文体"复古",又并不是要"模古"。而是以"复古"相号召,寓创新于"复古"。这样,他们终于创造出适应时代要求的新型"古文",发展了作为文学创作的散文。

骈、散间行

　　文学发展是个前后连续的过程。前面韩、柳自述学习"古典"

情形,他们对前人的创作成果能够广取博收,从多方面受益。他们写作"古文",本来直接承继的是南北朝的文学传统,包括他们大力批判的骈文。他们倡导"古文"、写作散文得以成功,一定程度上也得益于批判地、成功地继承了前代骈文积累的艺术成就。如清人刘熙载(1813—1881)所说:

> 韩文起八代之衰,实继八代之成。盖惟善用古者能变古,以无所不包,故能无所不扫矣。(《艺概·文概》)

刘开也曾指出:

> 夫退之起八代之衰,非尽扫八代而去之也,但取其精而汰其粗,化其腐而出其奇,其实八代之美,退之未尝不备有也。(《与阮芸台宫保论文书》)

如前《说"四六"》一文指出的,构成骈体的基本要素有四个:对偶、声韵、典故、辞藻。这本是汉语文长期发展逐渐形成、完善的有效的表达手段,是写作艺术的成就。骈文的偏颇、失误不过是在应用上把这些手段程式化、片面化而走向极端和歧路了。晋宋以来几百年骈文创作所取得的艺术成果是有价值的。韩、柳等人写作"古文"取得成功,也在于积极地汲取、批判地借鉴了这些成果。

首先看对偶。前面介绍钱锺书对《岳阳楼记》的评论,明确指出其中以排比、对偶描写四时景象对江淹的《四时赋》有所继承。汉语单音节、汉文方块字,自然形成汉语文便于利用对偶来表达并列、正反、对应、重叠等相对的内容,取得口吻声情上整齐、平稳、和谐的效果。清人包世臣(1775—1855)指出:

> 讨论体势,奇、偶为先。凝重多出于偶,流美多出于奇。体虽骈必有奇以振其气,势虽奇必有偶以植其骨。仪厥错综,至为微妙。(《艺舟双楫·论文》)

唐代"古文"家解散文体,并不废对偶,能够从文章结构到具体行文

灵活、自然地把对偶融入写作之中。就文章整体构思说,如韩愈的
《送穷文》,写自己"穷鬼"缠身,分别描写智穷、学穷、文穷、命穷、交
穷等五穷;柳宗元的《乞巧文》,用自嘲的口气写"臣拙无比",按行、
言、文几方面来描摹机巧狙诈的种种丑态。这大体同于刘孝标《广
绝交论》的写法,后者揭露"叔世民讹,狙诈飙起……素交尽,利交
兴",描写社会交际风气败坏"其流五"即势交、贿交、谈交、穷交、量
交五者,"殉利之情未尝异,变化知道不得一"。韩、柳的文章"模
拟"的痕迹是很清楚的。就具体行文说,韩、柳的不少文章,如韩愈
的《进学解》、《子产不毁乡校颂》、《原毁》等基本是整齐的骈偶句
式,又常常把骈词俪句融入到散体之中,使文章显得既整饰又自
然。这是骈、散结合技巧的一种发展。如《张中丞传后叙》里为张
巡、徐远守睢阳城辩护一段:

> 当二公之初守也,宁能知人之卒不救,弃城而逆遁? 苟此
> 不能守,虽避之他处何益? 及其无救而且穷也,将其创残饿羸
> 之余,虽欲去,必不达。二公之贤,其讲之精矣。守一城,捍天
> 下,以千百就尽之卒,战百万日滋之师,蔽遮江淮,沮遏其势,
> 天下之不亡,其谁之功也? 当是时,弃城而图存者不可一二
> 数,擅强兵坐而观者相环也。不追议此,而责二公以死守,亦
> 见其自比于逆乱,设淫辞而助之攻也。

这样的行文是散体,但用了不少对偶句,有些是松散的对句。同
样,如柳宗元的名作《捕蛇者说》里捕蛇人所说:

> 君将哀而生之乎? 则吾斯役之不幸,未若复吾赋不幸之
> 甚也。向吾不为斯役,则久已病矣。自吾氏三世居是乡,积于
> 今,六十岁矣,而乡邻之生日蹙。殚其地之出,竭其庐之入,号
> 呼而转徙,饥渴而顿踣,触风雨,犯寒暑,呼嘘毒疠,往往而死
> 者相藉也。曩与吾祖居者,今其室十无一焉;与吾父居者,今
> 其室十无二三焉;与吾居十二年者,今其室十无四五焉。非死

而徙尔,而吾以捕蛇独存。悍吏之来吾乡,叫嚣乎东西,隳突乎南北,哗然而骇者,虽鸡狗不得宁焉。吾恂恂而起,视其缶,而吾蛇尚存,则弛然而卧,谨食之,时而献焉。退而甘食其土之有,以尽吾齿。盖一岁之犯死者二焉,其余则熙熙而乐,岂若吾乡邻之旦旦有是哉!今虽死乎此,比吾乡邻之死,则已后矣,又安敢毒耶?

这和《张中丞传后叙》一样,基本是严格的或松散的对偶句,以整齐、复叠的形式造成强烈的表达效果。清代的刘开曾说:

> 骈之与散,并派而争流,殊途而合辙。千枝竞秀,乃独木之荣;九子异形,本一龙之产。故骈中无散,则气壅而难疏;散中无骈,则辞孤而易瘠。(《与王子卿太守论骈体书》)

所以,"古文"家借鉴骈体的对偶技法,把骈词俪句纳入散体之中,遂能兼得二者表达的优长。

对于骈体讲究的声韵,"古文"家们写作时同样相当注意。韩愈介绍作文经验,明确提出"言之短长与声之高下"(《答李翊书》)一项。"言之短长"指句子节奏,"声之高下"则指声韵。不过他的"古文"不再对词语的平仄对应作公式化的严格要求,只求"引物连类,穷情尽变,宫商相宣,金石谐合"(《送权秀才序》),即声调符合文情、做到抑扬合度即可。韩愈的"古文"文句长短错杂,节奏朗畅,韵律协调,形成流畅自然的语气文情。例如名作《伯夷颂》,第一段以长句作议论:

> 士之特立独行,适于义而已,不顾人之是非,皆豪杰之士,信道笃而自知明者也。一家非之,力行而不惑者寡矣;至于一国一州非之,力行而不惑者,盖天下一人而已矣;若至于举世非之,力行而不惑者,则千百年乃一人而已耳;若伯夷者,穷天地亘万世而不顾者也。

这是两个长句,松散的排句层层递进,一气灌注,造成不容辩驳的强势语气。再如《送李愿归盘谷序》一段,描摹当时士大夫三种不同的人生境界:

> 人之称大丈夫者,我知之矣:利泽施于人,名声昭于时,坐于庙朝,进退百官,而佐天子出令;其在外,则树旗旄,罗弓矢,武夫前呵,从者塞途,供给之人各执其物,夹道而疾驰;喜有赏,怒有刑,才俊满前,道古今而誉盛德,入耳而不烦;曲眉丰颊,清声而便体,秀外而惠中,飘轻裾,翳长袖,粉白黛绿者列屋而闲居,妒宠而负恃,争妍而取怜——大丈夫之遇知于天子、用力于当世者之所为也。吾非恶此而逃之,是有命焉,不可幸而致也。穷居而野处,升高而望远,坐茂树以终日,濯清泉以自洁;采于山,美可茹,钓于水,鲜可食。起居无时,惟适之安;与其有誉于前,孰若无毁于其后,与其有乐于身,孰若无忧于其心;车服不维,刀锯不加,理乱不知,黜陟不闻——大丈夫不遇于时者之所为也,我则行之。伺候于公卿之门,奔走于形势之途;足将进而趑趄,口将言而嗫嚅;处秽污而不羞,触刑辟而诛戮,徼幸于万一,老死而后止者,其于为人,贤不肖何如也?

这则多用短句来形容,又多用对句,骈、散间错,语感轻松而灵动,并列写出三种人生境界。世态人情,穷神尽象,褒贬讽喻意在言外。关于这篇文章,据传苏东坡曾表示:"欧阳公言晋无文章,唯陶渊明《归去来》一篇而已;余亦谓唐无文章,惟韩退之《送李愿归盘谷序》一篇而已。平生欲效此作一篇,每执笔辄罢,因自笑曰:不若且放教退之独步。"

构成骈体要素的第三、第四两项,典故和辞藻,"古文"家们所做变革较大:典故少用,更忌用僻典,也不更多讲究华词丽藻。不过"古文"写作并不芜杂轻率,下字用语还是经过认真推敲的。这从上面引用的文章片段可以看出来。

蒋湘南评论韩愈"文起八代之衰"的看法说:"浅儒但震其起八代之衰,而不知其吸六朝之髓也。"(《与田叔子论古文第二书》)事实是,正因为唐代"古文"家们不仅积极地继承先秦盛汉"古文"的内容充实、质朴无华的优良传统,对于六朝骈文的成就和流弊也能够有所辨别,辨证地加以"扬弃",吸取其有价值的艺术成果。这样,在全面继承前人留下的艺术遗产的基础上,创造出适应时代要求的新型"古文",并用这种"古文"写出优美的文学散文。

余论:真正意义的"作家"队伍形成

宋人张耒(1054—1114)评论韩愈说:

> 韩退之,以为文人则有余,以为知道则不足。(《韩愈论》)

王阳明(守仁,1472—1529)则说:

> 退之,文人之雄耳。(《传习录》卷上)

明人胡震亨(1569—1645)在王阳明的说法上又加一句:

> 退之亦文士雄耳。近被腐老生,因其辟李、释,硬推入孔家庑下,翻令一步那动不得。(《唐音癸签》)

这都是说,韩愈本是"文人"。唐代的"古文"家们,还有诗人们,有些在政治上活跃,有些在思想理论上有所建树,具有多重身份。具体到韩、柳,也都可视为政治家、思想家。但他们中大多数的基本性格应当算是"文人"。他们基本是庶族出身。到隋唐时期,魏晋以来的士族专政体制瓦解,庶族"文人"地位上升,成为社会上的重要力量。他们依靠政能文才进身,其中能力、才华卓著的可以通过科举谋得高位,当然另有些沉寂下僚乃至布衣终生。本来汉魏以来,从事写作的上自皇帝、亲贵,下到大小臣僚,写诗作文都是他们的"余事",不存在以写作为专业的"作家"。而到唐代,庶族知识精英不论是得意高升的,还是背运沉沦的,虽然大都有求举觅官的经历,许多人担任过朝廷内外的官职,但他们都经过写诗作文的基本训练,写作乃是他们的看家本领。他们的基本性格应当算是"文人",也就是今天所说的专业的或兼职的"作家"。例如李白、杜甫,曾担任过大小不同的官职,实际一生事业主要是写诗;韩、柳也大体一样。柳宗元贬到永州十年,名义职衔是"司马",且是"员外置",即在正式编制之外,实同系囚。他没有职事,能够全身心投入创作,实际是专职"作家"。正因为有了这样众多"文人"构成的"作家"队伍,才造就了唐代文学全面繁荣的局面。

因为有了专职和兼职的"作家"群体,文学观念和文学创作随之发生重大转变。这大群"作家"里许多人能够解脱朝廷臣僚身份的羁绊,作为创作主体从事文学创作;能够尽心尽力钻研写作技巧,不断提高创作的艺术水平;能够摆脱"应用"为文的限制,写出主要是供人欣赏、具有更高美学价值的作品。总之,这些人能够把文学创作当做人生的主要事业,写作真正意义的文学作品。

这样,韩愈、柳宗元等"古文"家们可看作是真正的"作家"、"散文家"。

唐、宋诗文名家如林,名作众多,造成诗文创作高度繁荣的局面。不过写"诗"作"文"仍延续传统,是士大夫阶层的事。宋代进入中国历史上的"近世",平民社会的新型文化形成,新兴的文学样式小说、戏曲繁荣起来,出现另一支创作小说、戏曲的"作家"队伍。这个队伍主要是由更接近民众的士大夫和民间艺人构成的。在这种局面下,以士大夫为创作主体的"文"与"诗"的创作终究受到局限,也就难以再创造出唐、宋那样的辉煌了。结果,韩、柳等唐、宋"古文"家们创造的散文艺术高峰也就难以超越了。

作文用"虚"

《归去来兮辞》的结构

陶渊明的《归去来兮辞》是一篇千古传诵、人们耳熟能详的名作。据传欧阳修曾说"晋无文章,唯陶渊明《归去来兮》一篇而已"(《东坡志林》),同时的著名文人宋庠又曾说这篇作品是"南北文章之绝唱"(晁说之《答李持国先辈书》)。古代无数才智之士身世坎壈,怨愤抑郁,不平则鸣,或抒怀,或刺世,写出许多发愤以述情的文字。而陶渊明这篇格调和写法特殊。文章的《序》里说,他本来"家贫,耕植不足以自给。幼稚盈室,瓶无储粟";又说自己好酒,居官可得"公田之利",由于得到叔叔陶夔的关照,"见用为小邑"(柴桑令)。但只居官八十多天,就决绝地辞官回乡种地去了。文中表现的不为五斗米折腰的高洁孤傲品格,对于名闻利禄的淡泊,又能够以平和简淡文字出之,确是古今绝少人能够企及的。可以拿屈原的《离骚》作对比(这种对比当然没有评论二人作品高下的意思,实际也不能、不必评论二者的高下)。屈原赋《离骚》,"骚"者,牢骚也,牢愁也。而用现在的话说,屈原终究是"体制内"的人,所以他抒写离愁怨思,是意在"以讽谏君",还是"冀君觉悟"(王逸《离骚序》)。他后来自投汨罗,以死明志,也是表明忠君报国之志。可是陶渊明的态度却截然不同,他对乱世弊政是绝望了,视官位如敝屣,干脆弃之而去。这种风范,这种态度,感动了后世无数身处乱世的有良知的文人士大夫。即使他们中绝大多数人不能追随他,但却不能不赞叹之,向往之,从中受到教育,得到警醒。

但关于这篇作品的结构,却有不同看法。文章由说明"归去"缘由的"序"和抒写回乡之情的"辞"两部分组成。前面已经介绍《序》里所述"归去"缘由,结尾处明确记载写作时间:"仲秋至冬,在官八十余日,因事顺心,命篇曰《归去来兮》。乙巳岁十一月也。""乙巳岁"是义熙五年,公元 409 年。接着正文的《辞》开始是:

> 归去来兮!田园将芜,胡不归!既自以心为形役,奚惆怅而独悲。悟已往之不谏,知来者之可追。实迷途其未远,觉今是而昨非。

这照应了前面表明的"归去来"的文章主旨。接着描写首途景象:

> 舟遥遥以轻飏,风飘飘而吹衣。问征夫以前路,恨晨光之熹微……

然后,转而描写到家情形:"乃瞻衡宇,载欣载奔,僮仆欢迎,稚子候门。三径就荒,松菊犹存,携幼入室,有酒盈樽……"以下是大段铺叙,写乡居的闲适、乡间的风景、亲朋亲切来往、新春农事的喜悦等等。之后是点题的议论:

> 已矣乎!寓形宇内复几时,曷不委心任去留?胡为乎遑遑兮欲何之?富贵非吾愿,帝乡不可期。怀良辰以孤往,或植杖而耘耔。登东皋以舒啸,临清流而赋诗。聊乘化以归尽,乐夫天命复奚疑!

这番感慨照应开头,加深了《序》里所述"归去来"的主题。

可是细看文章思路,本来《序》里明确说文章写于弃官而去的

"乙巳岁十一月",时令是初冬,而《辞》里却从还乡写到春耕。这里
显然存在矛盾。因此逯钦立在所校注的《陶渊明集》确定《归去来
辞》写于"归来"之后的第二年的春耕以后。他在该书附录的《年
谱》里提出根据:"辞云:'农人告余以春及,将有事于西畴。'知为春
以后作。"但是元代著名文人王若虚则另有看法。与他同一时期的
另一位文人刘祁记载王若虚主张《归去来兮辞》的结构本是"前想
象,后直述,不相悖"。王若虚在他的《文辨》里也曾具体说明:

> 凡为文,有遥想而言之者,有追忆而言之者,各有定所,不
> 可乱也。《归去来辞》,将归而赋耳。既归之事,当想而言之。
> 今自问途而下,皆追录之语,其于畦径,无乃窒乎?"已矣乎"
> 云者,所以总结而为断也,不宜更及"耘籽"、"啸咏"之事。
> (《滹南遗老集》卷三四《文辨》)

实际这是认为《归去来兮辞》结构混乱,把"既归"的已然事和"想当
然"的未然事夹叙在回归路途的描写当中;而结尾处的总括论断,
更不当涉及回乡后的"耘籽"、"啸咏"之事。因此,如是结构,就使
得文思"窒碍"了。

　　应当说,王若虚把文章中间大段回乡后的描写看作"遥想而言
之",是合乎作者本来思路的。钱锺书《管锥编》里记述周振甫和他
本人的看法:

> 周君振甫曰:"《序》称《辞》作于十一月,尚在仲冬;倘为
> '追录'、'直述',岂有'木欣欣以向荣'、'善万物之得时'等物
> 色?亦岂有'农人告余以春及,将有事于西畴'、'或植杖以耘
> 籽'等人事?其为未归前之想象,不言而可喻矣。"本文自"舟
> 遥遥以轻飏"至"亦崎岖而经丘"一节,叙启程之初至抵家以后
> 诸况心先历历想而如身正一一经。求之于古,则《诗·东山》
> 第三章写征人尚未抵家,而意中已有"鹳鸣于垤,妇叹于室,洒
> 扫穹"等情状,笔法庶几相类。

这是说《归去来兮辞》大幅抒写"归前之想象",而且写得"历历想而如身正一一经"是一种写作技巧,并非是结构的缺陷,正如《诗经·东山》篇一样。陶渊明这篇文章是使用想象手法,构思中"虚"与"实"巧妙结合起来,而且两者过渡了无痕迹,抒写出对于"归去来"的欢愉与期待,是一种结构技巧。附带说一句,陶渊明的《桃花源记》本是怪异之谈,同样是虚拟之辞。这种用"虚"的写作方法被陶渊明成功地运用,显示古典散文艺术发展轨迹的一端。这就是本文拟讨论的。

文有"虚"、"实"

日本著名中国学家吉川幸次郎曾指出:

> 重视非虚构素材和特别重视语言表现技巧可以说是中国文学的两大特长。(《中国文学论》)

吉川讲的应当是指历史上的"正统"文学体裁的诗文,后起的小说、戏曲显然不符合这样的论断。他这段话概括中国诗文的两个特长,也可以说是特征,是独具只眼的。又所谓"重视非虚构",当然并不是没有"虚构"。另一方面,诗文的"虚"与"实"又是发展变化的。按袁宏道的说法:

> 古之为诗者,有泛寄之情,无直书之事,而其为文也,有直书之事,无泛寄之情,故诗虚而文实;晋、宋以后,为诗者有赠别,有叙事,为文者有辨说,有论叙,架空而言,不必有其事与其人,是诗之体已不虚,而文之体已不能实矣。(《雪涛阁集序》)

这里分别论"诗"与"文"的"虚"和"实"。诗的情形不在本文讨论之列。他说晋、宋以后,作文有"架空而言","文之体已不能实矣",则确乎指出了晋、宋以后散文写作用"虚"逐渐发展的趋势。上面说的陶渊明的《归去来兮辞》正是一例。明人的李邺嗣又说过：

> 盖文自东汉而后，作者俱用实，而退之独用虚。(《王无眸先生七十序》)

李邺嗣又特别提出韩愈，说他造成了作文由"实"而"虚"的转变。这显然夸大了韩愈一个人的力量。但韩愈作为唐文写作的代表，对于推进用"虚"这一转变也确实发挥了重要作用。

应当补充说明，这里讲的作文的"虚"与"实"，是指行文构思说的。不是讲修辞手法。修辞方法，如比喻、象征、夸张等等，在先秦各体文字里都"古已有之"，与作品整体构思的"虚"、"实"是两码事。下面用一个典型的纪实文体做例子，来说明作文如何用"虚"，如何发展了作文用"虚"的艺术。

明人吴讷编《文章辨体》，分五十九种文体选录文章。这部书选文价值不大，但文体分类详密，特别是在每类选文前加上一段论说性质的叙，讨论该文体的发展、特征并举出例子，颇有价值。后人把这些叙汇集成一本书，就是郭绍虞主编的"中国古典文学理论批评专著丛书"一种的《文章辨体序说》(和徐师曾的《文体明辨序说》合为一册)。关于"记"这种文体，其中说：

> 大抵记者，盖所以备不忘。如记营建，当记日月之久近，工费之多少，主佐之姓名，叙事之后，略作议论以结之，此为正体。至若范文正公之记严祠，欧阳文忠之记昼锦堂，苏东坡之记山房藏书，张文潜之记进学斋，晦翁之作婺源书阁记，虽专为议论，然其言足以垂世而立教，弗害其为体之变也。学者以是求之，则必有以得之矣。

这里所讲"记"这种文体的"正"与"变"即和本文讨论的写作方法的"虚"与"实"有密切关联，又和中国古代散文发展有相当大的关系。下面举出宋人的几篇著名的"记"做例子。这已是唐代"古文运动"

之后、古代散文已经得到充分发展的时期。

先看欧阳修的《醉翁亭记》。符合上面吴讷的说法，记营建，首先"当记日月之久近，工费之多少，主佐之姓名"，欧阳修这样写：

> 环滁皆山也。其西南诸峰，林壑尤美，望之蔚然而深秀者，琅琊也。山行六七里，渐闻水声潺潺，而泻出于两峰之间者，酿泉也。峰回路转，有亭翼然临于泉上者，醉翁亭也。作亭者谁？山之僧曰智仙也。名之者谁？太守自谓也。太守与客来饮于此，饮少辄醉，而年又最高，故自号曰"醉翁"也。醉翁之意不在酒，而在乎山水之间也。山水之乐，得之心而寓之酒也。

这是写醉翁亭创建，一步步由远及近，首先确定其位置；然后写谁是创建者，谁是命名者；归结到命名的意义。这全然是写实的。接下来三段描写，一段写醉翁亭的四时景致：

> 若夫日出而林霏开，云归而岩穴暝，晦明变化者，山间之朝暮也。野芳发而幽香，佳木秀而繁阴，风霜高洁，水清而石出者，山间之四时也。朝而往，暮而归，四时之景不同，而乐亦无穷也。

一段写在亭的怡乐，以"滁人游"作陪衬，主要写"太守"即作者自己在亭饮宴的欢愉情形：

> 至于负者歌于涂，行者休于树，前者呼，后者应，伛偻提携，往来而不绝者，滁人游也。临溪而渔，溪深而鱼肥，酿泉为酒，泉香而酒洌，山肴野蔌，杂然而前陈者，太守宴也。宴酣之乐，非丝非竹，射者中，奕者胜，觥筹交错，起坐而喧哗者，众宾欢也。苍颜白发，颓然乎其间者，太守醉也。

最后一段是吴讷所说的"叙事之后，略作议论以结之"：

> 已而夕阳在山，人影散乱，太守归而宾客从也。树林荫翳，鸣声上下，游人去而禽鸟乐也。然而禽鸟知山林之乐，而

不知人之乐,人知从太守游而乐,不知太守之乐其乐也。醉能同其乐,醒能述以文者,太守也。太守谓谁?庐陵欧阳修也。

庆历五年(1045),欧阳修因为支持范仲淹主持的"新政",被罪出知滁州(今安徽滁州市),次年建醉翁亭。作者在亭寄情饮宴,欣赏风景,抒写无妄被罪之后悠游自得的情怀,流露进退荣辱不萦于怀的潇洒。这篇文章写法上历来被人赞赏的运用语气词"也"贯穿通篇。费衮《梁溪漫志》评论说:

> 文字中用语助太多,或令文气卑弱……然后之文人,多因难以见巧……退之祭十二郎老成文一篇,大率皆有助语……其后欧阳公作《醉翁亭记》继之,又特尽纤徐不迫之态。二公固以为游戏,然非大手笔不能也。(《梁溪漫志》)

从文章内容看,则完全合乎吴讷所说"记"的"正体",其构思方式也是地地道道地写"实"的。如茅坤在《唐宋八大家文钞》里评论说:

> 文中之画。昔人读此文,谓如游幽泉邃石,入一层,才见一层。路不穷,兴亦不穷。读已,令人神骨俱然长往矣。此是文章中洞天也。

所谓"文中之画",是称赞作者一笔一笔地描绘出让读者身临其境的画面。这是写"实"的功夫和效果。

再看另外两篇"记",同样都是记楼台的。

王禹偁(954—1001)于咸平元年(998)因为预修《太宗实录》直言无忌得罪,罢知制诰,被贬出知黄州(今湖北黄冈市),次年作《黄州新建小竹楼记》。文章立意与《醉翁亭记》大体相同,也是通过记叙楼台风景来抒写贬谪中悠游放达的怀抱而隐含获谴的不平的。但写法与欧阳修的步步写实不同。开头写作楼用竹,呼应题目"小竹楼":

> 黄冈之地多竹,大者如椽,竹工破之,刳去其节,用代陶瓦,比屋皆然,以其价廉而工省也。

接着简单地写筑楼原委:"子城西北隅,雉堞圮毁,榛莽荒秽,因作小楼二间,与月波楼通。"然后主要描绘休憩楼上的风光:

> 远吞山光,平挹江濑,幽阒辽夐,不可具状。夏宜急雨,有瀑布声;冬宜密雪,有碎玉声。宜鼓琴,琴调和畅;宜咏诗,诗韵清绝;宜围棋,子声丁丁然;宜投壶,矢声铮铮然,皆竹楼之所助也。公退之暇,披鹤氅衣,戴华阳巾,手执《周易》一卷,焚香默坐,销遣世虑。江山之外,第见风帆沙鸟,烟云竹树而已。待其酒力醒,茶烟歇,送夕阳,迎素月,亦谪居之胜概也。彼齐云、落星,高则高矣;井干、丽谯,华则华矣。止于贮妓女,藏歌舞,非骚人之事,吾所不取。

这一段描写的种种景致全然是"小楼"主人即作者借以抒发情怀的想象,即是虚拟的。最后举出四个著名古代楼台的典故:唐曹恭王建齐云楼,三国东吴建落星楼,汉武帝建井干楼,三国魏曹操建丽谯楼,拿这些和小竹楼相比,表明作者与古代这些帝王贵胄所建不同,乃是"骚人之事",点出抒写牢愁的用意。接着联想到自己屡经贬斥的坎坷不平生涯:

> 吾闻竹工云:"竹之为瓦仅十稔。若重覆之,得二十稔。"噫!吾以至道乙未岁自翰林出滁上,丙申移广陵,丁酉又入西掖,戊戌岁除日有齐安之命,己亥闰三月到郡。四年之间,奔走不暇,未知明年又在何处,岂惧竹楼之易朽乎?幸后之人与我同志嗣而葺之,庶斯楼之不朽也。咸平二年八月十五日记。

这是呼应文章开头筑楼用竹来抒写感慨。所谓"四年之间,奔走不暇",指至道元年乙未(995)因为议论宋太祖赵匡胤宋皇后葬礼事,被罢免翰林学士等职,出知滁州;次年丙申改知扬州(今江苏扬州市),再次年丁酉被召还朝,担任刑部郎中、知制诰("西掖"即中书省,刑部为其所属);最后咸平元年己亥来到黄州。简单地点出这短短四年间屡遭贬谪的经历,牢骚不平意在言外。这样,文章题目是"小竹楼",但并没有描绘竹楼,立意也不在建楼或享受楼台的乐趣。这是"虚"写。

再看和黄州有关的另一篇,苏辙的《黄州快哉亭记》。元丰二年(1079),苏轼身陷"乌台诗案",贬官黄州,名义是团练副使。大约过了三年,友人张孟德(偓佺)也贬到黄州,在所居西南长江边上建亭。苏轼命亭曰"快哉",有词《水调歌头·黄州快哉亭赠张偓佺作》,中有"一点浩然气,千里快哉风"句。当时"乌台"案发,苏辙受兄长牵连,贬监筠州(今江西高安市)酒税。他随兄长之后,元丰三年五月末赴贬所,途经黄州,顺便送苏轼家小,小住就离开了。黄州与筠州相距不算远,兄弟二人书信往还、诗词酬唱密切。快哉亭成,苏轼托苏辙作记。亭本是苏辙离黄州后建的,他不可能见到。所以他来作记,只能凭空"虚"写。文章两段。第一段:

> 江出西陵,始得平地。其流奔放肆大,南合湘、沅,北合汉、沔,其势益张。至于赤壁之下,波流浸灌,与海相若。清河张君梦得谪居齐安,即其庐之西南为亭,以览观江流之胜,而余兄子瞻名之曰"快哉"。盖亭之所见,南北百里,东西一舍,涛澜汹涌,风云开阖。昼则舟楫出没于其前,夜则鱼龙悲啸于其下,变化倏忽,动心骇目,不可久视。今乃得玩之几席之上,举目而足。西望武昌诸山,冈陵起伏,草木行列,烟消日出,渔夫樵父之舍皆可指数,此其所以为快哉者也。至于长洲之滨,故城之墟,曹孟德、孙仲谋之所睥睨,周瑜、陆逊之所骋骛,其流风遗迹,亦足以称快世俗。

这是写亭所处形势和建亭与命名,连带写到附近黄州赤壁形胜,都是想象的风光。至于所述赤壁,如苏轼《念奴娇·赤壁怀古》"人道是三国周郎赤壁"一句表明的,不能落实为"赤壁之战"的赤壁(历史上的赤壁之战在"嘉鱼赤壁"),只是发抒感慨的"借景"。这一段写景,还算有点"实"的内容。第二段则全然是议论了:

　　昔楚襄王从宋玉、景差于兰台之宫,有风飒然至者,王披襟当之曰:"快哉!此风寡人所与庶人共者耶?"宋玉曰:"此独大王之雄风耳,庶人安得共之?"玉之言,盖有讽焉。夫风无雌雄之异,而人有遇不遇之变。楚王之所以为乐,与庶人之所以为忧,此则人之变也,而风何与焉?士生于世,使其中不自得,将何往而非病?使其中坦然不以物伤性,将何适而非快?今张君不以谪为患,窃会计之余功,而自放山水之间,此其中宜有以过人者。将蓬户瓮牖无所不快,而况乎濯长江之清流,揖西山之白云,穷耳目之胜以自适也哉?不然,连山绝壑,长林古木,振之以清风,照之以明月,此皆骚人、思士之所以悲伤憔悴而不能胜者,乌睹其为快也哉!元丰六年十一月朔日赵郡苏辙记。

　　这一段议论,先是用《文选》里宋玉《风赋》典,说居上位者和一般人对事物感受不同;然后一转,说感受决定于内心取向,进而赞扬贬谪中的张姓朋友能够不计得失,放情山水;接着再一转,说"骚人、思士"遇到良辰美景更会"悲伤憔悴而不能胜",对友人遭遇表示同情,也是抒写自己对世事的不平。这篇文章根本没有写快哉亭,苏辙也根本没见过这座亭子。

　　上面三篇文章,内容都是记亭台之盛,都是借楼台抒发感慨,但写法有"虚"、"实"的不同。三篇都出自大手笔,写来无论用"虚"还是纪"实",都从容自得,都作出了好文章。不过从散文发展角度讲,用"虚"则有另外的意义,后面再加说明。

用"虚"斡旋

　　前面引李邺嗣的话,说韩愈作文"独用虚",曾指出这话说得绝对了,但也有一定道理。就是说,韩愈作文确实多用"虚"。这一点也是他对散文写作艺术发展的贡献。下面看他的两篇作品,一篇是和上一节讨论的同样体裁的"记",另一篇是"序"。

"记"即《新修滕王阁记》。元和十四年(819)初,韩愈因为谏迎佛骨贬潮州(今广东潮州市),四月末抵贬所,在潮州住了半年,遇赦量移袁州(今江西宜春市),次年二月到任。袁州为江西观察使所辖。这一年六月,朝命王仲舒为洪州刺史、江西观察使;九月,王与监军宦官和文武官员在滕王阁举行宴会,见楼阁残破,决定加以整修。王仲舒是韩愈旧交,整修完工,王请韩愈作记。而这一年九月,朝命韩愈回京担任国子祭酒,十月离开袁州,文章是他离开之前作的。

清人恽敬(1757—1817)评论《新修滕王阁记》说:

> 如《滕王阁记》,有王子安一篇在前……不可不避,故韩公通篇从未至滕王阁用意,笔墨皆烟云矣。(《与来卿》)

实则韩愈作记,不得不通篇笔墨如"云烟"缭绕,架空斡旋,因为他根本没到过滕王阁,没法如王勃文章那样直接写滕王阁他曾经三下江南。大历十三年(778),他小时候,跟随被贬官的韩会兄嫂赴韶州(今广东韶关市);贞元十九年(803),因为上疏议论朝政被贬为阳山(今广东阳山县)令;加上贬潮州,三次往来都没有经南昌登滕王阁。所以文章开头,他先写滕王阁形胜、前人作记和自己未至滕王阁的遗憾:

> 愈少时则闻江南多登临之美,而滕王阁为第一,有瑰伟绝特之称。及得三王所为序、赋、记等(王勃《秋日登滕王阁饯别记》、王绪《赋》、王仲舒《修阁记》。后两者均佚),壮其文辞,益欲往一观而读之,以忘吾忧。系官于朝,愿莫之遂。十四年,以言事斥守揭阳,便道取疾以至海上,又不得过南昌而观所谓滕王阁者。其冬,以天子进大号,加恩区内,移刺袁州。袁于南昌为属邑,私喜幸自语,以为当得躬诣大府,受约束于下执

事，及其无事且还，傥得一至其处，窃寄目偿所愿焉。

然后写九月，王仲舒到任，政平人和，自己还是无缘到南昌晋谒，没能到滕王阁。然后写王仲舒举行宴会和修整滕王阁等事。最后写受命作记，表示"愈既以未得造观为叹，窃喜载名其上，辞列三王之次，有荣耀焉，乃不辞而成公命。其江山之好，登望之乐，虽老矣，如获从公游，尚能为公赋之"。这是对府主的颂美之词和自己的谦恭之语。这样，全篇文字只是"切'新修'，切王公，切袁州刺史作记"（何焯《义门读书记》），"通篇不及滕王阁中情事，而止以生平感慨作波澜"（茅坤《唐宋八大家文钞》）。实际韩愈受托作记，自己有关滕王阁本来没有可记的材料。在韩愈作品里，这篇不是杰作，但下笔善于用"虚"，敷衍成篇，算是有特点的。

另一篇是"序"，《送石处士序》。"序"作为文体，传统上认为始于《诗经》的大序，延续下来则是文籍的"序"，就是今天一般著作的"序言"。又《尔雅》说"序，绪也"，次第有序的意思，引申为序事之文，是"序"的另一种体裁。唐代社会贵族专制解体，庶族士大夫地位上升，这些人求举觅官、迁转黜陟等等，多有交际机会，集合游宴，依例赋诗，写上一篇序加以记录，遂流行一种宴集序。《送石处士序》就属于这类文字。

文章是为友人石洪应河阳节度使乌重胤之召往赴任所（河阳节度使治所在怀州，今河南沁阳市）送行、友朋宴集写的。乌重胤（761—827）本来是昭义节度使（驻节邢州，今河北巨鹿县）卢从史的牙将。卢从史是骄横纵恣的藩帅，在镇帅任上密与叛乱的成德节度使（驻节镇州，今河北正定县）王承宗私相往来，反象日彰。元和五年（810），乌重胤与监军宦官吐突承璀密谋，缚从史于帐下，以功授怀州刺史、河阳三城节度使。到任后，招募僚属，请石洪为从事。文章从乌重胤招请事写起：

　　河阳军节度、御史大夫乌公为节度之三月，求士于从事之贤者。有荐石先生者。公曰："先生何如？"曰："先生居嵩、邙、瀍、穀之间,冬一裘,夏一葛,食朝夕饭一盂、蔬一盘,人与之钱则辞。请与出游,未尝以事辞。劝之仕,不应。坐一室,左右图书。与之语道理,辨古今事当否,论人高下,事后当成败,若河决下流而东注,若驷马驾轻车就熟路,而王良、造父为之先后也,若烛照数计而龟卜也。"大夫曰:"先生有以自老,无求于人,其肯为某来耶?"从事曰:"大夫文武忠孝,求士为国,不私于家。方今寇聚于恒,师环其疆,农不耕收,财粟殚亡;吾所处地,归输之涂,治法征谋,宜有所出。先生仁且勇,若以义请而强委重焉,其何说之辞?"于是撰书词,具马币,卜日以授使者,求先生之庐而请焉。先生不告于妻子,不谋于朋友,冠带出见客,拜受书礼于门内。宵则沐浴,戒行事,载书册,问道所由,告行于常所来往;晨则毕至,张上东门外。

这一段先写招请,只用简单笔墨,立即荡开,接下来主要是两问两答、四段话。问者是乌重胤,言辞简略,但足以表现他乐贤好士、认真求士的诚恳;答者是无名的"从事",内容一以夸赞石洪的人品、才华;再则写时下形势,指出这次聘任对于双方是义重道合的事。这两番对答,显然并非纪实,而出自作者的构想,实则是作者对于藩帅征求贤士的理想化的表现。第二段是送别宴席上"执爵"者的祝词,也是四段:

酒三行,且起,有执爵而言者曰:"大夫真能以义取人;先生真能以道自任,决去就,为先生别!"又酌而祝曰:"凡去就出处何常?惟义之归,遂以为先生寿!"又酌而祝曰:"使大夫恒无变其初,无务富其家而饥其师,无甘受佞人而外敬正士,无味于谄言,惟先生是听,以能有成功,保天子之宠命!"又祝曰:"使先生无图利于大夫而私便其身图。"先生起拜,祝辞曰:"敢不敬蚤夜以求从祝规!"

这四句祝词各有深意,穿插着分别强调乌重胤能"以义取人",石洪就聘是"惟义之归",进一步希望乌重胤能够坚持所守,石洪能够不图私利。这实则是以祝为议,以祝为讽,对上一段的意思再加发挥。然后结以为赋诗作序:

> 于是东都之人士,咸知大夫与先生,果能相与以有成也,遂各为歌诗六韵。退,愈为之序云。

这次集会大家作诗,韩愈也写了一首,即六韵的《送石处士赴河阳幕》:

> 长把种树书,人云避世士。忽骑将军马,自号报恩子。风云入壮怀,泉石别幽耳。巨鹿师欲老,常山险犹恃。岂惟彼相忧,固是吾徒耻。去去事方急,酒行可以起。

这里写"避世"的石洪本来隐居"泉石",接受樊藩召请,受到优待,骑马招摇过市。巨鹿(今河北巨鹿县)指昭义节度使治所邢州,常山是王承宗盘踞的镇州。当时正有朝命诸军讨伐王承宗,久而无功。韩愈作为留守东都的一介小臣,表示为朝廷蒙羞,督促石洪到镇有所作为。这首诗同样是亦颂亦讽,有助于了解送序的深意。

还可以上溯,拿王羲之的《兰亭序》与韩愈这篇序作对比。《兰亭序》写在东晋,是一篇相当规范的游宴序。开始是宴集时间:"永和九年,岁在癸丑,暮春之初";地点:"会稽山阴之兰亭";缘由:"修禊事也";参与者:"群贤毕至,少长咸集";接着比较详细地描绘了自然风光和集会场面、赋诗情景,然后发抒感慨:"仰观宇宙之大,俯察品类之盛,所以游目骋怀……固知一死生为虚诞,齐彭殇为妄作"云云,最后归结到为宴集作序:"后之视今,亦由今之视昔。悲夫!故列叙时人,录其所述,虽世殊事异,所以兴怀,其致一也。后之览者,亦将有感于斯文"。这篇序,记叙、描写、议论,都紧贴兰亭游宴。比较起来,上述韩愈的这篇序基本是就所述某一镇帅招请幕僚事件,另作发挥,使用的是典型的用"虚"斡旋的艺术手法。

架空"虚"说

　　上面两篇文章都是没有与题目相关的实际内容,作者凭空斡旋,是假借题目来表达个人的看法、感想。这是作文用"虚"的典型办法。再看与《送石处士序》体裁、题材、主题大体相同的另一篇文章《送温造处士赴河阳军序》,写法同样用"虚",则又是一种写法。《送石处士序》还写了招聘、送行、祝愿,算是"送"的具体内容,而《送温造处士赴河阳军序》则是全然造作的虚构了。

　　乌重胤请到石洪之后,经石洪介绍,又召聘温造。韩愈有《寄卢仝》诗,写道:"水北山人得名声,去年去作幕下士。水南山人又继往,鞍马仆从塞闾里。""水南"、"水北"的"水"指贯穿洛阳城东西的洛河。石洪住"水北",温造住"水南"。两个人的身份类似,都是待价而沽的隐逸的"山人";被招聘的情形也类似,都是被镇帅网罗做门客。石洪之后送温造,韩愈又写了一篇《送温造处士赴河阳军序》。

　　这篇文章开头化用《战国策·燕策二》里人们耳熟能详的伯乐相马典故。原典本来是说有人想把骏马卖掉,牵到市面三天,没有人理会,后请伯乐围着马转一圈,看一看,离开时又回头看看,结果马价立刻增加十倍。东方朔的赋《七谏》里面用作事典说:"当世岂无骐骥兮,诚无王良之善驭。见执辔者非其人兮,故駒跳而远去。"清人赵翼考证这里的王良就是伯乐(《陔余丛考》)。韩愈作《杂说》四首,第四篇就利用这个典故加以生发,说"世有伯乐,然后有千里马",以明人才固然难得、识别人才的人更为难得的道理。伯乐这个事典历来大体是来为才能埋没、大才难施鸣不平的。韩愈送温处士把这个典故加以变化,文章开头劈面一句:

> 伯乐一过冀北之野,而马群遂空。

这是利用已有典故自我作古的加以生发,也是所谓"以文为戏"的手法。类似做法古已有之。例如《后汉书·孔融传》记载孔融故事:"曹操攻屠邺城,袁氏妇子多见侵略,而操子丕私纳袁熙妻甄氏。融乃与操书,称武王伐纣,以妲己赐周公。操不悟,后问出何经典。对曰:'以今度之,想当然耳。'"孔融是编造"故事",在权威面前肆意嘲讽。后来苏轼参加科举考试,梅圣俞作考官,题目是《刑赏忠厚之至论》,在所作答卷里有"皋陶曰杀之三,尧曰宥之三"一句,也是编造的"典故",梅圣俞不详出处,报告主司欧阳修,让欧阳修都怀疑自己记忆经典不熟。这样大言无稽,是一种恃才傲物、玩世不恭的表现。钱锺书在《管锥编》里评论《杂说》里的"世有伯乐"一篇,说是能够"以摇曳之调继斩截之词,兼'卓荦为杰'与'纡徐为妍'"。韩愈《送温造处士赴河阳军序》笔调类似。他接着就"空"字展开议论:

> 夫冀北马多天下,伯乐虽善知马,安能空其群邪?解之者曰:"吾所谓空,非无马也,无良马也。伯乐知马,遇其良辄取之,群无留良焉;苟无留其良,虽谓无马,不为虚语矣。"

第三步,再以这个自做的"新典"做譬,来说明乌重胤招聘石洪、温造事:

> 东都,固士大夫之冀北也。恃才能深藏而不市者,洛之北涯曰石生,其南涯曰温生。大夫乌公以斧钺镇河阳之三月,以石生为才,以礼为罗,罗而致之幕下;未数月也,以温生为才,于是以石生为媒,以礼为罗,又罗而致之幕下。东都虽信多才士,朝取一人焉,拔其尤;暮取一人焉,拔其尤。自居守河南尹以及百司之执事与吾辈二县之大夫,政有所不通,事有所可疑,奚所咨而处焉?士大夫之去位而巷处者,谁与嬉游?小子后生于何考德而问业焉?搢绅之东西行过是都者,无所礼于

其庐。若是而称曰:大夫乌公一镇河阳,而东都处士之庐无人焉,岂不可也!

再后面三小节,次第说明治国得人的重要,抒写对于友人受聘离去的感怀和郑余庆率下属赋诗送行的美意。

夫南面而听天下,其所托重而恃力者,惟相与将耳。相为天子得人于朝廷,将为天子得文武士于幕下,求内外无治,不可得也。

愈縻于兹不能自引去,资二生以待老,今皆为有力者夺之,其何能无介然于怀邪?生既至,拜公于军门,其为吾以前所称为天下贺,以后所称为吾致私怨于尽取也。

留守相公首为四韵诗歌其事,愈因推其意而序焉。

这样,文章巧妙地借"古典"创"新典",寓讽喻于祝颂。这种写法如朱宗洛所评论:

行文须知避实击虚之法,如题是《送温处士》,便当赞美温生。作者已有送石生文,便从彼联络下来,想出"空"、"群"二字,全用吞吐之笔,令读者于言外得温生之贤,而乌公能得士意亦于笔端带出。此所谓避实击虚法也。(《古文一隅》)

《送石处士序》是用"虚",还有送行的背景;《送温造处士赴河阳军序》则基本是凭空议论了。至于朱宗洛所说"温生之贤"、"乌公能得士"云云,理解上显然有问题了。

架空"虚"说的文章,另一个类型的例子,还有杜牧的《阿房宫赋》。

这篇作品人们耳熟能详,不烦抄录。关于写作宗旨,有作者自述:"宝历大起宫室,广声色,故作《阿房宫赋》。"(《上知己文章启》)"宝历"(825—827)是唐敬宗李湛年号。李湛十六岁即位,当时唐王朝在急速走下坡路,危机重重,矛盾四伏,他游宴无度、荒于国政,在位三年就被贴身宦官和军将谋杀,是唐王朝最短命的皇帝。作者明确表示写这篇赋是讽刺唐敬宗的。而就客观意义说,作品利用秦始皇修建阿房宫这一史实,揭示荒淫误国的历史规律,对后世统治者著以教训。文体称"赋",是汉大赋和六朝抒情小赋之后"赋"的又一变体,又被称为"文赋"。文章构思很简单:前幅描写宫室、伎乐、财宝的极尽盛大奢华,后幅议论如此不顾民命、暴殄天物终于破国灭家,归结到规律性的认识:

> 灭六国者,六国也,非秦也;族秦者,秦也,非天下也。嗟乎!使六国各爱其人,则足以拒秦;使秦复爱六国之人,则递三世可至万世而为君,谁得而族灭也?秦人不暇自哀而后人哀之;后人哀之而不鉴之,亦使后人而复哀后人也。

如作客观论断,这篇作品主旨并无多少新意。前如贾谊的《过秦论》,后如唐初魏征劝谏唐太宗的议论,都表达过同样的意思。但杜牧的文章用语精粹,骈散间行,前幅描写阿房宫的繁华富丽,铺张扬厉,穷形尽相,情境宛然;后幅的议论,用对比、排比加强效果,精粹显赫:

> 嗟乎!一人之心,千万人之心也。秦爱纷奢,人亦念其家。奈何取之尽锱铢,用之如泥沙?使负栋之柱,多于南亩之农夫;架梁之椽,多于机上之工女;钉头磷磷,多于在庾之粟粒;瓦缝参差,多于周身之帛缕;直栏横槛,多于九土之城郭;管弦呕哑,多于市人之言语。使天下之人,不敢言而敢怒,独夫之心,日益骄固。戍卒叫,函谷举,楚人一炬,可怜焦土!

据说文章写出来之后立即誉满两京。它在历史上的传播之广、感人之深也远远超过表达同样主题的《过秦论》等文章。

但是,这篇文章所述阿房宫的兴灭全然出自杜牧的杜撰。清人王士禛(1634—1711)在他的《池北偶谈》里详细考证过:

　　杜牧之《阿房宫赋》，文之奇不必言，然于事实殊戾。按《史》，始皇三十五年营作朝官渭南上林苑中，先作前殿阿房，阿房宫未成。二世元年还至咸阳，曰："先帝为咸阳朝廷小，故营阿房为堂室。今释阿房宫弗就，是彰先帝举事过也。"复作阿房宫。二年冬，右丞相去疾、左丞相斯、将军冯劫谏止作阿房宫作者。二世怒，下去疾等吏，去疾、劫自杀，斯就五刑。是终秦之世，阿房宫未成也。又考《史》，二十六年，秦每破诸侯，写放其官室，作之咸阳北阪上，南临渭，自雍门以东，殿屋复道，周阁相属，所得美人、钟鼓以充入之。则牧之所赋"妃嫔媵嫱，王子皇孙，辞楼下殿，辇来于秦，朝歌夜弦，为秦宫人"者，指此。此实不名阿房宫。而谓"有不见者三十六年"，非阿房事实矣。予既辨此，后读程大昌《雍录》、赵与峕《宾退录》，皆已辨之，大略相同，聊存之。

近代考古也证明阿房宫并没有建成。而且，杜牧对于宫室的描写，又是有所继承的。宋人廖莹中（？－1275）曾指出：

　　杜牧之《阿房宫赋》云："六王毕，四海一，蜀山兀，阿房出。"陆傪作《长城赋》云："千城绝，长城列。秦民竭，秦君灭。"傪辈行在牧之前，则《阿房宫赋》又祖《长城》句法矣。牧之云："明星荧荧，开妆镜也；绿云扰扰，梳晓鬟也；渭流涨腻，弃脂水也；烟斜雾横，焚椒兰也；雷霆乍惊，宫车过也；辘辘远听，杳不知其所之也。"盛言秦之奢侈。杨敬之作《华山赋》有云："见若咫尺，田千亩矣；见若环堵，城千雉矣；见若杯水，池百里矣；见若蚁垤，台九层矣；蜂窠联联，起阿房矣；小星荧荧，焚咸阳矣。"《华山赋》，杜司徒佑已常称之。牧之乃佑孙，亦是效敬之所作。信矣，文章以不蹈袭为难也。（《江行杂录》）

在古代，"前四史"（《史记》、《汉书》、《后汉书》、《三国志》）等主要典籍乃是文人的必读书。博学如杜牧，自然知道当年阿房宫并没有建成。这正如苏轼写《赤壁赋》、《念奴娇·赤壁怀古》,知道黄州赤壁并非曹吴争战的嘉鱼赤壁一样。杜牧不过是利用秦王朝兴建阿房宫这一史事作由头,"借题发挥",出之虚构,用超群的文笔描绘、议论,针砭时事,以著历史教训。至于他能够继承前人的语言和表现技巧,点化成更精美的文字,则显示他不凡的才能了。

实际上,一般人读《阿房宫赋》这样的文学作品,心里自有"预设":不会顾虑所述是否合乎史实,文字是否模仿前人,欣赏的是作为艺术创作成果的文学作品。

用"虚"的意义:散文的演进

本文开头引述吉川幸次郎关于中国文学重视非虚构素材和特别重视语言两大特长的论断(如前面已指出的,这个论断只适用于诗文)。他指出的这两个特长是相互关联的:因为"非虚构",留给作者艺术想象的空间就狭小了,作者发挥创作才能就会更注重语言技巧,语言技巧从而成为衡量作品艺术水准的重要标准。这也是历史上把学术论著(如诸子百家的著作)、政治论文(如晁错、贾谊的策论)、史书(如《左》、《国》、《史》、《汉》)等看成是文学作品的重要原因。又,随着文学的发展,作者的主观创作意识逐渐明晰,体现在写作中,必然会力求摆脱"非虚构"即"写实"的束缚,更多地用"虚"。这实则体现为散文发展的一种趋势。当然,不能否认如前面提到的欧阳修《醉翁亭记》那样的"写实"作品同样可以体现高度艺术技巧,成为传世的文学经典作品。

郝经(1223—1275)有一篇文章,题目叫《文弊解》,把散文的这种发展趋势表达得很清楚。不过他是理学家,关于文章"虚"、"实"的看法是负面的。文章开宗明义说:

事虚文而弃实用,弊亦久矣。

下面谈文章发展历史:

> 三代之先,圣君贤臣唯实是务。至于诰誓敕戒之辞,赓和之歌,皆核于实而晔于华,和顺积中,而英华发外。故史臣赞曰"聪明文思",孔子称之曰"焕乎其有文章",自其发见者而言,不以文为本也。天人之道,以实为用。有实则有文,未有文而无其实者也。《易》之文,实理也;《书》之文,实辞也;《诗》之文,实情也;《春秋》之文,实政也;《礼》文实法而《乐》文实音也。故《六经》无虚文,三代无文人。夫惟无文人,故所以为三代无虚文,所以为《六经》,后世莫能及也。

这是崇尚写"实"的,是一种不谙历史潮流的观念。但他所说的"三代"文章"以实为用",即是吉川说的"非虚构",是合乎历史实际的。对他说的"弃实用"之"弊"没有展开论说,但他显然认为后世文章"尚虚文"、"虚文"不可取是可以肯定的。这也是理学家论文的一般立场。当然理学家持这样立场的强固程度常有差异,也有理学家是相当通达艺术规律的。

在他之前的朱熹也曾针对当时文坛情况说:

> 因论文曰:"作文字须是靠实说得有条理乃好,不可架空细巧,大率要七分实,只二三分文。如欧公文字好者,只是靠实而有条理,如《张承业》及《宦者》等传,自然好。东坡如《灵璧张氏园亭记》最好,亦是靠实。秦少游《龙井记》之类,全是架空说去,殊不起发人意思。"(《朱子语类》)

朱熹本人善诗文,主张作文"要七分实",显得通达些。他说这种话是在唐宋"诗文革新运动"取得巨大成就之后,写作用"虚"已经成为潮流。

同是南宋的魏了翁(1178—1237)说:

《离骚》作而文辞兴。盖圣贤诗书,皆实有之事,虽比兴亦
无不实。自庄周寓言,而屈原始托渔父、卜者等为虚辞,司马
相如又托之亡是公等为赋,自是以来多谩语传。(《鹤山师友
雅言》)

这说的基本是古代辞赋的情况。他说"圣贤诗书,皆实有之事",合
乎本文前面的看法。他又说庄子、屈原"为虚辞",司马相如大赋以
后"多谩语",也基本符合文学发展的事实。

到了清代的屈大均(1630—1696)则说:

文人之文多虚,儒者之文多实。其虚以气,其实以理故
也。(《无闷堂文集序》)

这里把"文人"和"儒者"的文区别开来,又指出"文人之文多虚",表
明已明确意识到"文人"的创作不同于"儒者"的学术著作;又说文
人之文"其虚以气",则是继承了"文以气为主"的观念,实则已认识
到文学作品作为作者主观意识产物的性质。

到袁枚(1716—1797),则直接肯定用"虚"是散文写作的手段
艺术了:

尝谓古文家如水,非翻空不能见长。果其有本矣,则源流
混混,放为波澜,自与江海争奇。(《与程蕺园书》)

所谓"翻空",就是用"虚";他说又要"有本",则指思想内容。这对
于写作的"虚"、"实"关系的看法则颇为辨证了。

同样,稍前的毛先舒(1626—1688)曾说:

虚者,实之藏也;无用者,有用之藉也。(《论文二》)

这对"虚"、"实"关系的看法也是相当辨证的。为文用"虚"要包涵
一定的"实"在内容;"虚"构貌似不实、"无用",却是表达"有用"之
"实"的手段。按历史顺序看上面几段话,大体可以反映古人关于
作文写"实"和用"虚"关系看法的大致发展脉络。

众所周知,中国作为文学创作样式的散文的发展、成熟大体经历过三个大的段落:殷周以来到两汉,文章的"文"还是笼统概念,散文文体还没有独立,还包含在一般的"文"之中;魏晋时期"文学的自觉"观念形成,所谓"四部分,文集立",区分出不同于"经"、"史"、"子"著述的"文"(后来还有文、笔之分,不具述),这是真正散文文体滥觞的表现;到唐宋,"古文"繁荣,作为文学创作的"散文"观念进一步明晰,真正的文学散文与诗歌成为文人创作的两大主要体裁。这个历史发展进程,是与文人逐渐更加有意识地在作品中表达个人主观意识同步的,也是与作者写作中艺术创作意图逐步强化同步的。这种发展趋势体现在写作手法上,一个重要方面就是越来越多地用"虚",即要更多地利用主观构想来表达作者个人的思想感情。当然,散文艺术发展还体现在其他方面,例如语言修饰即吉川幸次郎说的"重视语言"方面。另外前面已经说过,散文发展中写"实"的艺术技巧也在发展,也不断出现写"实"的好文章。只是从总体看,更多地用"虚",更善于用"虚",确乎是古代散文艺术发展的重要体现,也是趋势。

"以文为戏"

关于《毛颖传》的争议

永贞元年（805）十一月，柳宗元因为参加王叔文、王伾主持的革新活动（"永贞革新"、"八司马事件"）被贬到永州。五年后的元和五年（810），他写《读韩愈所著〈毛颖传〉后题》一文，开头说：

> 自吾居夷，不与中州人通书。有来南者，时言韩愈为《毛颖传》，不能举其辞，而独大笑以为怪，而吾久不克见。杨子诲之来，始持其书，索而读之，若捕龙蛇，搏虎豹，急与之角而力不敢暇，信韩子之怪于文也。世之模拟窜窃、取青媲白、肥皮厚肉、柔筋脆骨而以为辞者之读之也，其大笑固宜。

杨诲之的父亲杨凭是柳宗元岳丈，杨、柳两家是世交。柳宗元写的附在他父亲柳镇墓碑后面（背面）的《先君石表阴先友记》里，记载有杨氏兄弟凭、凝、凌，这三位与柳宗元本人都过从亲密。柳宗元贬赴柳州途中路过潭州（今湖南长沙市），曾过访在那里担任湖南观察使的杨凭。后来杨凭调任江西，又回到长安担任京兆尹。杨凭性简傲，颇受人忌。元和四年，被御史中丞李夷简劾以在镇汰佟,贬临贺(今广东贺县)尉。次年,他的儿子杨诲之到临贺省父,路过永州,拜访柳宗元,来带韩愈所作《毛颖传》。从上引文字看,《毛颖传》当时已流传很广,所以柳宗元曾从北方来永州的人那里听说过。但来人不能细说内容,只是"大笑以为怪"。这次杨诲之带来文章,柳宗元一读之后,感觉这篇文字强悍有力如"捕龙蛇,搏虎豹,急与之角而力不敢暇"。他同样用一个"怪"字来评价这篇文章,并拿来与当时流行文辞相对比:所谓"模拟窜窃"指因袭抄作,缺乏新意;"取青媲白"指骈俪偶对,雕绣藻绘;"肥皮厚肉、柔筋脆骨"指文格卑弱,缺乏气势。这也是对当时流行文风的批评。对比之下,柳宗元高度肯定了韩愈这篇作品。

《毛颖传》作为一篇"传",是对传统史传文体的戏仿;"毛颖"指毛笔,替它作"传",另有寓意。文章又可看作是一篇寓言,所以又可称之为"寓传"。就文体看,就已算是"怪于文"的创新之作了。

文章亦步亦趋地模仿传统史传文字体例,开头先写传主"毛颖"("颖"的本意为毫毛尖)的姓氏、地望、族出(以下随文括注事典出处):

毛颖者,中山人也(《元和郡县志·江南道宣州溧水县》:"中山在县东南一十五里,出兔毫,为笔精妙。")。其先明视(《礼记·曲礼下》:"兔曰明视。"),佐禹治东方土,养万物有功,因封于卯地,死为十二神(古时以十二支配四方,东方房宿在卯官,卯属兔,为十二神之一;又东方主生成,因而有"佐禹"而治的设想)。尝曰:"吾子孙神明之后,不可与物同,当吐而生(张华《博物志》:"兔望月而孕,自吐其子。")。"已而果然。明视八世孙𪕮(《广韵·释兽》:"𪕮,兔子也。"),世传当殷时居中山,得神仙之术,能匿光使物(《天玄主物薄》:"孕环之兔,怀于左腋,毛有文采,至百五十年环转于脑,乃能隐形也。"),窃姮娥,骑蟾蜍入月(傅玄《拟天问》佚文有句"月中何有,白兔捣药",此处把传说和《初学记》所引《淮南子》嫦娥"托身于月,是为蟾蜍,而为月精"的传说相捏合),其后代遂隐不仕云。居东郭者曰魏,狡而善走(刘向《新序·杂事》:"齐有良兔曰东郭魏,盖一旦而走五百里。")与韩卢争能,卢不及,卢怒,与宋狚谋而杀之(《初学记》引《字林》:"狣,韩良犬也……狣,通作卢","狚,音鹊,宋良犬也"),醢其肉。

这里介绍中山"兔",是兔毫笔芯的来源,使用的全然是典籍里切合"兔"的事典。构想之奇妙、贴切让人叹为观止。接着,讲传主"毛颖"出身的历史:

> 秦始皇时,蒙将军恬南伐楚,次中山,将大猎以惧楚(史载前223年,蒙恬帅军伐楚),召左庶长与军尉(左庶长与军尉都是秦国军职),以《连山》筮之(《连山》,古《易》书),得"天与人文"之兆("天与人文"是虚拟的卦辞)。筮者贺曰:"今日之获,不角不牙,衣褐之徒,缺口而长须,八窍而趺居(这是描写兔子形象;古传"兔有八窍",见陆佃《埤雅》),独取其髦,简牍是资(这是说取兔毫制作书写文书的毛笔)。天下其同书(这是用秦代"书同文"典),秦其遂兼诸侯乎!"遂猎,围毛氏之族,拔其毫,载颖而归(切"毛颖"),献俘于章台宫(秦都城咸阳宫殿,是秦始皇处理公务场所,在今西安市未央区),聚其族而加束缚焉("束缚"指束兔毫为笔芯)。秦皇帝使恬赐之汤沐("汤沐邑"本意是封地,这里指砚台墨池),而封诸管城(指笔管;"管城"实有其地,在今郑州),号曰"管城子",日见亲宠任事。

这是写取兔毫制笔,利用了"蒙恬造笔"传说,是说当初蒙恬伐楚,大军驻中山,用《连山》卜卦,得到"天与人文"的卦辞,这是吉兆,后来果然围捕到兔子,获得兔毫,回军献给秦始皇,用兔毫制成毛笔使用。这一段写得仍然有根有据,用的是庄重典雅的"史笔"风格。接着,写毛笔的功用,又杜撰秦始皇使用毛笔情形:

> 颖为人强记而便敏,自结绳之代以及秦事,无不纂录。阴

阳、卜筮、占相、医方、族氏、山经、地志、字书、图画、九流百家、天人之书及至浮图、老子、外国之说（秦始皇时佛教尚未传入中国，韩愈应当清楚，这里是有意"涉笔成趣"），皆所详悉。又通于当代之务、官府簿书、市井货钱注记，惟上所使。自秦皇帝及太子扶苏、胡亥、丞相斯（李斯）、中车府令高（赵高），下及国人，无不爱重。又善随人意，正直、邪曲、巧拙，一随其人（意谓用笔作文随顺人的性情）。虽后见废弃，终默不泄。惟不喜武士，然见请，亦时往。累拜中书令（"中书"是历史上实在的职称，最初见于汉朝，是宫廷宦官；这里用于"毛颖"，又是"适于书写"的谐音），与上益狎。上尝呼为"中书君"。上亲决事，以衡石自程［《史记》记载"天下之事无大小皆决于上（秦始皇），上至以衡石量书，日夜有呈，不中呈不得休息"］，虽宫人不得立左右，独颖与执烛者常侍，上休方罢。颖与绛人陈玄（"陈玄"指墨；唐时河东道绛州绛县向朝廷贡墨）、弘农陶泓及会稽褚先生友善（"陶泓"指砚，唐时虢州弘农郡贡砚；"褚先生"指纸，唐时江南道越州会稽县贡纸），相推致，其出处必偕。上召颖，三人者不待诏辄俱往，上未尝怪焉。

这一段描写把事实、历史记载和作者的虚构结合在一起。所述本为秦事，而引据事典随手拈来，也是制造行文"噱头"的手法。在此基础上，生发出作者的悬想：

后因进见，上将有任使，拂拭之。因免冠谢。上见其发秃，又所摹书不能称上意（这里是指笔经使用已经弊坏。"免冠"本是臣下礼节，这里指摘下笔帽），上嘻笑曰："中书君老而秃，不任吾用。吾尝谓君中书，君今不中书邪（这里"中书"、"不中书"也是指是否"适合书写"）？"对曰："臣所谓尽心者（"尽心"谓耗尽笔芯）。"因不复召，归封邑，终于管城（意思是连同笔管被遗弃）。其子孙甚多，散处中国、夷狄，皆冒管城

（谓毛笔在国内、外广泛被使用）。惟居中山者，能继父祖业
（谓至今仍用中山兔毫制笔）。

按史传体例，最后要写卒葬、后嗣，文章也就这样写了传主的结局。
以下模仿《史记》，由"太史公"出面作"论赞"：

> 太史公曰：毛氏有两族。其一姬姓，文王之子，封于毛，所
> 谓鲁、卫、毛、聃者也，战国时有毛公、毛遂。独中山之族不知
> 其本所出，子孙最为蕃昌。《春秋》之成，见绝于孔子，而非其
> 罪。及蒙将军拔中山之毫，始皇封诸管城，世遂有名，而姬姓
> 之毛无闻。颖始以俘见，卒见任使。秦之灭诸侯，颖与有功。
> 赏不酬劳，以老见疏。秦真少恩哉！

这里追述"毛颖"族出，追溯到西周分封列国，用了《左传》僖公二十
四年典："昔周公吊二叔之不咸，故封建亲戚以蕃屏周。管、蔡、郕、
霍、鲁、卫、毛、聃、郜、雍、曹、滕、毕、原、酆、郇，文之昭也。"又联想
到战国时赵国有博士毛公，赵平原君有客毛遂，进而说中山毛氏一
族不知所出；再回顾"蒙恬制笔"和毛颖事奉秦始皇、终被疏远的结
局，发出感慨"秦真少恩哉"的慨叹。

柳宗元永贞元年被贬黜离开长安，当时韩愈正贬在岭南阳山
（今广东阳山县）。韩愈被贬的原因，有记载说是受到包括柳宗元
在内的改革派的迫害，另有它说，具体情形还难下定论。"永贞革
新"失败，唐宪宗即位（805），朝廷施赦，韩愈辗转经郴州、江陵，第
二年六月回到长安，担任权知国子博士。"权知"是代理的意思；
"国子博士"是国子学教官。元和三年（808），他出任国子博士分教
东都（东都洛阳有朝廷的分支机关，韩愈在东都国子学担任教职，
是个闲职）；次年六月，他改任都官员外郎兼判祠部；元和五年冬，
改任河南县（今河南开封市）令。《毛颖传》就写在这几年间。这几
年韩愈一直身处低级职位，他本来怀抱明道济世的大志，不能没有
失落感。他立传的"毛颖"，乃是失意文人的象征。文章最后感慨

秦朝"少恩"，明显有影射朝廷轻贱、埋没人才的意思，也是抒写自己怀才不遇、落拓坎坷的不平。但是文章中的立意不被一般人所理解，写作又使用戏谑手法，体例、素材、隐喻手法又奇特新颖，让许多读过的人讥笑惊怪。

后来也有人给予《毛颖传》苛评，典型的如《旧唐书》韩愈本传：

> 然时有恃才肆意，亦有蔑孔孟之旨。若南人妄以柳宗元为罗池神，而愈撰碑以实之；李贺父名晋，不应进士，而愈为贺作《讳辨》，令举进士；又为《毛颖传》，讥戏不近人情，此文章之甚纰缪者。

朱熹曾批评"今读其（韩愈）书，则其出于诙谐戏豫、放浪而无实者，自不为少"。所谓"放浪而无实"，所指也应当包括《毛颖传》在内。

但历史上对《毛颖传》做出正面评价的也不少。如韩、柳稍后的李肇在《国史补》里说："沈既济撰《枕中记》，庄生寓言之类；韩愈撰《毛颖传》，其文尤高，不下史迁。二篇真良史材也。"同样的意思，明胡应麟又曾说："唐文章近史者三焉：退之《毛颖》之于太史也；子厚《逸事》（《段秀实逸事状》）之于孟坚（班固）也；紫薇《燕将》（《燕将录》）之于《国策》也。宋而下蔑闻矣。"（《少室山房笔丛》）这些赞扬都侧重在《毛颖传》所用的史传笔法。而柳宗元的读后感则从另外的角度肯定这篇作品。他在《后题》里针对世人"非笑"作辩护说：

> 且世人笑之也，不以其俳乎？而俳又非圣人之所弃者。《诗》曰："善戏谑兮，不为虐兮。"太史公书有《滑稽列传》，皆取乎有益于世者也。故学者终日讨说答问，呻吟习复，应对进退，掬溜播洒，则罢愈而废乱，故有息焉游焉之说。不学操缦，不能安弦；有所拘者，有所纵也。

这里"《诗》曰"两句出《魏风·淇奥》："善戏谑兮，不为虐兮。"郑笺："君子之德，有张有弛。故不常矜庄，而时戏谑。"柳宗元又举出《史记·滑稽列传》作例子，称其"有益于世"，然后称赞"韩子之为也，亦将弛焉而不为虐欤？息焉游焉而有所纵欤？尽六艺之奇味以足其口欤？而不若是，则韩子之辞若壅大川焉，其必决而放诸陆，不可以不陈也。"这就一方面称赞《毛颖传》幽默戏谑的写法，又肯定其内容并不违背圣人之教，因而是"有益于世"的。

明代的胡应麟又曾说：

> 文自唐、宋而下，昌黎才具当特高于诸人，其意创自为尊，不欲剿前人一字。无论前人只字，即自出体裁亦千亿化身靡一律焉。故其机轴若生龙活螭，不可摹执，非才力绝人，真足起八代之衰，未易语也。而近来评者谓韩序记、书启，如达摩西来，独启禅宗，惟纪传、志铭，未得太史公法。噫！今天下枕藉史公殆百年矣，有能跃出《毛颖》之上者乎！昌黎者，能为史公而能弗为者也。然又不肯尽没其伎，故假《毛颖》以泄之。（《读昌黎〈毛颖传〉》）

柳宗元指出"戏谑"本为经典传统所有，进而肯定其有益世用；胡应麟则进一步指出韩愈写作《毛颖传》"其意创自为尊"，"体裁……靡一律"，称赞其"才力绝人"，认为《毛颖传》是天下第一等好文章。

韩愈的朋友裴度在《寄李翱书》曾有评论说：

> 昌黎韩愈，仆识之旧矣，中心爱之，不觉惊赏，然其人信美材也。近或闻之侪类云，恃其绝足，往往奔放，不以文立制，而以文为戏。可矣乎！可矣乎！今之作者不及则已，及之者当大为防焉尔。

裴度（765—839）在宪、穆、敬、文四朝担任宰相，是中唐时期的朝廷重臣。元和十三年（818）统军讨平淮西镇吴元济叛乱，韩愈应聘担任行军司马。他年长韩愈三岁，这封给李翱的信是早年写的，朋友之间的通信，态度坦率不拘。他批评韩愈"以文为戏"，是贬义。这个词语后世往往用在韩愈身上。而《毛颖传》则确实是地地道道的

"以文为戏"而又内容、写法俱佳的文字。

"以文为戏"作为一种为文传统

"以文为戏"在历史上有长远的传统。这应当说是散文艺术发展中形成的一种艺术手法，或艺术风格，也是一种作品类型。

曹丕的《典论·论文》把文章写作视为"经国之大业，不朽之盛事"。古代儒家传统上赋予诗歌"经夫妇，成孝敬，厚人伦，美教化，移风易俗"（《诗大序》）的职能，相对地则忽视、轻视文学创作愉悦性情的作用和意义，在艺术表现上注重庄重雅正，鄙薄邪思俳趣。但是，随着散文艺术的演进，作者的主观表现意欲增强，写作中遂逐渐增添"以文为戏"的成分。这种成分在诸子文章和"左"、"国"、"史"、"汉"等被视为经典的作品里已不少见。宋叶梦得（1077－1148）《避暑录话》说：

> 韩退之作《毛颖传》，此本南朝俳谐文《驴九锡》、《鸡九锡》之类，而小变之耳。俳谐文虽出于戏，实以讥切当世封爵之滥。而退之所致意，亦正在"中书君老不任事，今不中书"等数语，不徒作也。文章最忌祖袭此体，但可一试之耳。《下邳侯传》，世已疑非退之作，而后世乃因缘换仿不已。司空图作《容成侯传》其后又有《松滋侯传》，近岁温陶君、黄甘绿吉、江瑶柱、万石君传，纷然不胜其多。

这里指出韩愈写《毛颖传》是继承了南朝袁淑《俳谐》中《驴九锡文》、《鸡九锡文》的写法。袁淑的这两篇文章是戏仿朝廷诏令的："九锡"是天子赐给诸侯大臣的九种器物，包括车马、弓矢、铁钺等九种礼器，作为位极人臣的象征性标志。实则韩愈所继承的，并不限于袁淑的《俳谐》，汉魏以来谐戏讥嘲、"以文为戏"已是写作中相当普遍的风气，出现不少思想上、艺术上有相当价值的作品。下面举几个著名例子。

西汉王褒，字子渊，蜀人，有俊才，宣帝（前73－前49在位）召为待招，擢谏议大夫。他的《洞箫赋》是古代音乐文学名作，又写过《圣主得贤臣颂》那样郑重典雅的颂谀作品，其《僮约》、《责须髯奴文》则是典型的"以文为戏"的文字。

《僮约》写他自己因事住到煎上寡妇杨惠家。家有一奴名便了，让他去买酒，便了说"大夫买便了时，但约守冢，不约为他家男子酤酒。"发生了争执，结果决定起草一个文书，对奴仆职责作出明确规定，是为《僮约》的主文。开头是："神爵三年正月十五日，资中男子王子泉从成都安志里女子杨惠买夫时户下髯奴便了，决卖万五千，奴从百役使，不得有二言。"接下来就是僮奴仆劳作的一项项烦苛内容，包括治园、凿井、打猎、捕龟、四时农作、家里各般杂务，乃至到都洛、武阳、益州贩卖，又规定了各种刑罚，最后，"读券文遍讫，（僮）词穷咋索，仡仡扣头，两手自搏，目泪下落，鼻涕长一尺：'当如王大夫言，不如早归黄土陌，蚯蚓钻额。早知当尔，为王大夫酤酒，不敢作恶。'"（《初学记》卷一九）颜之推《颜氏家训·文章篇》说"自古文人多陷轻薄"，举出例子里就有《僮约》。实际这篇文章包含丰富的社会内容，包括汉代僮奴买卖、经济、贸易活动等等情形。而其叙事的谐趣、描述的生动等也颇具创意，乃是一篇具有相当思想意义的讽刺散文。钱锺书曾引述姚旅《露书》卷五，说王文"乃规世之作，世人求多，何以异是"，表示"姚傍通能参活句，窃有取焉"（《管锥编》第3册第951页），算是对王文的一解。后来如石崇的《奴券》、黄庭坚的《跛奚移文》等加以模仿，无论是思想意义还是艺术表现都远远不及了。

又孔融（153－208）乃是一位把嘲戏作为持论之方的著名人物。曹丕《典论·论文》评论说他"体气高妙，有过人者。然不能持论,理不胜辞,至于杂以嘲戏"(《艺文类聚》卷五六)。他留下的"杂以嘲戏"的文字只有一篇和一个断句。后者被题为《与曹公书》,见《后汉书》卷一百:建安九年(204),"曹操攻屠邺城,袁氏妇子多见侵略,而操子丕私纳袁熙妻甄氏。融乃与操书,称'武王伐纣,以妲己赐周公'。操不悟,后问出何经典,对曰:'以今度之,想当然耳。'"从留下的这一句话十个字可以看出孔融讽刺的尖刻和思致的机敏。另一篇《与曹操论酒禁书》是谏曹操下禁酒令的,其中先是颂扬"酒之为德久矣:古先哲王,类帝禋宗,和神定人,以济万国,非酒莫以也。故天垂酒星之曜,地列酒泉之郡,人著旨酒之德",接着杂举"尧不千钟,无以建太平;孔非百觚,无以堪上圣;樊哙解厄鸿门,非豕肩钟酒无以奋其怒……"(《孔北海集》)云云,所引"典故"自我作古,惊世骇俗,庄出于谐。这样的才气、这样的文章,确实是超然不凡的,也就不能为权势所容,终于被曹操借故杀掉了。

《僮约》是记叙文,孔融的《与曹操论酒禁书》是就事论事的书信体,又有晋鲁褒的《钱神论》则是"以文为戏"的议论文。这篇文章采取汉赋以来设为宾客的文体:"有司空公子,富贵不齿,盛服而游京邑,驻驾平市里。顾见綦母先生,班白而徒行",接着展开两个人的对话。主要篇幅是司空公子宣扬"钱"的巨大而神奇的功用:"为世神宝。亲爱如兄,字曰孔方;失之则贫弱,得之则富强。无翼而飞,无足而走……可谓神物。无位而尊,无势而热,排朱门,入紫闼。钱之所在,危可使安,死可使活;钱之所去,贵可使贱,生可使杀。是故忿诤辩讼,非钱不胜;孤弱幽滞,非钱不拔;怨仇嫌恨,非钱不解;令问笑谈,非钱不发。谚云:'钱无耳,可暗使。'岂虚也哉!又曰:'有钱可使鬼。'而况于人乎?子夏云:'死生有命,富贵在天。'吾以死生无命,富贵在钱。何以明之?钱能转祸为福,因败为成,危者得安,死者得生,性命长短,相禄贵贱,皆在乎钱,天何与焉?……"(《艺文类聚》卷六六)这样,金钱力量无限,远远超出权势、法律、伦理乃至天命、生死之上。这番话让人联想起莎士比亚写的最后一部戏《雅典的泰门》第四幕里泰门关于金子的经典独白：

> 金子！黄黄的、发光的、宝贵的金子……这东西，只这一点点儿，就可以使黑的变成白的，丑的变成美的，错的变成对的，卑贱变成尊贵，老人变成少年，懦夫变成勇士。嘿！你们这些天神们啊，为什么要给我这东西呢？嘿，这东西会把你们的祭司和仆人从你们的身旁拉走，把壮士头颅底下的枕垫抽去；这黄色的奴隶可以使异教联盟，同宗分裂；它可以使受咒诅的人得福，使害着灰白色的癞病的人为众人所敬爱；它可以使窃贼得到高爵显位，和元老们分庭抗礼；它可以使鸡皮黄脸的寡妇重做新娘，即使她的尊容会使身染恶疮的人见了呕吐，有了这东西也会恢复三春的娇艳。

鲁褒《钱神论》写在莎士比亚千余年前。当时的中国商品经济虽远不发达，文章以戏谑笔调写"金钱万能"、揭露金钱"罪恶"却十分深刻和透彻。无论从社会学角度看，还是从艺术表现手法看，这篇作品都具有创新的价值。又如钱锺书评论说："鲁《论》'亲爱如兄'、'见我家兄'云云，最供踵事者以文为戏之资。"（《管锥编》第四册第1230页）。至于"孔方兄"，更成为对于"钱"的既形象又有趣的通行称呼。至于写到"钱"的势力超出权势、法律、伦理乃至天命、生死之上等等，又具有思想史、经济史的意义，应另作分析。

本书《说"四六"》文，已经介绍过宋齐间人孔稚珪的《北山移文》，这也是一篇以游戏笔法写的讽刺文字，讽刺对象是同时人周颙。周在宋齐两代为官，又是著名的佛教居士。他感受到朝廷政争险恶，曾在京城（今江苏南京市）北钟山营建草堂隐居。可是不能割舍高官厚禄的诱惑，不久又出仕朝廷。《北山移文》的"移"本意为"改易"，作为文体名取劝勉、责难的意思。文章以山灵为"移"的口吻，讥讽周颙溺于荣利，虚贞实黩，隐逸不终，品格低下；又使用铺张扬厉、反复排比的手法,描写周颙虚张声势地归隐、很快又回归朝市的尘俗鄙陋之态,致使山灵感到失望和寂寞,刻画了一种颇具典型意义的士大夫形象。

以上几篇,是汉魏以来文坛上颇具特色的讽刺文字,都是幽默戏谑的"戏"写。这形成一种具有一定声势和影响的传统。韩愈是继承和发扬这种传统富于创意、成绩杰出的一位。

韩愈的"以文为戏"

前面引述裴度给李翱的信,批评韩愈"以文为戏"。韩愈的朋友张籍也曾写信批评他"此见执事多尚较杂无实之说,使人陈之于前以为欢,此有以累于令德"(《张籍遗公第一书》)。他反复辩驳称:"吾子又讥吾与人为无实驳杂之说,此吾所以为戏耳。比之酒色,不有间乎?吾子讥之,似同浴而讥裸裎也。"(《答张籍书》)"驳杂之讥,前书尽之,吾子其复之。昔者夫子犹有所戏。《诗》不云乎:'善戏谑兮,不为虐兮。'《记》曰:'张而不弛,文武不能也。'恶害于道哉!"(《重答张籍书》)这番通信,据考为贞元十二年韩愈在汴州(今河南开封市)担任宣武节度使董晋幕僚时张籍来谒所作。可见韩愈早年"以文为戏"在朋友间已相当有名,而且是相当自觉的。

韩愈的这些辩解颇能反映他的性格,他显然是十分富于幽默感的人。看他的诗《郑群赠簟》。他身体丰肥,一到夏天酷暑难捱,大汗淋漓,郑群送给他一领竹席,他写诗表示感谢,先是夸说这领竹席的珍贵、美好,接着说:

> 法曹贫贱众所易,腰腹空大何能为。自从五月困暑湿,如坐深甑遭蒸炊。手磨袖拂心语口,慢肤多汗真相宜。日暮归来独惆怅,有卖直欲倾家资。谁谓故人知我意,卷送八尺含风

漪。呼奴扫地铺未了,光彩照耀惊童儿。青蝇侧翅蚤虱避,肃肃疑有清飙吹。倒身甘寝百疾愈,却愿天日恒炎曦。明珠青玉不足报,赠子相好无时衰。

夸张、细腻地叙写自己暑热难当、狼狈不堪、卧享竹席清凉的感受,让人读了不能不感同身受地莞尔一笑。又《寄卢仝》,赞许友人卢仝生计困顿而为人忠厚、性格执着,最后写他的家里被"恶少"欺凌一事。当时韩愈担任河南令,有权对那些"恶少"严加处置:

> 昨晚长须来下状,隔墙恶少恶难似。每骑屋山下窥阚,浑舍惊怕走折趾。凭依婚媾欺官吏,不信令行能禁止。先生受屈未曾语,忽此来告良有以。嗟我身为赤县令,操权不用欲何俟。立召贼曹呼伍伯,尽取鼠辈尸诸市。先生又遣长须来,如此处置非所喜。况又时当长养节,都邑未可猛政理。先生固是余所畏,度量不敢窥涯涘。放纵是谁之过欤,效尤戮仆愧前史。买羊沽酒谢不敏,偶逢明月曜桃李。先生有意许降临,更遣长须致双鲤。

"恶少"翻上卢仝家的山墙,全家受到"惊怕",让仆人到担任地方长官的韩愈处求助;韩愈要对"恶少"严加惩处,卢仝却又出面求情,如此絮絮道来,把一起"恶少"扰人的案件写成一幕喜剧,活画出卢仝这个人的憨厚性格。这类诗作也充分表现作者乐观、幽默的个性。

宋祁《笔记》里说:"韩退之《送穷文》、《进学解》、《毛颖传》、《原道》等诸篇,皆古人意思未到,可以名家矣。"这里称赞的四篇文章中,《原道》是韩愈倡导"儒学复古"的纲领性论著,其他三篇都是游戏笔墨。其中《毛颖传》前面已详细介绍过。《送穷文》和《进学解》都是以自嘲笔法述说自身处境坎壈、才不得施但倔强不屈、操守坚定,从而控诉压抑贤能的社会现实的文章。这种以自嘲表讽喻的写法也是借鉴前人传统,不过韩愈作为"古文"大家,文字技巧娴熟,表达生动精粹,达到更高的艺术水准。

　　《进学解》是对班固《答宾戏》的戏仿,也是前人多已模拟过的作品。明娄坚说:"东方《答客难》篇,盖自曼倩(东方朔)创为此文,而《解嘲》(扬雄)、《答宾戏》(班固)、《达旨》(崔骃)、《应问》(张衡)之篇,纷纷继作。然独子云可以追配,崔、班而下,不无靡矣。至唐韩退之始变其音节而为之,体气高妙,非东汉以后可得而同也。"(《学古绪言》)上述这一系列作品,东方朔《答客难》开其端,都是以自嘲感伤命运不济,都是采取主宾答辩结构,主旨又都具有"矫厥俗而旌厥素焉"(文彦博《潞公文集》一三《座右铭》)的批判意义。班固《答宾戏》前有小序曰:"永平(58—75)中为郎,典校秘书,专笃志于博学,以著述为业。或讥以无功,又感东方朔、扬雄自喻以不遭苏(秦)、张(仪)、范(雎)、蔡(泽)之时,曾不折之以正道,明君子之所守,故聊复应焉。"主文里先是"宾戏主人",嘲笑说"今吾子幸游帝王之世,躬带冕之服,浮英华,湛道德,馨龙虎之文,旧矣。卒不能撼首尾,奋翼鳞,振拔污涂,跨腾风云,使见之者景骇,闻之者响震。徒乐枕经籍书,纡体衡门,上无所蒂,下无所根……然而器不贾于当己,用不效于一世,虽驰辩如涛波,摛藻如春华,犹无益于殿最",因而质问他"意者且运朝夕之策,定合会之计,使存有显号,亡有美谥,不亦优乎?"主人逌尔而笑,加以反驳,大意是说"吾子处皇世而论战国",对方指责说"所谓见世利之华,暗道德之实守",他举出历史上风云一时的人物的命运,指出如今时代不同了,时移势迁,自己则是坚持"慎修所志,守尔天符,委命供己,味道之腴,神之听之,名其舍诸……仆亦不任厕技于彼列,故密尔自娱于斯文"(《汉书》卷一百上),表达自己坚持操守、不慕荣利、乐天安命的处世观念。韩愈《进学解》的主旨相同,同样以戏谑笔调开头,同样是主客对答,写"国子先生晨入太学,招诸生立馆下",郑重地告诫生员"业精于勤荒于嬉,行成于思毁于随。方今圣贤相逢,治具毕张,拔去凶邪,登崇俊良"的大道理。可是"言未既,有笑于列者曰:'先生欺予哉,弟子事先生于兹有年矣'",接着一一列举"先生之业可谓勤矣","先生之于儒可谓有劳矣","先生之于文可谓闳其中而肆其外矣","先生之于为人可谓成矣",继而讥笑先生"然而公不见信于人,私不见助于友,跋前踬后,动辄得咎。暂为御史,遂窜南夷;三年博士,冗不见治。命与仇谋,取败几时。冬暖而儿号寒,年丰而妻啼饥。头童齿豁,竟死何裨。不知虑此,而反教人为?"古人讲究尊师之道,这里生员却以讥嬉口吻取笑先生,先生则以自嘲口吻来作答:他说自己是"学虽勤而不繇其统,言虽多而不要其中,文虽奇而不济于用,行虽修而不显于众。犹且月费俸钱,岁靡廪粟,子不知耕,妇不知织,乘马从徒,安坐而食,踵常途之促促,窥陈编以盗窃。然而圣主不加诛,宰臣不见斥,兹非其利哉!动而得谤,名亦随之,投闲置散,乃分之宜"。这些表面上是自我安慰之词,实则是控诉统治阶层压抑人才、才智之士弃置沦落的荒谬社会环境。钱基博评论说:

> 《进学解》虽抒愤慨,亦道功力。圆亮出以俪体,骨力仍是散文。浓郁而不伤缛雕,沉浸而能为流转,参汉赋之句法,而运以当时之唐格……《客难》瑰迈宏放,犹是《国策》纵横之余;《解嘲》铿锵鼓舞,则为汉京辞赋之体。而《进学解》跌宕昭彰,乃开宋文爽朗之意,此文格之不同也。(《韩愈志》)

这样,《进学解》体现了唐文宏肆开阔的特征,取得了更高的艺术成就。

《送穷文》与《进学解》题旨接近,可看做姊妹篇,同是寓庄于谐,同样以自嘲口吻鸣人世不平,同是对前人的戏仿。这一篇模仿的是前面提到的扬雄的《逐贫赋》。如扬雄本人明确说过的,写《逐贫赋》是有意识地"以文为戏"。《逐贫赋》开头说"扬子遁世,离俗独处,左邻崇山,右接旷野。邻垣乞儿,终贫且窭,礼薄义弊,相与群聚,惆怅失志,呼'贫'与语",这样引出主文"我"(乞儿)与"贫"

的对答。"乞儿"诉说贫苦的不堪,因为"贫"随身不去,遂下令逐贫;而"贫"则加以辩解,指出世上"纵其昏惑,饕餮之群,贪富苟得……瑶台琼榭,室屋崇高,流酒为池,积肉为崤"的荒纵,而正是"贫"让人"寒暑不忒,等寿神仙。桀跖不顾,贪类不干。人皆重蔽,子独露居。人皆怵惕,子独无虞",这乃是"福禄如山"的境界;听了"贫"的一番话,"余乃避席辞谢,不直请,不贰过,闻义则服,长与汝居,终无厌极。'贫'遂不去,与我游息"。扬雄生平失志,文章有自我安慰的意思,又是对"饕餮之群"的批判。钱锺书说:"按子云诸赋,吾以为斯为巨擘焉;创题造境,意不犹人,《解嘲》虽佳,谋篇尚步东方朔后尘,无此恢诡。"他引录其中"舍汝远窜,昆仑之巅,尔复我随,翰飞戾天;舍尔登山,岩穴隐藏,尔复随我,陟彼高冈;舍尔入海,泛彼柏舟,尔复我随,载沉载浮"(《艺文类聚》卷三五)一段,说"笔致流利而意态安详"(《管锥编》第 3 册第 961、963 页)。韩愈构思模仿扬雄,把"贫"换成"穷"。"穷"是困顿没有出路的意思。南北朝民间本来有送"穷鬼"风俗,见宗懔《荆楚岁时记》;相沿到唐代,姚合诗曾说到"万户千门看,无人不送穷"。韩愈借以构想,开头写"元和六年正月乙丑晦,主人使奴星结柳作车,缚草为船,载糗舆粮,牛系轭下,引帆上樯,三揖穷鬼而告之",这是依世俗仪式送"穷鬼";而"穷鬼"加以辩解,述说自对方孩提时起忠心追随四十余年,这大体同于扬雄《逐贫赋》的模式。"穷鬼"又责问说"于何听闻,云我当去?是必夫子信谗,有间于予也"。按当时习俗,有逐鬼咒语:"知汝姓字,得汝宫商,何不远去,住何所望?"(见《千金翼方》)。韩愈因而生发"穷鬼"质问"主人""单独一身,谁为朋俦?子苟备知,可数已不?子能尽言,可谓圣智。情状既露,敢不回避"的构想。主人作答,生动地揭露"穷鬼"的情状。这一节与《逐贫赋》对"贫"的总括描写相比较,分列"五鬼"加以展开:

　　　　主人应之曰:"子以吾为真不知也邪? 子之朋俦,非六非

四,在十去五,满七除二,各有主张,私立名字:搎手覆羹,转喉
触讳,凡所以使吾面目可憎、语言无味者,皆子之志也。其名
曰智穷:矫矫亢亢,恶圆喜方,羞为奸欺,不忍害伤;其次名曰
学穷,傲数与名,摘抉杳微,高挹群言,执神之机;又其次曰文
穷:不专一能,怪怪奇奇,不可时施,祇以自嬉;又其次曰命穷:
影与形殊,面丑心妍,利居众后,责在人先;又其次曰交穷:磨
肌戞骨,吐出心肝,企足以待,置我仇冤。凡此五鬼,为吾五
患,饥我寒我,兴讹造讪。能使我迷,人莫能间,朝悔其行,暮
已复然。蝇营狗苟,驱去复还……"

这里简洁地描写五"穷",极其生动。形似贬抑,实是夸赞;形为自
嘲,实为自恃。"主人""言未毕","穷鬼"答以"子知我名,凡我所
为,驱我令去,小黠大痴。人生一世,其久几何,吾立子名,百世不
磨。小人君子,其心不同,惟乖于时,乃与天通……"云云。这一
段,实际是概括作者作为德艺超群的文人落拓坎坷的处境,对压抑
人才的社会环境加以抨击。最后"主人"烧车与船,延穷鬼于上座,
则是作者对命运的无奈,也表明安于困顿、坚持操守的决心。这篇
文字运用戏谑、夸张笔法,描摹情状穷神尽相,提炼文字更见功夫,
许多词语已成为如今流行的成语。黄庭坚拿这篇文章与《逐贫赋》
对比,说"《逐贫赋》类俳,至韩愈亦谐戏,而语稍庄,文采过《逐贫》
矣"(《跋韩退之送穷文》);谢榛称赞它"文势变化,辞意平婉"(《四
溟诗话》)。宋叶梦得则说:

> 东方朔作《答客难》……班固从而作《答宾戏》。东京以
> 后,诸公释讥应谲,纷然迭起……文章至此,安得不衰乎!惟
> 韩退之、柳子厚始复杰然知屋下架屋之病。如《进学解》,即
> 《答客难》也;《送穷文》,即《逐贫赋》也。小有出入,便成古作
> 者之意。古今文章,变态已极,虽源流不免有所从来,终不肯
> 屋下架屋。(《石林诗话》)

这是说韩愈《送穷文》戏仿前人,但"不肯屋下架屋",推陈出新,艺术上另有创获。

　　包括《毛颖传》在内,上面了介绍韩愈几篇典型的"以文为戏"的文字。韩愈能够灵活地把幽默、谐戏、讥嘲笔法运用在各体作品之中,"以文为戏"可说是他散文多种风格的一种。如《送李愿归盘谷序》,传说欧阳修认为这是唐人唯一一篇好文章,其中描写有权有势的得意人、奔走伺候权势的人,鲜活生动,自创新语,极尽冷嘲热讽的能事;如《蓝田县丞厅壁记》、《试大理评事王君墓志铭》等等,描摹世态人情,笔致幽默,情趣盎然;议论文字如《讳辨》,储欣评论说:"世有举世回惑、沿流日甚者,必诙谐谈笑,使积迷之人,自欲喷饭,则释然解矣。如'父名仁,子不得为人'之类是也。若但正容庄语,公与贺且不免得罪。"(《昌黎先生全集集录》)。韩愈立志以文"明道",但文章没有枯淡寡味的道学气,写成的是言辞快利、情深意切的文学散文。

　　钱锺书评论说:

　　　　退之可爱,正以虽自命学道,而言行失检;文字不根处,仍极近人。《全唐文》卷六百八十四张籍上昌黎二书痛谏其好辩、好博进、好戏玩人,昌黎集中答书具在,亦殊有卿用卿法、我行我素之意。豪侠之气未除,真率之相不掩,欲正仍奇,求厉自温,与拘谨苛细之儒曲,异品殊科。(《谈艺录》)

这样的性格表现在"以文为戏"上,是作为儒学家又是优秀文人的韩愈卓异不凡的地方。

"以文为戏"——散文艺术的一个标志

　　历史上"以文为戏",境界有高低,范围有宽窄。

　　所谓"境界有高低",例如后汉戴良有文题作《失父零丁》,钱锺书说"此文即后世之寻人招贴(wanted circular)"(《管锥编》第 3 册第 1016 页)。文章刻画父亲形貌之弊恶,描述说"我父躯体与众异,脊背伛偻卷如藏,唇吻参差不相值"云云,至拟之为禽兽,谓"鸱头鹊颈獤狗啄,眼泪鼻涕相追逐",侮慢尊亲无所顾忌;又《初学记》卷一六收刘思真《丑妇赋》,应是六朝作品,先是感叹"我命独何咎……正值丑恶妇",接着写其姿容"鹿头猕猴面,椎额复出口,折頞靥楼鼻,两眼颠如臼",至梳妆后更为丑陋:"妆颊如狗舐,额上独偏厚,朱唇如踏血,画眉如鼠负"等等。这类作品只是摹写老人、妇女,肆意嘲戏,格调低下,没有什么思想意义。

　　所谓"范围有宽窄",如宋黄震说"《醉翁亭记》,以文为戏者也"(《黄氏日抄》卷六一),苏东坡也说"永叔作《醉翁亭记》,其辞玩易,盖戏云耳"(《东坡志林》卷二)。这是指《醉翁亭记》的写法,每句用虚词"也"结尾,有意炫耀技巧。胡仔说"东坡作《惠州白鹤新居上梁文》,叙幽居之趣,盖以文为戏。自此老启之也,其后叶少蕴作《石林谷草堂上梁文》、孙仲益作《西徐上梁文》,皆效其体格,然不能无优劣矣。"(《苕溪渔隐丛话》后集卷二九)这是说苏轼等人的文章借筑屋上梁这件事来抒发感慨。这都是为文技巧的"为戏"。这不能算"以文为戏"的正格。

　　如上所述,"以文为戏"字样初出于东方朔《答客难》,标志着随着写作艺术的发展,一些作者在写作中有意识地利用幽默、戏谑、讥刺、反讽、自嘲等手法来讽时刺世、抒写怀抱。这种本来具有自嘲意味的写作手法,随着散文的发展,逐渐形成一种写作体制、艺术风格,成为讽刺文学作品的一种类型。前面引述过柳宗元的"俳又非圣人之所弃"的话。他又曾说"嘻笑之怒,甚乎裂眦;长歌之哀,过乎恸哭"。"以文为戏"的"嬉笑",能够表达作者强烈、浓郁的感情。段成式在所著《酉阳杂俎》的序言里也说:"固服缝掖者肆笔之余,及怪及戏,无侵于儒。"这是说文章中"怪及戏"的表现并不违背儒家大义。韩愈极大地发挥了"以文为戏"的功能,成为他为文的一种风格。胡应麟曾评论说:"读《平淮西碑》,昌黎之有古意者。《毛颖传》、《进学解》、《送穷文》,皆以文为戏,示不欲步骤前人也。世徒知其滑稽,而罔测其微旨所在,乃不佞窃独窥之。至如《平淮西碑》,自是唐宋以来第一篇大文字。而段文昌敢重作之,已极可笑。"(《少室山房笔丛》一○五)这里和宋祁一样提到韩愈四篇文章,其中《毛颖传》、《进学解》、《送穷文》三篇相同。《平淮西碑》颂扬宪宗朝平定淮西镇的"丰功伟绩",所谓"点窜尧典舜典字,涂改《清庙》、《生民》诗","传之七十有三代,以为封禅玉检明堂基"(李商隐《韩碑》),是被比之为"汤盘孔鼎"的大文字,另外三篇都是典型的"以文为戏"的作品,强调其中的"微旨所在",拿来与之并列。他是深窥这种艺术手段、艺术风格的现实内容与意义的。

从历史发展看,汉魏以来,"以文为戏"的写作风气伴随着"文学自觉"的观念明确流行起来。幽默、戏谑、讥刺、反讽、自嘲等写作手法的运用,体现作者对于独立的艺术情趣、艺术欣赏价值的追求。众所周知,先秦以来的传统是注重文章的实用意义的,是重意尽言止的"辞达"的。黄宗羲论文曾说:"叙事须有风韵,不可担版。今人见此,遂以为小说家伎俩。"(《论文管见》)"风韵"是"情趣"的同意语,戏谑正是"风韵"的一种;"担版"则指行文呆板,偏枯寡淡,没有风趣。"担版"的文章引不起读者的兴趣。后来明代的李梦阳、何景明等倡导"文必秦汉,诗必盛唐",说"西京之后,作者勿论矣。"他们论文主"柔淡、沉着、含蓄、典重",反对所谓"俊语亮节"(《驳何氏论文书》),所反对的也包括"以文为戏"的戏谑笔法。何景明讲究秦汉的"法式",论断说"夫文靡于隋,韩力振之,然古文之法亡于韩"(《与李空同论诗书》),批评的包含韩愈的"以文为戏"。

优秀的"以文为戏"作品,表达强烈的爱憎感情,体现尖锐的批判意识,凸显出文学作品作为作者主观意识产物的根本特征。而能够幽默地对待世间万物与人生,是一种修养,体现乐观、自信、通达、无拘的胸怀。把这种修养和胸怀表达出来，"以文为戏"，又是一种不可多得的才能。从历史事实看，要表达这种胸怀，发挥这种才能，要有一定的社会条件、社会风气。比如孔融，按鲁迅先生的说法，专门"和曹操捣乱"，后来被曹操杀了，但当初曹操却能够容留他在身边肆意嘲弄，是表现出相当的雅量的。有了这种雅量，才有孔融其人和他的作品。不过很可惜，在中国长期专制社会条件下，孔融这种性格被视为癫狂傲世、玩世不恭，是不被看好的。他的作品也就绝大部分佚失了。韩愈绝对称得上是张扬和维护儒道的正人君子，但却写出许多"以文为戏"的杰作。他一生中遇到倒霉事不少，思想上、文学上却都取得重大成就，也是得益于当时社会风气相当地自由、开放。陈寅恪说"唐代新兴之进士词科阶级异于山东之礼法旧门者，尤在其放浪不羁之风气"（《唐代政治史述论稿》）。唐代以士风"浮薄"著称。士人能够"浮薄"，也是社会禁限较少，文人们顾忌较少，也才能够大胆地发挥艺术构想和写作技巧，包括"以文为戏"。给作者设下一道道藩篱，让他们规行矩步，也就封杀了他们的才能和艺术创造能力了。

谈"谀墓"

——以韩愈为例

韩愈"谀墓"之讥

历史上有"韩碑杜律"之说,把韩愈的碑志和杜甫的律诗并列,认为它们代表了唐代文学创作的高度水准和巨大成就。

韩愈诗、文兼擅。在"文"的方面,解散骈体,写作"古文",是革正文体、文风、文学语言的"古文运动"的主要倡导者。这种散体"古文"成为直到近代"白话文"兴起之前通行文坛的主导文体。而如本书前面讨论"古文"指出的,按现代文学观念看,韩愈和"古文"家们所写的许多作品,又是真正意义的文学散文。韩愈无论在理论上还是实践上,对于古典散文发展都做出了巨大贡献。

在韩愈的四十卷包括诗、赋、文的文集(今传通行本《韩昌黎集》正集四十卷,外集十卷,另有遗文、遗诗等)里,"碑志"占了十二卷。其中主要是墓志一类。韩愈少有文名,又在朝担任过史馆修撰之职,无论是职务关系,还是出于个人私谊,请他写墓志的人都很多。他又显然以文章自重,也乐于接受这样的差事。他死后,刘禹锡写祭文道:

> 手持文柄,高视寰海。权衡低昂,瞻我所在。三十余年,
> 声名塞天。公鼎侯碑,志隧表阡,一字之价,辇金如山。(《祭
> 韩吏部文》)

这是说他三十多年为文坛领袖,文字评骘为世所重,所以有权势的亲贵重臣死后都来请他写墓志。这里为了推重他,专门抬出"公鼎侯碑"。实际他写的这一类人的墓志大多不算好。真正精彩的是给那些赍志而殁的落拓士大夫写的墓志,其中许多人是他的朋友。至于说他写墓志拿到"一字之价,辇金如山"的"润笔",并不都是如此。给有钱有势的亲贵高官写墓志往往会拿到不菲的润笔,而给时运不济的落拓友人写墓志就只能是尽"义务"了——实则一篇墓志的价值是不能用金帛来衡量的。

墓志写作,有所谓"谀墓"之说,事典又正出在韩愈身上。最早记载这个典故的是李商隐的《齐鲁二生》一文,说一位落拓文人刘叉,"闻韩愈善接天下士……赋《冰柱》、《雪车》二诗,一旦居卢仝、孟郊之上……后以争语不能下诸公,因持愈(韩愈)金数斤去,曰:'此谀墓中人得耳,不若与刘君为寿。'"刘叉其人的性格恃才不羁,如果真有其事,也应是朋友间的玩笑。不过后世却成为某些不喜欢韩文的人用来讥刺他的口实。

朱彝尊(1629—1709)曾说写墓志拿润笔会"多货则伤于德,币美则没礼"(《封文林郎韩君墓表》)。历史上卖文拿钱的人确实是所在多有。韩愈也确实写了些替高官大僚歌功颂德的墓志,也拿了不少"润笔"。这在他所处时代、所处地位也是不得不然,情有可原。再者墓志本来是纪念死者的,这种文体依例称美不称恶,乃至溢美隐恶;特别是那些应朝命或受请托写的,更要赞美夸饰加以应付。韩愈写"谀墓"文字,大体是在这类情形之下。典型的如《唐故银青光禄大夫检校左散骑常侍兼右金吾卫大将军赠工部尚书太原郡公神道碑文》。

这通碑的墓主王用是唐顺宗皇后的弟弟、唐宪宗的舅舅。他

死后,其子王沼通过京兆尹李儵传喻韩愈书写碑文。王用本是"国之元舅,位望颇崇",韩愈不得不答应。但王用如碑文里所说,是"外戚子弟,秩卑年少"的纨绔子弟,活了四十七岁,只因为显赫出身,"超居上班,官尊职大,朝夕两宫",实际一生没干什么正经事。韩愈无事可述,只能敷衍成篇。主文三百三十二个字,只是简单地记述他的出身、历官、卒葬;铭文八十字,也是堆砌"兴官耆事,滋久愈谨"、"朝廷推贤,所处号治"等老套辞藻。写成之后,把副本上报朝廷。王沼给他"润笔"颇丰:马一匹并鞍衔,白玉腰带一条。韩愈依例谦饰一番,表示不敢冒领。朝廷派宦官到家里宣告朝命,让他接受,他就接受了,然后上表朝廷谢恩。一篇"谀墓"文章就是这样写成的。这种文章当然无价值可言。不过公允地说,从写作态度看,韩愈还不是"无中生有"地胡乱编造,应当说是比较严谨的,写作技巧也不无可取之处。

不过韩愈终究以"明道"自任,又是文章大家,这类文章有些又是不可简单地加以否定的。下面再举一篇典型例子:

韩弘的碑文《司徒兼侍中中书令赠太尉许国公神道碑铭》不同于前一种情况。韩弘(765—823)少年时依舅父宣武节度使刘玄佐在军中带兵。玄佐去世,宣武军变乱不定,他乘机夺取军权。宣武军节度使驻节汴州(今河南开封市),地近两都,又处在南方输送财赋的漕运要道上。南面是割据蔡州(今河南汝南县)的吴元济,北面是割据郓州(今山东东平县)的李师道。韩弘"镇定一方,居强寇之间,威望甚著"。后来淮西镇吴元济叛乱,宰相裴度统军讨伐,他被任命为行营都统。不过他对于讨逆战事并不是尽心竭力,没有亲临战阵,只派遣儿子韩公武出兵三千。《旧唐书》本传和《李光颜传》记载他不想让诸将讨贼立功,还曾送给李光颜美女,试图挠其力战,表明他有拥兵自重的野心。平定吴元济之役,韩愈担任统帅裴度的行军司马,和韩弘相知非一日,给他写《神道碑》当然会十分用心。再加上当时朝廷暗弱,需要依恃地方藩帅的支持,而且宣武军在负固强藩当中比较起来对朝廷算是恭顺的，而且宣武镇对于拱卫两京确实起了一定作用。韩《碑》记述韩弘这方面功绩，特别是叙述他在抗衡蔡州淮西节度使吴元济和平卢节度使（即淄青节度使，驻节郓州）李师古的功绩。碑文说："汴之南则蔡，北则郓，二寇患公居间，为己不利，卑身佞辞，求与公好。荐女请昏，使日月至。既不可得，则飞谋钓谤，以间染我。公先事候情，坏其机牙，奸不得发，王诛以成。最功定次，孰与高下。"后面的铭文又大肆赞扬他后来参与平定淮西、治理蔡州的功劳：

> 在贞元世，汴兵五猘（指刘玄佐死后汴州五次变乱的叛兵），将得其人，众乃一愒。其人为谁，韩姓许公。磔其枭狼，养以雨风，桑谷奋张，厥壤大丰。贞元元孙（指德宗之孙宪宗），命正我宇，公为臣宗，处得地所。河流两墉，盗连为群，雄唱雌和，首尾一身。公居其间，为帝督奸，察其嚬呻，与其睊眴。左顾失视，右顾而跐，蔡先郓锄，三年而墟。槁干四呼，终莫敢濡，常山（成德军）幽都（平卢军），孰陪孰扶。天施不留，其讨不逋。许公预焉，其赉何如……

韩愈对于韩弘依违两端的态度应当是清楚的。严格地说，这种揄扬不实的文字当然可算是"谀墓"。不过如此称颂韩弘忠顺朝廷，也有反对藩镇割据、维护国家统一的用意，内容也就不无可取之处。文章写得章法严谨，条理清晰，遣词用语精粹，文字技巧是相当娴熟的。

再看一篇，不是墓志，但属"公鼎侯碑"一类，写法与前一篇有异曲同工之妙。唐宪宗元和八年（813），韩愈担任比部郎中、史馆修撰；十一月，皇帝命大臣武元衡、李吉甫、李绛出面，把他召到宰相办公的政事堂，传达诏命，让他给魏博节度使田弘正（764—821）为祭祀三代所建宗庙写一篇碑铭。韩愈"承命悸恐"，上疏辞谢，没有允准，只好动笔，写了《魏博节度观察使沂国公先庙碑铭》。韩愈接受命惶惑、为难是有道理的。首任魏博节度使田承嗣（705－779）本是"安史之乱"叛军首领史朝义旧部，广德元年（763）归顺唐朝，驻节魏州（今河北大名县），拥兵十万，与成德、幽州（卢龙）两节度犄角相应，形成割据之势。大历十四年（779），田承嗣死，临终命侄子田悦为留后，这个举动开创了后来藩镇世袭的恶例。其时各地藩镇叛复无常，又相互攻伐，战乱不已。唐德宗建中（780－783）年间，田悦的魏博镇与成德、淄青、幽州三镇大举起兵叛乱，史称"四镇之乱"，曾把唐德宗赶到奉天（今陕西乾县）避难。兴元元年（784），田承嗣的儿子田绪杀死田悦，归附朝廷，可是割据态势并没有改变。贞元十二年（796），田绪第三子田季安接任魏博节度使。田季安沉溺酒色，患风病，杀戮无度。唐宪宗元和七年（812）八月田季安暴卒，其子田怀谏时年十一岁，家僮蒋士则专军权，众推田承嗣的侄子田兴继任为节度使。本来唐宪宗即位伊始，颇有励精图治的志向，采取削平藩镇方针，先后平定了剑南刘辟、江东李锜的叛乱。迫于这种形势，田兴持送季安子怀谏入京，算是归顺朝廷。朝廷正式任命他为节度使，赐名弘正。作为笼络田兴的手段之一，朝廷褒崇他的父母，赐予封号，并立庙祭祀三代。这就是朝廷命韩愈书写碑文的缘起。当时的朝廷和镇帅田兴之间相互猜忌、虚与委蛇的情形有目共睹。韩愈当然知道立田氏庙碑乃是朝廷笼络田兴的策略。本来田氏一族几十年割据魏博，如从正面称颂，实难着笔。韩愈巧妙运思，避实就虚，文分三段：第一段写上述受命作文、不得推辞的经过；第二段写田兴归顺朝廷，朝廷褒崇父母，为其上三代立庙事；最后一段是四言铭文，歌颂宪宗即位，削平藩镇，赞扬田兴抚平乱兵，归顺朝廷，受到朝廷褒奖立庙。文章很短，包括铭文，也只有五百余字。这是一篇为朝廷实施政治策略书写的官文书。虽然题目是纪念田氏先祖的庙碑，但只在铭文里肯定田兴的"田侯摄事，奉我天明；束缚弓戈，考校度程；提疆籍户，来复经邦"，下笔还是相当谨慎的。又作为朝章典册，用笔典雅庄重，冠冕堂皇，文辞相当讲究。北宋的董逌评论说："余考《田弘正碑》，盖其杰然自出，拔乎千百岁间，骎骎上薄诰、誓、命，屡进而不息也。"(《广川书跋》)

这样，即使写官样文章，即使迫于形势和文体的限制，韩愈仍能发挥娴熟的艺术技巧，在这种歌功颂德的官文书中把自己的政治态度曲折地透露出来。

当然，不能否认韩愈确也写了一些"谀墓"文字。在这方面，比起他的朋友柳宗元，以及宋代的苏轼，他是显得远远不及了。

墓志作为史传散文

唐代"古文运动"的成就之一，就是发展了真正意义上的文学散文。韩愈的墓志文在这方面体现得相当典型：墓志本是严格意义上的"应用文"，而韩愈笔下的许多优秀篇章写人物却能够"随事赋形，各肖其人"(钱基博《韩愈志》)，"言人人殊，面目首尾，绝不再行蹈袭"(陶宗仪《南村辍耕录》)，遂成为记人、叙事的文学散文。特别是他怀着真挚感情为那些生平坎坷落拓的友人写的墓志，内容的意义更远远超过赞扬、纪念故人，而是鲜活地刻画出一个个生动、感人的形象，代他们抒写牢骚不平，也反映社会现实矛盾的某些侧面，以致有人评价韩愈在诸文体写作中以墓志文为第一。

墓志兴起于汉代。作为一种应用文体，逐渐形成一定程式，后来被总结为"金石例"。程式各种各样，但基本内容是记述死者名讳、爵里、世系、历官、功业、家属、后嗣、年寿、丧葬等，最后缀以诗体的铭赞，一般是庄严凝重的四言诗。但是韩愈那些精彩的墓志破除习惯程式，也不求全面记述人物生平事迹，而是根据墓主的经历、性格、事业等，巧妙地构思，塑造人物形象，描摹他们的精神风采,抒写自己的深情和感慨。

先看纪念孟郊的《贞曜先生墓志铭》。

贞曜先生是诗人孟郊死后朋友加给他的"私谥"。古时朝廷嘉许亡殁臣僚,会加给一两个字为谥号作为褒扬。诗人孟郊(751—814)是韩愈的朋友,也有人把他归为所谓"韩门弟子"之列,实则他年长韩愈十五岁。他是湖州武康(今浙江德清县)人,家境贫寒,屡试不第。贞元八年,曾和韩愈同在长安应进士举,他落第归家乡,韩愈有诗送别,其中说:"孟生江海士,古貌又古心。尝读古人书,谓言古犹今。作诗三百首,窅默《咸池》音"。《咸池》是古乐,有人说是黄帝之乐,有人说是尧乐。韩愈这里是称赞孟郊流落江海、诗作继承了古圣人的传统。诗里接着又说:"骑驴到京国,欲和薰风琴。岂识天子居,九重郁沉沉……举头看白日,泣涕下沾襟。"对他落第不遇极表同情。孟郊直到贞元十二年(796)四十六岁才进士及第。可是仕途不利,只短时间担任过一段溧阳县(今江苏溧阳市)尉。元和(806—820)初,又来到长安求出路,投靠河南尹郑余庆,奏请朝廷为河南水陆转运从事(一个管水路运输的小官),定居洛阳。九年,郑余庆出为山南东道节度使,镇兴元(今陕西汉中市南郑县),辟为幕僚,他邀携夫人赴任,不幸途中暴卒于阌乡(今河南宝鸡县境内)。韩愈满怀悲痛和同情替这位多年知交写志墓,完全不循常例。开篇就写死者卒葬和友人祭吊、营葬:

> 唐元和九年,岁在甲午,八月乙亥,贞曜先生孟氏卒,无子,其配郑氏以告。愈赴位哭,且召张籍会哭。明日,使以钱如东都供葬事,诸尝与往来者咸来哭吊韩氏。遂以书告兴元尹故相余庆。闰月,樊宗师使来吊,告葬期,征铭。愈哭曰:"呜呼!吾尚忍铭吾友也夫!"兴元尹以币如孟氏赙,且来商家事。樊子使来速铭曰:"不则无以掩诸幽。"乃序而铭之。

这样从故人亡殁写起,写孟郊"无子",写死后夫人告丧,韩愈召集友人哭祭，又派人到洛阳营办葬事并报告郑余庆，友人樊宗师来吊，告葬期并征铭，郑余庆出资助理丧事且商量安置家属后事。如此看似平实地絮絮叙写，写出了友人对孟郊不幸去世的哀伤和同情，更烘托出这位地位卑微的文人才子身后的落寞。接着，在简单几句记述孟郊的姓名、族出之后，用一段文字评骘他的为人，又着重评论他的诗：

> 及其为诗，刿目鉥心，刃迎缕解，钩章棘句，搯擢胃肾，神施鬼设，间见层出。唯其大玩于词，而与世抹摋，人皆劫劫，我独有余。

孟郊写诗刻意冥搜，不袭陈言，风格与韩愈相近，在文学史上二人被合称为"韩孟"。韩愈这四十几个字评语，是对孟郊诗风格特征及其独创性的极其生动形象的描述，也肯定了孟郊诗歌创作的贡献。接着，简要述说前面所述孟郊晚年出仕的坎坷经历之后，再回叙文章开头樊宗师营葬事，写友人私谥"贞曜先生"：

> 将葬，张籍曰："先生揭德振华，于古有光。贤者故事有易名，况士哉！如曰'贞曜先生'，则姓名字行有载，不待讲说而明。"皆曰："然。"遂用之。

古代朝廷赐予谥号本是一种荣典。这样由朋友加给所谓"私谥"，正透露出孟郊不为世所重；而友人赞扬他"揭德振华，于古有光"，又显示死者的高贵品格。文章然后补充同宗孟简恤理遗属事，也是再次表明孟郊一生境况冷落、后事萧条。最后是二十字的简单铭文：

> 于戏贞曜！维出不訾，维执不猗，维卒不施，以昌其诗。

这是慨叹孟郊大才终于不得施展，所幸却让他写出优秀的诗流传于世，有"文穷而后工"的意思。这样一篇文章，全然不同于墓志文的一般格式，结构看似散乱，内中以友人哀悼其坎坷不遇为线索，把一代才人沦落终生、赍志以殁、死后寂寞的境况生动地描绘出来，寄托着作者本人的悲伤和惋惜，也表达了对于泯没人才的社会环境的愤慨和批判。

主题同类的《柳子厚墓志铭》写法完全不同。柳宗元和韩愈共同倡导"古文运动"，可是政治态度、学术观点、对当时盛行的佛教的看法等多相龃龉，两个人进行过激烈争论。但他们又是真正相互了解、信任的知交和诤友。柳宗元参加"永贞革新"，革新失败后贬官永州，年仅三十三岁。在永州十年，又被发落到更边远的柳州，四年后死在那里。死后留下遗属子女，家无余资，无力营葬。柳宗元死前曾给韩愈写信托孤，可见对韩愈的信赖、敬重。死后，贬官异地的友人刘禹锡给同样身在异地的韩愈写信，请他写墓志铭。韩愈同时又写了祭文。三年后，柳州人为柳宗元建庙纪念，奉为罗池之神，韩愈又写了《柳州罗池庙碑》。三篇体裁不同的文章各具特色，都是祭悼友人的绝佳文字，也是富于诗情的优秀散文。

《柳子厚墓志铭》的结构不同于《贞曜先生墓志铭》那样独出心裁，也依例写到姓氏、家世、历官、卒葬、后嗣等墓志内容，但不是一般地平铺直叙，而是选择几件能够突出故人品格、面貌的具体事件着重加以描写。一件是写柳宗元在永州艰苦环境中仍刻苦读书，游览山水，这实际是肯定他在思想理论和文学创作（山水游记和山水诗）方面的建树；一件是治理柳州取得的政绩，这是赞扬他的为政才能；又说到"衡、湘以南为进士者皆以子厚为师，其经承子厚口讲指画为文词者，悉有法度可观"，这是赞扬友人的文才杰出并广有影响；再一件是写在朝命贬谪柳州时，顾念同时被贬播州（今贵州遵义市）的友人刘禹锡家有老母，愿以柳易播，韩愈就这一件事直接出面议论说：

> 其召至京师而复为刺史也，中山刘梦得禹锡亦在遣中，当诣播州。子厚泣曰："播州非人所居，而梦得亲在堂，吾不忍梦得之穷，无辞以白其大人。且万无母子俱往理。"请于朝，将拜

疏,愿以柳易播,虽重得罪,死不恨。遇有以梦得事白上者,梦
得于是改刺连州。

这样,寓赞颂于具体生动的叙述之中,相当全面地表扬了柳宗元的学识、文才、政能、道义,把这个人物形象立体化地展现起来。接下来再作两番议论。一是:

> 呜呼!士穷乃见节义。今夫平居里巷相慕悦,酒食游戏相征逐,诩诩强笑语以相取下,握手出肺肝相示,指天日涕泣,誓生死不相背负,真若可信。一旦临小利害,仅如毛发比,反眼若不相识,落陷阱不一引手救,反挤之又下石焉者,皆是也。此宜禽兽夷狄所不忍为,而其人自视以为得计,闻子厚之风,亦可以少愧矣。

这是穷神尽相地就柳宗元众叛亲离而被罪流放,揭露士大夫间背亲叛友、落井下石的堕落世风,痛斥其"禽兽夷狄所不忍为"。再是就柳宗元一生事业得失作出判断:

> 子厚前时少年,勇于为人,不自贵重顾藉,谓功业可立就,故坐废退。既退,又无相知有气力得位者推挽,故卒死于穷裔,材不为世用,道不行于时也。使子厚在台省时,自持其身已能如司马、刺史时,亦自不斥;斥时有人力能举之,且必复用不穷。然子厚斥不久,穷不极,虽有出于人,其文学辞章必不能自力以致必传于后如今无疑也。虽使子厚得所愿,为将相于一时,以彼易此,孰得孰失,必有能辩之者。

韩愈并不掩饰对柳宗元早年参与"永贞革新"的"过失"的不满。这当然表明他政治观念上的局限性。但在批评中却流露出对友人深深的爱护和惋惜之情。特别是他最后对于为朝廷所"用"和"文学辞章"有所成就两者的比较、辨析,高度赞扬柳宗元文学创作的不朽业绩,也肯定相对于"为将相"建功立业,"文学辞章"在历史上具

有更大价值。这是一种相当深刻的文化意识,显露他本人的"文人"性格,又有批判专制官僚体制的意义。这样,文章夹叙夹议:"叙"的部分善于取材,描述生动;"议"的部分见解精辟,廉悍深刻。两者相得而益彰。

上面两篇,是志文人的。韩愈所作文人墓志还有《李元宾墓铭》(李观)、《南阳樊绍述墓志铭》(樊宗师)、《登封县尉卢殷墓志》等,另有可归同类的哀祭文《欧阳生哀辞》(欧阳詹)等。替不遇于时、命运坎坷的友人、弟子述写哀情是韩愈写作的重要主题之一。这些文字集合起来反映了中唐时期朝政暗弱、科举败坏、仕途艰窘、文人坎坷不遇的现实情形。从这些人的命运也可以透视当时社会整体衰落不振的一面。

再看一篇《故幽州节度判官赠给事中清河张君墓志铭》。墓主张彻,是韩愈的堂侄婿,生前担任幽州节度(治范阳,今北京市)判官,是藩镇僚属。幽州本是负固强藩"河北三镇"之一,当时镇帅世袭,财赋、兵员、行政自专。从贞元元年(785)刘怦担任节度使,接着刘济、刘总父子继任。长庆元年(821),刘总迫于形势,奏请朝廷,离职去位,落发为僧,朝廷派遣张弘靖接任,幽州算是归属朝廷。张到任后姿态强悍,举措失当,引起长期负固自专的部兵叛乱,囚张于蓟门馆,部属等包括张彻被乱兵杀害。本来张彻已被朝廷任命为监察御史,因为张弘靖需要得力辅佐,在回京途中又诏回到幽州任事,不料几天后乱兵起事,遭遇不测。《墓志铭》开头一段简单叙说上述张彻在幽州任职经历,转而细述张彻被乱兵囚系、杀害事:

> 居月余,闻有中贵人自京师至。君谓其帅:"公无负此土人。上使至,可因请见自辩,幸得脱免归。"即推门求出,守者以告其魁。魁与其徒皆骇曰:"必张御史。张御史忠义,必为其帅告此余人,不如迁之别馆。"即与众出君。君出门骂众曰:"汝何敢反!前日吴元济斩东市,昨日李师道斩于军中,同恶

> 者父母妻子皆屠死,肉喂狗鼠鸱鸦。汝何敢反!汝何敢反!"
> 行且骂。众畏恶其言,不忍闻,且虞生变,即击君以死。君抵
> 死口不绝骂,众皆曰:"义士!义士!"或收瘗之以俟……

这一段,张彻的言行和骄横的乱军相互映衬,把一位威武不屈的义
士形象烘托出来。接着写友人助理丧葬,再补叙张彻照顾"心疾"
兄弟事。这样用心仁爱的人惨遭杀害,更让人无限痛惜。这样,这
篇墓志没有次第书写人物生平,只是栩栩如生地写出人物在抗击
强藩乱兵的生死之际的表现,突出他坚持道义、不畏牺牲的大节,
也就凸显出人物的性格与精神。文章表达的反对强藩割据动乱的
观念也鲜明地表现出来。

传奇笔法

本书前面讲唐代"古文",指出"古文"写作往往借鉴传奇小说
笔法。传奇小说结构上的重要特点是重虚构,讲究故事性,有生动
的情节;具体写法则注重人物、事件的描摹,又富于情趣。这些艺
术技巧被"古文"家利用和发挥,丰富了"古文"的表现手段,也发展
了散文写作的艺术技巧。在这方面,韩愈墓志文表现得十分突出。
他的一些墓志无论是构思还是写法都类似传奇小说,让人读起来
趣味盎然。

他的《殿中少监马君墓志》,也是一篇典型的"应用"纪念文字。
篇幅很短,全文如下:

> 君讳继祖,司徒赠太师北平庄武王之孙,少府监赠太子少
> 傅讳畅之子。生四岁,以门功拜太子舍人;积三十四年,五转
> 而至殿中少监,年三十七以卒。有男八人,女二人。

　　始余初冠，应进士贡，在京师，穷不自存，以故人稚弟拜北
平王于马前。王问而怜之，因得见于安邑里第。王轸其寒饥，
赐食与衣，召二子使为之主。其季遇我特厚，少府监赠太子少
傅者也。姆抱幼子立侧，眉眼如画，发漆黑，肌肉玉雪可念，殿
中君也。当是时，见王于北亭，犹高山深林巨谷，龙虎变化不
测，杰魁人也。退见少傅，翠竹碧梧，鸾鹄停峙，能守其业者
也。幼子娟好静秀，瑶环瑜珥，兰苕其牙，称其家儿也。

　　后四五年，吾成进士，去而东游，哭北平王于客舍。后十
五六年，吾为尚书都官郎分司东都，而分府少傅卒，哭之；又十
余年至今，哭少监焉。呜呼！吾未耄老，自始至今未四十年，
而哭其祖、子、孙三世，于人世何如也！人欲久不死而观居此
世者何也！

这篇墓志的墓主马继祖，是德宗朝名将马燧的孙子，年纪轻轻三十
七岁就去世了。韩愈和马家的关系，可追溯到他的堂兄韩弇。贞
元三年（787），韩弇曾作为马燧随员参与唐朝与吐蕃在平凉的会
盟，吐蕃劫盟，韩弇被杀。因为有这层关系，当年韩愈晋京参加科
举考试，曾去拜访马燧。这是仕子为打通"关节"、希求援引的拜
访。马燧顾念旧情，曾让两个儿子，主要是小儿子马畅，就是马继
祖的父亲照顾他。马继祖作为功臣后裔，依例靠门荫取得太子
舍人之类闲职，只是个养尊处优的贵公子，平生没有什么作为。给
这样的人写墓志，本无事迹可述，实际韩愈和死者本人也没什么交
往，对他没有多少了解，难以下笔，可以想象。韩愈避开一般墓志
文关于墓主生平事迹的记述，巧妙运思，另开生面，只用短短三十
几个字概述人物经历，然后着重描写当年晋京拜见马燧一家三辈
即马燧本人、儿子马畅、孙子马继祖的场面。而且这一段成为全篇
"主文"：文笔极其简洁，绘形绘色，生动勾勒出马燧、马畅、马继祖
孙三位大贵大富之人的形象。最后落笔在不到四十年而哭祖孙三
世，发抒人世倏忽的感伤。而描绘三个人物又用了不同笔法：写幼

子马继祖,用素描,写眉眼、黑发,写肌肤如"玉雪可念",简单几笔,把幼儿的娇美可爱如图画般描摹出来;写马燧和马畅,都是用比喻形容,但两人写法不同。马燧曾是统兵元帅,比喻如"高山深林"、"龙虎变化"的威武强悍;他的儿子马畅以门荫得到宫廷闲职的少傅,比喻他如"翠竹碧梧,鸾鹄停峙"的优美娴雅。就这样,用极其简单的笔墨为三个人传神写照。这一篇如果从内容看,不过是颂扬曾给予自己恩惠的权贵,应当归到"谀墓"文字之列;但如从写法看,却是以描摹如画的生动笔法,把一个本无价值的题材写成一篇反映显赫一时的权臣一家三代命运的意味隽永的小品,又通过三代的命运抒写出对于富贵权势不能久恃的感慨。

情节、描摹更似传奇小说的还有《试大理评事王君墓志铭》。墓主王适,是个"好读书,怀才负气",自视甚高而性不偕俗的书生。韩愈写这篇墓志,也只是写他生平中能够体现其性格的几件事,把人物形象展现在读者面前。如写他参加科举:

> 上初即位,以四科募天下士(唐时皇帝亲自主持的"制举"科目繁多,唐宪宗元和二年考试的"四科"是贤良方正能直言极谏科、博通坟典达于教化科、军谋宏远堪任将帅科、达于吏治可使从政科)。君笑曰:"此非吾时耶!"即提所作书,缘道歌吟,趋直言试。既至,对语惊人。不中第,益困。

人物一"笑"的表情,前去参加考试"缘道歌吟"这一动作,答卷的"对语惊人",把一个高傲自负、行为狂放、大言无忌的"狂生"形象活脱脱描写出来。接着写他的"仕宦"经历:

> 久之,闻金吾李将军年少喜士,可撼,乃踔门告曰:"天下奇男子王适愿见将军白事。"一见语合意,往来门下。卢从史既节度昭义军,张甚,奴视法度士,欲闻无顾忌大语。有以君生平告者,即遣客钩致。君曰:"狂子不足以共事。"立谢客。李将军由是待益厚,奏为其卫胄曹参军,充引驾仗判官,尽用

> 其言。将军迁帅凤翔，君随往，改试大理评事、摄监察御史、观
> 察判官。梸垢爬痒，民获苏醒。

金吾李将军指李夷简，元和初任统率禁军的左金吾大将军，王适自
荐往来门下。本书讲"古文"，曾介绍过昭义节度使卢从史招请洛
阳"山人"温造、石洪，韩愈写过送序。这个人网罗人才，有扩张个
人势力的意图。听说王适张狂敢言，也来邀请他。但他面对强势
的镇帅之邀，斥之为"狂子"，表示不与共事，可见他虽然表面上放
荡不羁，却又深明大义。后来李夷简迁凤翔节度使，他随之担任幕
职。韩愈称赞他"梸垢爬痒，民获苏醒"，又表明他确有政能。但他
不乐居官，年余即断然载妻子入閺乡南山隐居，年四十四夭折。文
章写到这里，又用浓墨重彩补叙他娶侯高处士女事：

> 高固奇士，自方阿衡太师，世莫能用吾言。再试吏，再怒
> 去，发狂投江水。初，处士将嫁其女，惩曰："吾以龃龉穷，一
> 女，怜之，必嫁官人，不以与凡子。"君曰："吾求妇氏久矣，唯此
> 翁可人意。且闻其女贤，不可以失。"即谩谓媒妪："吾明经及
> 第，且选，即官人。侯翁女幸嫁，若能令翁许我，请进百金为妪
> 谢。"诺许，白翁。翁曰："诚官人耶？取文书来。"君计穷吐实。
> 妪曰："无苦，翁大人，不疑人欺我。得一卷书，粗若告身者，我
> 袖以往，翁见，未必取眎，幸而听我。"行其谋。翁望见文书衔
> 袖，果信不疑，曰："足矣。"以女与王氏。

这一节描写曾受到后世人批评："曾子固云：'铭志义近于史，而亦
有与史异者。盖史于善恶无不书，而铭特古之人有功绩材行、志义
之美者，惧后世不知，则必铭而见之，或存于庙，或置于墓，一也。'
吾观退之作《王适墓铭》，载娶侯高女一事，几二百言，此岂足示后
耶？"（吴子良《荆溪林下偶谈》）这种指责正表明韩愈的墓志写法不
循常规、大胆创新的特点。这一节对王适个性生动的补叙，连带写
了高处士和媒妪两个人，场面极富戏剧性：王适得知高处士的行

为、言语之"奇"而执意要娶他的女儿，设个小小的骗局；媒妪狡黠而自私，拿了钱帮助玉成其事；高处士想法固执、天真颟顸。三个人都着墨不多，写他们的心理、对话、行动，不同的个性跃然纸上。这篇墓志完全可以当作传奇小说来欣赏。

如果说前面两篇写法的特点在塑造人物和构造情节，另一篇《国子助教河东薛君墓志铭》，则显示描写场面，烘托气氛的绝妙技巧。

薛公达元和四年（809）去世，官终国子助教。当时韩愈担任国子博士，薛公达是他的僚属。《墓志铭》只用了开头一小节、六十六个字来介绍薛公达的先世，以下主体部分细致写他在凤翔尹、凤翔观察使邢君牙（722－798）幕府里的轶事：

> 君少气高，为文有气力，务出于奇，以不同俗为主。始举进士，不与先辈揖，作《胡马》及《圆丘》诗，京师人未见其书，皆口相传以熟。及擢第，补家令主簿，佐凤翔军。军帅武人，君为作书奏，读不识句，传一幕以为笑，不为变。后九月九日，大会射，设标的，高出百数十尺，令曰："中，酬锦与金若干。"一军尽射，莫能中。君执弓，腰二矢，指一矢以兴，揖其帅曰："请以为公欢。"遂适射所，一座皆起随之。射三发，连三中，的坏不可复射。中，辄一军大呼以笑，连三大呼笑。帅益不喜，即自免去。后佐河阳军任事，去害兴利，功为多。拜协律郎，益弃奇，与人为同。今天子修太学官，有公卿言，诏拜国子助教，分教东都生。元和四年，年三十七，二月十四日疾暴卒。

薛公达进士出身，是个文人，这里写他担任方镇幕僚的两件事。一件是，镇帅邢君牙少年从军，部武出身，以军功擢升为藩镇大员，没有多少文化，公达所作书奏艰深，邢读不成句，幕府中传为笑柄，但他却坚持不改。这显示他不能迎合权势和流俗的个性。另一件比武会射场面，写得更为生动。公达本是一介书生，面对全军都不能射中的高难度标的,沉稳地执弓矢自荐,三射三中。描写他"君执弓,腰二矢,指一矢以兴",神态宛然;写中标的,"辄一军大呼以笑,连三大呼笑",烘托出场景的热烈气氛。苏辙评论说这一段描写是"善状事物者,读之如亲见"(陈叔方《颍川识小》)。文章最后简单记述墓主此后历官、亡殁、家属、卒葬而系以铭:"宦不遂,归讥于时。身不得年,又将尤谁? 世再绝而绍,祭以不隳",抒写深切的惋惜和哀悼之情。

散文艺术的开拓与创新

对韩愈文章的评价,一向争议较多。对他表不满、加以批评的出发点各种各样。不少道学家指责他只是用心于做好文章,自负"明道"却对儒道了解不多甚至错误;有些人说他的"古文"内容和语言陈腐,流毒后世,甚至有"韩舆欧台"的恶谥;还有人说他的文章"泥沙俱下",艺术技巧不足取;"谀墓"更是被讥刺的口实。韩愈的文章当然并非篇篇都是杰作,这些批判、攻讦的说法也不是全然没有道理。他的文章中确实有歪曲事实的、思想观念陈腐的、政治态度保守的、用笔草率的,包括"谀墓"的,等等。但是,他在写作艺术手法上多所创新,极大地发展了散文艺术,是同时代其他人不可企及的,也是历史上少有人能比拟的。他的墓志文写作即充分体现这一点。

明人徐枋指出:

> 今人为人家乘中作传,无非掇掠行状中语,隐栝成文,即天下所推之文章大家皆然,未有自出一奇,自成一文者也……人而操笔,为人作传,不特其人之炉冶,直是其人之造物……只如《陈遵传》,反复千余言,直言其游侠,好饮酒,而于其立功

封侯皆略之；《杨王孙传》，一篇只言裸葬一事，而于其家累千金，善黄老学皆略之。何也？惟此足以概之也。（《与杨明远书》）

他讲的是写人物传记，墓志也是同样。他把一般人作传比喻为"炉冶"，即用现成材料加以熔炼合成；相对照，他主张一篇好的传记是"其人之造物"，即是创造出的一个人物。他举出《汉书》里陈遵传和杨王孙传做例子。韩愈继承《史》、《汉》传统又加以发展，如上面几篇墓志，就是描写人物艺术水平很高的绝佳的传记散文。

又值得注意的是，上面介绍的韩愈几篇墓志篇幅都不长，而都具有尺幅千里的气象。这在很大程度上又得力于作者使用语言的功力。他的语言不仅极其精粹、生动，又富于创造性。描写幼儿，写他的眼睛、头发、肌肤，"眉眼如画，发漆黑，肌肉玉雪可念"，白描和比喻结合，一个显贵家的娇小公子如在眼前；写军中比武习射，"射三发，连三中，的坏不可复射。中，辄一军大呼以笑，连三大呼笑"，只用二十多个字就把一个热烈的场面再现出来；王适娶妇，标准是"吾求妇氏久矣，唯此翁可人意。且闻其女贤，不可以失"，如此因为赞佩岳丈而选取妻子，为人情趣之奇特、态度之幽默溢于言表；就柳宗元被罪放逐发议论，"呜呼！士穷乃见节义。今夫平居里巷相慕悦，酒食游戏相征逐，诩诩强笑语以相取下，握手出肺肝相示，指天日涕泣，誓生死不相背负，真若可信"云云，如此使用磊落长句，写官场世态人情，发抒激愤感慨，等等。艺术生命力在独创。上述这样的语言，这样的记叙、描写、议论，都道人之未尝言、人之未能言。这样的语言造成强大魅力，增强了艺术效果。

前面提到，有人评价韩文中墓志为第一。同一作者不同文体的文章是难以论定高下的。但应当承认，唐代和以后历代散文家写出优秀墓志的人很多，墓志写作的内容和技巧后来也都不无发展，但就墓志文创作整体讲，写得那样形象鲜明，语言精粹，丰富多彩，趣味盎然，古往今来韩愈当属第一人。

苑咸《酬王维》诗曰："为文已破当时体。"李商隐《韩碑》诗曰："文成破体书在纸。""破体"，谓作文打破当时为文的体制。钱锺书说："名家名篇，往往破体，而文体亦因而恢弘焉。"（《管锥编》第3册第890页）韩愈打破墓志文流行体制的意义，远超出这一文体自身的创新，更推进了古典散文的发展。这种创造性在韩愈作品里显得十分突出。这是他的创作的一大特色，也是成就他的创作业绩的重要因素。

谈"避讳"

——以欧阳修碑志文为例

掩饰和隐讳

　　题目里的"碑志"是墓碑和墓志两种文体的统称。墓碑又称
"神道碑"、"墓表"等,是竖立在坟墓前神道上的碑文;"墓志"是掩
埋在坟墓中的志文,附有铭文的又有"墓志铭"等称呼。两者都是
纪念、表扬死者的文字,是古代的一种"应用文"。众所周知,欧阳
修(1007—1072)是大文学家、宋代"诗文革新运动"的领袖,文章写
得尤其好,是"唐宋八大家"之首。他的《醉翁亭记》等作品被选录
在古今各种选本乃至教科书里。他又是杰出的政治活动家,以鲠
直刚毅、直言敢谏著称。关于他的文章,苏辙曾评论说:"欧公碑
版,今世第一。"(苏籀《栾城遗言》)是说他的碑志写作流品在当时
算是头一名。
　　欧阳修在青史上留名的事迹之一是宋仁宗景祐三年(1036),
范仲淹(989—1052)以天章阁待制("待制"是在朝廷备皇帝顾问的
"近侍"官,是个清要职务)署理开封府尹(北宋首都开封府的最高
行政长官),宰相吕夷简(978—1044)位高权重,而范以谏净为己

责,双方每每发生抵触。史书上记载:"夷简大怒,以仲淹语辩于帝前,且诉仲淹越职言事,荐引朋党,离间君臣。仲淹亦交章对诉,辞愈切。"(《续资治通鉴长编》卷一一八)以至范仲淹甚至上言宋仁宗说吕奸邪不忠,比之为汉代的王莽、董卓。事情闹大了,仁宗怀疑他有意徼幸进取,贬他出知饶州(今江西鄱阳县)。当时欧阳修还年轻,三十岁,入仕不久,担任馆阁校勘(名义上是个校勘图籍的职务,又依例是安置新进年轻朝官、以备大用的位置)。他和同僚也是朋友的尹洙(1001—1047)、余靖(1000—1064)对此事大感不平,遂上章论救。他听说范贬官后曾在友人张方平(1007—1091)家遇见左司谏(朝廷专司谏诤的官)高若讷,其人本是欧阳修的旧识。高对范不但不表同情,反倒抵消范的为人。其后欧阳修见到尹洙,尹洙也证实高若讷确实张扬过范的不是。气愤之下,他给高写了一封公开信,就是传诵古今的《与高司谏书》。其中痛诋对方诌媚权势,不尽谏官的言责,是"君子之贼"。有警句曰"不复知人间有羞耻事",成了后世责骂卑鄙小人的"语典"。高把这封信上报朝廷,事下中书省处理,欧阳修被认定是范的同党,贬峡州夷陵(今湖北宜昌市夷陵区)令。尹洙、余靖也被贬落职。这件事,充分显示欧阳修坚持道义、不畏权势、敢于直言的性格。他写文章,继承唐代韩愈"文以明道"传统,曾回忆年轻时学韩文所得:"予固知其不足以追时好而取势利,于是就而学之。则予之所为者,岂所以急名誉而干势利之用哉?亦志乎久而已矣。故予之仕,于进不为喜、退不为惧者,盖其志先定而所学者宜然也。"(《记旧本韩文后》)他的朋友范镇也曾称赞他的作文态度说:"惟公生平,谅直骨鲠,文章在世,炜炜炳炳。"(《祭文》)这个评价在历史上一向是被认可的。

遗憾的是,欧阳修的不少碑志却并没有说真话。指出这个,是因为这也是古今写碑传文字颇具典型意义的现象,值得读碑志的人注意。下面举两个例子。

一篇是《泷冈阡表》,是纪念他父亲欧阳观的墓表。在文学史上,这是和韩愈《祭十二郎文》、归有光《项脊轩志》一样被看作是纪念亡殁亲人的"哀祭文"的名作。欧阳观死后葬在吉州永丰县(今江西永丰县)的泷冈,到欧阳修写作《泷冈阡表》,已经过了六十年。按朝廷惯例,每逢国有大典,对重要臣僚要推恩赐予父祖三世荣誉称号。前此随着欧阳修官位升迁,他亡故的父母已屡屡得到封号。这一次值欧阳修年老罢政,朝廷又分别加封他的父母为崇国公和魏国夫人。原来泷冈的坟茔是个佛寺性质的坟院,因为欧阳修反佛,奏请改为道观性质的西阳宫。值此机缘,他写下这篇墓表。欧阳修晚年官况不太顺利。治平四年(1067),六十一岁,从吏部侍郎位上退下,出知亳州(今安徽亳州市);第二年(1068),改知青州(今山东青州市)。文章是熙宁三年(1070)在青州作的。过两年他就去世了。衰暮之年被外放,回顾生平,多有感慨,祭悼先人,也难免胸中的郁闷。

文章最让人动情的是传写母亲郑氏的一段:

> 修不幸,生四岁而孤,太夫人守节自誓,居穷,自力于衣食,以长以教,俾至于成人。太夫人告之曰:"汝父为吏廉,而好施与。喜宾客,其俸禄虽薄,常不使有余,曰:'毋以是为我累。'故其亡也,无一瓦之覆、一垄之植,以庇而为生。吾何恃而能自守邪?吾于汝父,知其一二,以有待于汝也。自吾为汝家妇,不及事吾姑,然知汝父之能养也。汝孤而幼,吾不能知汝之必有立,然知汝父之必将有后也。吾之始归也,汝父免于母丧方逾年,岁时祭祀,则必涕泣曰:'祭而丰不如养之薄也。'间御酒食,则又涕泣曰:'昔常不足而今有余,其何及也!'吾始一二见之,以为新免于丧适然耳。既而其后常然,至其终身未尝不然。吾虽不及事姑,而以此知汝父之能养也。汝父为吏,尝夜烛治官书,屡废而叹。吾问之,则曰:'此死狱也。我求其生不得尔。'吾曰:'生可求乎?'曰:'求其生而不得,则死者与我皆无恨也,矧求而有得邪?以其有得,则知不求而死者有恨

也。夫常求其生犹失之死,而世常求其死也。'回顾乳者抱汝
而立于旁,因指而叹曰:'术者谓我岁行在戌将死,使其言然,
吾不及见儿之立也。后当以我语告之。'其平居教他子弟,常
用此语,吾耳熟焉,故能详也。其施于外事,吾不能知;其居于
家无所矜饰,而所为如此,是真发于中者邪。呜呼!其心厚于
仁者邪,此吾知汝父之必将有后也。汝其勉之!夫养不必丰,
要于孝;利虽不得博于物,要其心之厚于仁。吾不能教汝,此
汝父之志也。"修泣而志之,不敢忘。

这一大段,以妻子口吻颂扬亡夫,主干是两句话:"知汝父之能养",
"知汝父之必将有后"。一句讲孝敬母亲,一句讲德及后人。这两
点在古代乃是家族昌盛的表征和保证。母亲的话琐琐如道家常,
如泣如诉,以细节见大体,写得感人肺腑。但是考之实际,文章却
"忽略"了一件重要事实:父亲欧阳观五十九岁去世,当年欧阳修四
岁,郑夫人二十九岁,是续娶的,而据欧氏族谱,他还有个哥哥欧阳
晒,是欧阳观前妻所生。这些在文章里都没有提到。按写碑志类
文字的惯例,亡者家属后嗣是必须著明的。又宋王仲言《挥麈后
录》转引龙衮所著《江南野录》载录《欧阳观传》,对欧阳观颇有微
词。其中说:

> 咸平三年登第,授道州军州推官,考满,以前官迁于泗州
> (古泗州城明清时期已淹没,辖地今泗县、泗洪、天长、盱眙一
> 带),当淮、汴之口,天下舟航漕运鳞萃之所。因运使至,观傲
> 睨不即见,郡守设食,召之不赴,因为所弹奏怠于职务,遂移西
> 渠州。迨成资而卒于任所。观有目疾,不能远视,苟瞩读行
> 句,去牍不远寸。其为人,义行颇腆。先出其妇,有子随母所
> 育。及登科,其子诣之,待以庶人,常致之于外,寒燠之服每苦
> 于单弊,而亲信仆隶至死曾不得侍宴语。然其骨殖卒赖其子
> 而收葬焉。

同是"唐宋八大家"之一、也是欧阳修的朋友曾巩(1019－1083)曾指出"铭"(指"墓志铭",神道碑类似)与"史"不同,"铭"是"盖古之人有功德才行志义之美者,惧后世之不知,则必铭而见之"(《寄欧阳舍人书》)。拿王仲言转引的这篇传和欧阳修所作墓表相比较,二者所写欧阳观的品格相差得是过于悬远了。王仲言怀疑作传的龙衮或许和欧阳观有宿怨,对他有意加以诋毁,并慨叹文章"毁誉不可深信"。后来也颇有人持同样看法。但是依常理,像"出妇"这样的事是难以捏造的。无论从哪个角度看,在《泷冈阡表》这篇名作里,欧阳修记述亡父婚姻、后嗣状况,显然是"为亲者讳"了。这是有违写作"直笔"的基本原则的。

还有两篇碑志——《镇安军节度使同平章事赠中书令文简程公墓志铭》和《镇安军节度使同中书门下平章事赠太师中书令程公神道碑铭》,墓主是同一个人——仁宗朝宰相程琳(988－1056),谥"文简"。南宋邵博《邵氏闻见后录》记载:

> 某公在章献明肃后垂箔日,密进《唐武氏七庙图》。后怒,抵之地曰:"我不作负祖宗事。"仁皇帝解之曰:"某欲但为忠耳。"后既上宾,仁皇帝每曰:"某心行不佳。"后竟除平章事。盖仁皇帝盛德大度,不念旧恶故也。自某公死,某公为作碑志,极其称赞,天下无复知其事者矣。某公受润笔帛五千端云。

这里前面"某公"即程琳,后面"作碑志"的"某公"就是欧阳修,所作就是上面提到的《墓志铭》和《神道碑》,并说到写墓志铭得到五千端帛的报酬。上引文中提到的"章献明肃后"刘氏(968－1033),是宋真宗皇后,以多智谋著称。真宗去世,仁宗赵祯即位(1023),年十四,她垂帘听政,临朝十一年,军国大事权取处分。文中说程琳在章献皇后当政的时候曾"密进《唐武氏七庙图》"。《礼记·王制》:"天子七庙,三昭三穆,与太祖之庙而七。"程琳的这个举动实是暗讽章献皇后依唐武则天故事立七庙，大有劝进她称帝的嫌疑，但被拒绝了。这不只表明程琳人品卑下，按实说，乃是妄图动摇帝祚的严重罪行。关于这件事，更早的记载出自苏辙。在他的《龙川别志》里写道：

> 章献垂箔，有方仲弓者，上书乞依武氏故事立刘氏庙。章献览其疏，曰："吾不作此负祖宗事。"裂而掷之于地。仁宗在侧，曰："此亦出于忠孝，宜有以旌之。"乃以为开封司录。及章献崩，黜为汀州司马。程琳亦尝有此请，而人莫知之也。仁宗一日在迩英谓讲官曰："程琳心行不忠，在章献朝尝请立刘氏庙，且献《七庙图》。"时王洙侍读闻之。仁宗性宽厚，琳竟至宰相，盖无宿怒也。

这里所述具体情节和邵博的记载有所不同，但对具体人是点了名的。《龙川别志》作于哲宗元符二年（1099），距离章献后临朝已经过了七十年。苏辙转述王洙亲闻，应当是可信的。有关这件事，包括史实真伪，后来另有不少记载和评论。涉及欧阳修的，如费衮《梁溪漫志》有"程文简碑志"条：

> 予按颍滨（苏辙）《龙川略志》载进《七庙图》，乃程文简也。夫善恶之实，公议不能掩，所谓史官不记，天下亦皆记之矣。然程公墓志、神道碑，皆欧阳公所为。凡碑、志等文，或被旨而作，或因其子孙之请，扬善掩恶，理亦宜然。至于是是非非，则天下自有公论。欧阳公一世正人，而谓受润笔帛五千端，人不信也。

这里肯定程琳进《七庙图》是事实，只是替欧阳修拿了程家五千端帛润笔做辩护。无论如何，欧阳修碑志俱在，收录在文集里，其中又确实对程琳这一严重"过错"只字未提。不过从欧阳修个人角度说，他写的是作为仁宗朝宰相的程琳的墓志，进《七庙图》已是往事，时过境迁，无论对于朝廷还是故人，都已不宜提起。马虎过去，也算是"为贤者讳"吧。

上面三篇文章,写作背景不同,欧阳修都不得不"为亲者讳"、"为贤者讳",不能不对墓主不光彩的行事掩饰和隐讳。这就有违写作真实性的大忌了,也是违背他所尊奉的"文以明道"的大原则的。

空话和套话

程琳比欧阳修年长十六岁。他自景祐四年(1037)始,守大名府(今河北邯郸市大名县)十年。庆历四年(1044),欧阳修以龙图阁直学士为河北都转运按察使,驻节大名。这样,二人就有一段"交欢相好"(王铚《默记》下)的同僚之谊。这大概也是他给程琳写墓志笔下留情的原因。欧阳修还给程琳父亲程元白写了一通神道碑——《袁州宜春县令赠太师中书令兼尚书令冀国公程公神道碑铭》。邵博在《邵氏闻见后录》里曾指出:

> 程文简公父元白,官止县令,以文简贵,赠太师,类无可书。欧阳公追作神道碑,至九百余言,世以为难。韩忠献公(韩琦,1008—1075)曾祖惟古无官,以忠献贵,赠太保,益无可书。李邦直追作神道碑至三百余言,其文无一剩语,世尤以为难也。

欧阳修这通神道碑作于宋仁宗即位的第十六年即景祐五年(1038)。程元白卒于宋太宗淳化三年(992),程琳当年五岁。程琳很会做官,仁宗即位,职位一路升迁。天圣八年(1030)做到吏部侍郎。天圣十年,他的父亲程元白被正式埋葬在郑州管城县马亭乡田村,已是死后近四十年。大概当年无力营葬,直到程琳做了高官,才正式依礼掩葬。又过了五年的景祐四年(1037),程琳官拜参知政事,即当了宰相,朝廷依例给程元白封赠谥号,家属立碑祭悼,遂请欧阳修作碑。在这一年前的景祐三年,欧阳修因为范仲淹事被贬夷陵令;四年,移知光化军乾德县(今湖北老河口市)。这次晋升或许得到程琳的关照,起码是他同意了的。做宰相的程琳请做知县的欧阳修给亡父写神道碑,不能不答应,也不能不认真去作。但是墓主"官止县令","类无可书",要冠冕堂皇地敷衍成篇,而且要大加称颂,确实是"世以为难"的事。

写出来的文章千余字(不是邵博说的"九百余字")。从结构看,作者显然颇费一番周章。全文分三段。第一段从"上即位之十有六年"写起,说这一年朝廷为表彰"今镇安军节度使、检校太师、同中书门下平章事程公,自三司使、吏部侍郎为参知政事,乃诏有司宠其祖考",以下依次列出他的父亲程元白随着程琳官职晋升被追封的称号,直到这次,程琳"徙镇镇安,又追封冀国公"。这也是程元白最后的谥号。接下来转到写程元白,说"惟冀国公讳某,字某。少举明经,仕不得志。退居于家,畜德不施,贻其后世。而相国太师实为之子",又说他生了程琳这样一个官高禄厚的儿子,自己虽然只作到区区县令,"盖夫享于身者,有时而止;施于后者,其耀无穷。表于其乡,以劝为善。可谓仁人之利博矣"。这一段实际是颂扬活着的程琳。

第二段拓开一步,写程氏一族世系,远溯到夏、商、周;说到唐代,氏族分为七,程元白出自中山程氏;这一系到宋代再显,文章又归结到"今相国太师出入将相,为时名臣,子孙蕃昌,世族昭著。推其所自来者远矣"。这还是在歌颂程琳。

最后第三段,才写到墓主程元白:

> 初,公与其仲父象明同举《春秋》,皆中第。是时,从祖以给事中知开封府,召公及象明谓曰:"吾新被宠天子,待罪于此,不欲子弟并登科。"使其自择去就。公因让其从父,自引

　　去,从祖颇贤之。其后累举不中,从祖谓曰:"由我困汝。"退而
　　使人察公,无悔色,由是大嗟异之,以为不可及。太平兴国五
　　年(980),遂以明经中第,为虔州赣县尉、蔡州上蔡主簿、袁州
　　宜春令,所至皆有惠爱。公事母至孝,与其兄弟怡怡,为乡里
　　所称。而仕宦不求名誉,为赣县尉七年不代。既罢宜春,遂不
　　复仕,退居于蔡州。淳化三年(992)七月某日,以疾卒于家,享
　　年四十有九……

　　以下记其卒葬、后嗣,缀以铭文。这一段写他年轻时"举《春秋》"中
第,没有做官,是因为自己谦退;后来明经及第,担任县令等小官,
简单地称赞他"皆有惠爱";最后写做赣县尉七年,在宜春任上罢官
隐居了。这是"类无可书"而不得不拼凑的一段话。

　　写碑志一类文章,一般要依据家属或友人提供的记述死者生
平事迹的"行状"。程元白一生只做到小小县令,程琳五岁时他就
死了,可以设想程琳能够提供的行状内容一定十分单薄,死者生前
实际也没有什么值得夸耀的事迹。结果欧阳修动笔,只好架空斡
旋。先写随着儿子官职晋升,死者一次次得到封赠;再写世系、家
族由于程琳得以荣显;最后写到死者本人,本无功业可述,只好表
扬他"仕宦不求名誉"、"遂不复仕"云云。这也是古来颂扬官小位
卑的人的虚饰套话。就写作技巧看,把"世以为难"的文字敷衍成
篇已经不易。文章巧妙地借助纪念死人来颂扬活人,也可见作者
用心之良苦。而就文章内容看,全篇架空虚说,基本是空话和套
话,则没有多大意义了

　　实则古代大量碑志类文章,多数是由空话、套话组成的。不少
人替高官大僚写这类文字,往往极尽阿谀谄媚的能事,攀附权势,
希求荣宠。即使如欧阳修这样识远才长、文高行洁的人,碍于形
势、需求、情面等等,往往也不得不无可奈何地违心写这类并无多
少价值的文章。

公论不易

　　碑志这类文章,对碑主的看法往往观点不同、角度不同,公论不易。这也颇增添下笔的困难。可以拿欧阳修的另两篇名作《资政殿学士户部侍郎文正范公(仲淹)神道碑铭》和《尹师鲁(洙)墓志铭》做例子。

　　从前面的记述可以知道,欧阳修与范仲淹、尹洙的关系都殊非泛泛。范仲淹比欧阳修年长十二岁,二人交往的开始在宋仁宗明道二年(1033),朝廷从地方(陈州,今河南淮阳县)征召范仲淹入朝担任右司谏。当年欧阳修二十七岁,任西京留守推官,给素未谋面的范仲淹写了一封信,即著名的《上范司谏书》,激励范坚持道义,担负起谏诤的重任。后来范仲淹和吕夷简闹矛盾,被贬官,欧阳修论救,前面也已说过。再以后范仲淹主持"庆历(1041－1048)新政",也得到欧阳修的支持。"庆历新政"夭折,范仲淹被外放,欧阳修写《论杜衍范仲淹等罢政事状》(庆历五年,1045),为改革派辩护。范故去,写其神道碑,欧阳修自然是不二人选。尹师鲁名洙,文才政能著称一时,但一生不得志。前面说到,景祐三年范仲淹以言事得罪,他和欧阳修、余靖曾上书辩解,自称同党,愿与俱贬,结果贬监郢州(今湖北钟祥市)商税。欧阳家与尹家又是世交,欧阳修和尹师鲁兄弟交好,曾给尹师鲁的父亲写墓志〔《尚书虞部员外郎尹公(仲宣)墓志铭》〕。尹师鲁壮年夭折,欧阳修写了《尹师鲁墓志铭》。写这两位故人的碑志,无论是出于公谊还是私交,欧阳修必然是十分用心的。而且两位又是政见相同的改革派同道。欧阳修写墓志褒扬友人,也可借以表达他自己的态度、政见。但是这两篇碑志文的力作,却都让家属不满。特别是《范公神道碑铭》,更成为有关范仲淹和吕夷简政争的公案,后来包括朱熹在内的许多人都曾参与争论。

关于这篇神道碑,《邵氏闻见后录》记载:

> 范文正公尹天府,坐论吕申公降饶州。欧阳公为馆职,以书责谏官不言,亦贬夷陵。未几,申公亦罢。后欧阳公作《文正神道碑》云:"吕公复相,公亦再起被用,于是二公欢然相约,共力国事,天下之人皆以此多之。"文正之子尧夫以为不然,从欧阳公辩。不可,则自削去"欢然""共力"等语。欧阳公殊不乐,为苏明允(苏洵)云:"范公碑,为其子弟擅于石本改动文字,令人恨之。"文正墓志,则富公之文也……

景祐二年(1035),吕夷简封申国公;康定元年(1040),改封许国公。和他同时担任仁宗朝宰相的韩琦曾说他"以进贤自任,恩归于己,时士皆出其笼络,独欧、范、尹旋收旋失之,终不受其笼络。"(强至《韩忠献公遗事》)。欧阳修的神道碑记载他和范仲淹相冲突致后者贬饶州事,说"至交论上前,公求对,辩语切,坐落职,知饶州。明年(景祐五年),吕公亦罢"。让家属不满的是叙述两人晚年修好一段,写范被命驻守庆州(今甘肃庆阳市),抵御西夏有功,说"自公坐吕公贬,群士大夫各持二公曲直,吕公患之,凡直公者,皆指为党,或坐窜逐。及吕公复相,公亦再起被用,于是二公欢然相约勠力平贼,天下之士皆以此多二公,然朋党之论遂起而不能止。上既贤公可大用,故卒置群议而用之"。范仲淹儿子范尧夫(纯仁,1027－1101)不能原谅当年吕夷简陷害父亲,在墓碑刻石时抹掉了"欢然"、"共力"字样,这让欧阳修心里很不痛快。上引文里所说的"富公之文"指富弼作的《范文正公仲淹墓志铭》,其中记载吕、范相争事,说吕不满范屡屡指斥朝政之失,"嗾其党短公于上前,公亦连诋宰相不道……以忠义获谴",后面则没有记载吕、范晚年和好交欢事,倒是发出了"呜呼,道之难行也,而至是乎! 憸人苟欲申己志而不志乎邦家,此先民所以甘藜藿而蹈江海也"的感慨。这里的"憪人"不能不让人想起吕夷简。后来富弼故去,范尧夫给他写行状。这是后话。

吕夷简庆历三年致世,居于郑,次年去世。关于他和范仲淹修好,苏辙《龙川别志》卷上记载:

> 范文正公笃于忠亮,虽喜功名,而不为朋党。早岁排吕许公,勇于立事,其徒因之,矫厉过直,公亦不喜也。自越州还朝,出镇西事,恐许公不为之地,无以成功,乃为书自咎,解仇而去。其后以参知政事安抚陕西。许公既老居郑,相遇于途。文正身历中书,知事之难,惟有过悔之语。于是许公欣然相与语终日。许公问何为亟去朝廷,文正言欲经制西事耳。许公曰:"经制西事,莫如在朝廷之便。"文正为之愕然。故欧阳公为《文正神道碑》,言二公晚年欢然相得,由此故也。

司马光《涑水记闻》上也有记载:

> 范文正公于景祐三年言吕相之短,坐落职,知饶州,徙越州。康定元年,复天章阁待制、知永兴军,寻改陕西都转运使。会许公自大名复入相,言于仁宗曰:"范仲淹贤者,朝廷将用之,岂可但除旧职邪?"遂除龙图阁直学士、陕西经略安抚副使。上以许公为长者,天下皆以许公为不念旧恶。文正面谢曰:"向以公事忤犯相公,不意相公乃尔奖拔。"许公曰:"夷简岂敢复以旧事为念邪?"

吕夷简晚年与范仲淹释嫌交好看来是事实。值得注意的是,范尧夫在"王安石变法"时属旧党,和司马光政见相同,但在这件事上司马光的记述显然给欧阳修提供了佐证。后来朱熹曾表示对相关争执的看法:

> 吕申公斥逐范文正诸人,至晚年复收用之,范公亦竭尽底

蕴而为之用,这见文正高处。忠宣辨欧公铭志事,这便是不及
范公。(《语录》卷一二九)

这是说,吕、范终于交好,正体现两人光明磊落的风格。这应是符
合欧阳修作文的本意的。从历史记载看,吕夷简为相确有刚愎自
用、见解主观的缺点,周必大说他"心术精微"(见朱熹《与周益
公》),但他终非奸狡邪恶之辈。欧阳修写范的神道碑时(1052),吕
夷简已故去八年(1044)。这中间的庆历七年(1047),欧阳修转守
颍州(今安徽阜阳市颍州区),吕夷简的儿子吕公著(1018—1089)
任州通判,和欧阳修结为讲学之友。欧阳修应当从他那里了解晚
年的吕夷简和范仲淹的真实关系。他写两个人终于合力尽心国
事,也是表达他一贯的反对朋党相争的政见。可是这样的用心却
不为范尧夫所谅解。

尹师鲁和欧阳修两个人从年轻时就结为知交。前面提到,当
年范仲淹受吕夷简迫害,他们曾一起向朝廷抗议,并同时被贬落
职。《尹师鲁墓志铭》当然也是欧阳修的精心结撰之作。茅坤选入
《唐宋八大家文钞》,题目下评论说"欧公得意友,亦欧公最着意之
文"。而这篇文章同样让家属不满。欧阳修专门写了《论尹师鲁墓
志》一文,解释他结撰措辞的用心:

《志》言"天下之人,识与不识,皆知师鲁文学、议论、材
能",则文学之长,议论之高,材能之美,不言可知。又恐太略,
故条析其事,再述于后。

述其文,则曰"简而有法"。此一句在孔子六经,惟《春秋》
可当之,其他经非孔子自作文章,故虽有法而不简也。修于师
鲁之文不薄矣,而世之无识者,不考文之轻重,但责言之多少,
云师鲁文章不合只着一句道了。

既述其文,则又述其学曰"通知古今"。此语若必求其可
当者,惟孔、孟也。

既述其学，则又述其论议，云"是是非非，务尽其道理，不苟止而妄随"。亦非孟子不可当此语。

既述其论议，则又述其材能，备言师鲁历贬，自兵兴便在陕西，尤深知西事，未及施为而元昊臣，师鲁得罪。使天下之人尽知师鲁材能。

此三者，皆君子之极美，然在师鲁犹为末事。其大节乃笃于仁义，穷达祸福，不愧古人。其事不可遍举，故举其要者一两事以取信。如上书论范公而自请同贬，临死而语不及私，则平生忠义可知也，其临穷达祸福不愧古人又可知也。

既已具言其文、其学、其论议、其材能、其忠义，遂又言其为仇人挟情论告以贬死，又言其死后妻子困穷之状。欲使后世知有如此人，以如此事废死，至于妻子如此困穷，所以深痛死者，而切责当世君子致斯人之及此也……

从上述文字，可见欧阳修的墓志对尹师鲁评价之高，称颂已不遗余力。可是尽管如此，却仍得不到家属的认可。附带说一句，这篇文章在文学史上又被看作是欧阳修的主要文论之一。欧阳修另有文章发抒感慨说：

……修文字简略，止记大节，期于久远，恐难满孝子意。但自报知己，尽心于纪录则可耳，更乞裁择。范公家神刻，为其子擅自增损，不免更作文字发明，欲后世以家集为信，续得录呈。尹氏子卒，请韩太尉别为墓表。以此见朋友、门生、故吏与孝子用心常异。修岂负知己者！范、尹二家，亦可为鉴……（《与杜䜣论祁公墓志书》）

结果是，尹师鲁家属又请韩琦（1008－1075）另作墓表，即收在《安阳集》里的《故崇信军节度副使检校尚书工部员外郎尹公墓表》。欧文不到八百字，韩文两千多字。韩文写得更详细，家属也更满意。如此留下纪念尹师鲁的两篇文字，涉及人物评价关系并不大；

而如范仲淹的碑志,则曾有欧阳修和范尧夫增损上石的两个文本,又有富弼的墓志铭,对吕、范关系记述不同,作为史料就会给后人增添困惑了。好在神道碑如今只存欧阳修一个文本。

附论:慎重使用碑志

前面举出的欧阳修的碑志作品,其中有他认真结撰的力作,其内容却并不完全可信。造成这种状况,受到作者生存的社会环境、人事关系,还有碑志这种"应用"文体要求扬善隐恶的体制和惯例的限制,结果即使如欧阳修那样正直强毅又自诩著重为文"明道"、写实的人,作这类文章,往往也会违心地故作掩饰,不说真话。曾巩曾有信写给欧阳修,其中说到墓志写作:

> 及世之衰,为人之子孙者一欲褒扬其亲,而不本乎理,故虽恶人皆务勒铭以夸后世。立言者既莫之拒而不为,又以其子孙之所请也,书其恶焉则人情之所不得,于是乎铭始不实。后之作铭者,当观其人。苟托之非人,则书之非公与是,则不足以行世而传后。故千百年来,公卿大夫至于里巷之士莫不有铭,而传者盖少,其故非他,托之非人,书之非公与是故也。然则孰为其人而能尽公与是欤? 非畜道德而能文章者无以为也。盖有道德者之于恶人则不受而铭之,于众人则能辨焉。(《寄欧阳舍人书》)

欧阳修可以当得起是"畜道德而能文章者"了。而上举各例实情如此。

《挥麈后录》又曾记载徐敦立(徐度,字敦立。宋南渡后,官至吏部侍郎。专意为学,娴于故实,著有《国纪》,已佚,今存《却扫编》)的看法:"史官记事所因者有四:一曰时政记,则宰执朝夕议政、君臣之间奏对之语也;二曰起居注,则左右史所记言动也;三曰日历,则因时政记、起居注润色而为之者也……四曰臣僚墓碑、行状,则其家之所上也……臣僚行状,于士大夫行事为详,而人多以其出于门生子弟之类,以为虚辞溢美,不足取信。虽然,其所泛称德行功业不以为信可也,所载事迹以同时之人考之,自不可诬,亦何可尽废云"。这里提出四类史料,是受到当时局限,治史一般使用的。他指出行状和碑志一类文字出于门生子弟之手,必然会"虚词溢美,不足取信";他要求利用这类材料所记"德行功业"时要做考辨分析;他又肯定其中"所载事迹以同时之人考之,自不可诬",如文章所述名字、爵里、世系、历官、家族、年寿等等内容,一般应当是可信的。

欧阳修志杨次公墓曾自诩说:"其子不以铭属他人而以属修者,以修言为可信也。然则铭之其可不信。"(《翰林侍读学士右谏议大夫杨公墓志铭》)。他给薛宗道作墓表也曾明确指出:"后世立言者自疑于不信,又惟恐不为世之信也。今之为碑版者,其有能信者乎?而不信先自其子孙始;子孙之不信,先自其官爵、赠谥始。"(《内殿崇班薛君墓表》)可是就《泷冈阡表》看,其中本应当可靠的有关家族情况的记载也被有意隐没了。

碑志作为重要史料的价值是毫无疑问的。近世不断有碑志出土,给相关研究提供了新材料,也解决了历史上许多疑难问题。但是使用这类资料,必须多做考辨、分析功夫。特别是单凭一通碑志做孤证,更要小心。必须尽可能广取其他史料,对碑志记述做证实和证伪的工作。这其中应注意的还有相关联一点是,汉代以后碑志写作兴盛,历朝公私修史,纪传材料多取自碑志,史书里的某些人物传纪甚至是照碑志抄出的。所以使用史书也要考虑到上述情况,作所谓"史源学"的考察。唐顺之(1507—1560)在《按察司照磨吴君墓表》一文里反省说:

后世史与铭皆非古矣，而铭之滥且诬也尤甚。汉蔡中郎以一代史才自负，至其所为碑文，则自以为多愧辞。岂中郎知严于史而不知严于铭耶？然则铭之不足据以轻重也，在汉而已然，今又何怪？余两为史官（嘉靖年间，唐顺之两度担任翰林院编修，参校累朝《实录》，皆因故罢职），而姻戚闾里以其尝职史，故往往以铭辞见属。呜呼！试点检前后所为铭，其如中郎之愧辞者有之乎无也？余进而位于朝，不能信予夺于其史，退而处于乡，不能信予夺于其铭，是余罪也。

比较欧阳修的自信而事实上不能兑现，唐顺之倒是说出了实情。

说"联语"

朱自清说"门联"

抗战时期的 1938 年,朱自清随西南联大西迁昆明,当地校舍不敷,文法学院暂居云南蒙自。他遂在蒙自住了五个月,写文章记录逛街印象,有这样一段:

> 城里最可注意的是人家的门对儿。这里许多门对儿都切合着人家的姓。别地方固然也有这么办的,但没有这里的多。散步的时候边看边猜,倒很有意思。但是最多的是抗战的门对儿。昆明也有,不过按比例说,怕不及蒙自的多;多了,就造成一种氛围气,教在街上走的人不忘记这个时代的这个国家。这似乎也算利用旧形式宣传抗日建国,是值得鼓励的。眼下旧历年就到了,这种抗战春联,大可提倡一下。(《蒙自杂记》,《朱自清全集》第 4 卷)

这里说的"门对儿",就是一般人家的院门、堂屋以至住房门两旁贴的对联,一般称"门联"。过春节贴的,称"春联",以示喜庆。这是遍及中国各地(也普及到东亚所谓"汉字文化圈")的习俗,并成为一种独特的写作样式。朱自清说当时蒙自街头多贴抗战内容的对联，表明当地民众的抗战热情。他没有举例子，但可以设想，应当是打倒倭寇、收复失地之类的内容（例如抗战时期有一副名联："忍令上国衣冠，沦于夷狄；相率中原父老，还我河山。"气盛言宜，表达了民众心声）。他还看到"切合着人家的姓"的对联，并从其字面猜想门上贴这种对联人家姓什么。他说这种现象全国各地所在多有，云南蒙自特别流行。实则不只云南，也不只蒙自，往往边陲地区人家多贴这类门联，下面还将说到。这类门联朱自清的文章里同样没有举例子，以下试举两联，以见一斑。一个是赵姓的门联：

> 古为帝王华胄，
> 今有琴鹤世家。

上句说这一家乃帝王后裔。如果仅此一句，很难揣摩是哪一姓：汉皇室姓刘，晋皇室姓司马，唐王朝姓李，等等。但有了下联，用的是宋代赵抃典故。赵抃（1003－1084），北宋人，官居殿中侍御史，但清贫如水，据说家里只有一琴一鹤。"琴鹤世家"指赵抃一族。所以这里住的人家姓赵。回应到上一句"帝王"，指的则是宋代赵姓皇帝。这一联标榜自家出身帝系，又世代官宦，廉洁奉公。至于这一家是否真的族出宋代皇室的"赵"姓，很难说，或许只是攀附，若真如此，就显得有点"低级趣味"了。但这是旧时代的事，也是出于人情之常。

另有一联是用在客家人祠堂的，这种又称"堂联"。旧时宗族祠堂有堂号，这一联用在刘姓的"彭城堂"——刘姓郡望是彭城：

> 藜阁家声远，
> 彭城世泽长。

上一句用晋王嘉《拾遗记》典故：据说汉代的刘向校书天禄阁，夜默诵，有老父挂着藜杖进来，口吹杖端，烛燃火明，出《洪范五行》之文、天文舆图之牒授与刘向，刘向请问他姓名，答称是"太乙之精"。

这一联上句的"藜阁"用的就是这个典故;古诗文里用"藜火"比况夜读或勤奋学习。下句的"彭城",如上所指是刘姓郡望。也因此,许多客家刘氏宗族的祠堂称"彭城堂",以表明自家为彭城刘氏后裔。客家人本是汉族一支,是唐、宋以来历代中原居民南迁形成的。这样的堂号和堂联标明其先世族出,表达乡土情怀。前面说边疆地区民众家门多贴这种表示族出、故里的联语,有如今所谓"寻根"的意义。它们代代流传,体现怀恋故土的民族感情。

门联是"联语"、"对联"广为流行的一类。联语多种多样,用途极广:书写、摹刻在亭台楼阁、寺观殿堂楹柱上的,称"楹联";用在不同场合的,有贺联、喜联、寿联、挽联,等等。这是一种面向公众的文字,体现丰厚多样的文化内涵,其教化、宣传意义是十分重大的。不过就"门联"一项说,现在城乡多改住公寓楼,已不适合贴对联;又现代人大多缺少写"对子"的素养,也缺少书写、欣赏对联的兴致,贴门联的习俗就渐渐衰落了。这是很可惜但又无可奈何的事。

关于联语的起源,一般说法据宋张商英《楚梼杌》,出于五代后蜀孟昶于蜀亡前一年(965)除夕,自题桃符版于寝门:"新年纳余庆,佳节号长春。"又清代阮葵生《茶馀客话》上说:"洪武(1368—1398)时,赐学士陶安堂联:'国朝谋略无双士,翰苑文章第一家。'……按堂联起于宋而盛于明,盖由座右铭而为春帖,由春帖而有堂联。"这是说联语起源于座右铭。实则如以前讨论对偶时所说,词语成双作对是单音节的汉语自然形成的表达手段。魏晋以来盛行骈体文,其中许多对句就可看作是浑成的联语。就是在古代散体文字中也相当普遍地使用排比,其中也有许多如对联的精彩对句。按张商英说法,五代孟昶写了第一副门联,逐渐流行,成为风俗,作为独立"文体"兴盛起来。这应当是符合实情的。兴起贴门联风气,应与古代民居建筑模式的变革有关。唐代以前,城、乡建筑是里坊、村落制。《旧唐书·食货志上》上说:"在邑居者为坊,在田野者为村。"里坊是封闭居民点,有曲巷沟通,如白行简《李娃传》所写,郑生见到李娃,是他有一天访友,从东门进平康里,至鸣珂曲,见一宅,有一个小门,就是李娃住处。至五代以后,城市发达,商铺居室临街构筑,就像《清明上河图》所描绘的。这种临街门户才有书写、摹刻门联的需要。所以张商英的说法是可信的。这种表达方式逐渐扩展到殿堂楹柱、居室内部,进而用于社会交际的婚丧嫁娶,以至文人雅士的赠答往还,由书写而口传,作为一种简洁而又富于情趣的"文体"就流行开来了,而且成为一种雅俗共赏、广泛普及的文字艺术。

联对非小道

清代王士禛说过:"联对虽小道,亦足见人才思。"(《香祖笔记》卷十二)。这里所谓"联对",就是联语、对联。这上一句不妨换个字:"联语非小道。"前一节讲的,抗战的对联、姓氏的对联,关乎国事、族事,确实非"小道"。再举两个例子。旧时院落大门上常见一副对子:"忠孝传家久,诗书继世长。"两句十个字,上句讲伦理,下句讲读书,这表达的是院落居民的文化传统,有自诩,有自励,也是标榜。今天看,表现的观念可谓陈旧,但不能不承认其内涵丰富,写得也相当精彩,所以传播既广泛又久远。最近看一个讲演视频,主讲者谈自己的人生体验,随口诵出一联:"眼前两碗米饭,心中一翼飞鸿。"这就道出了一种人生观、人生境界。其内涵的精神是高情远致,还是随遇而安?可以随听者理解,但这一联写得确实很有趣味,雅俗共赏,意境鲜明,而且完全"合律"。这两联,一个讲文化传统,一个讲人生观,当然也不可视为"小道"。

同样"非小道"的还在写作艺术的高水准。联语虽小,作得好不容易,写出好的作品非有丰厚学识和相当文字素养不可。历来有些大学者、大文学家专心结撰出众口传诵的名联。

下面简单介绍联语写作的格式,再举两个有趣的例子。

清代同治(1862—1874)、光绪(1875—1908)年间有一位著名昆腔丑角杨鸣玉,在甲午(1904)之前去世,接着就是中日战争,中国战败,李鸿章以直隶总督兼北洋通商大臣、文华殿大学士身份,作为全权大使,到日本签订了丧权辱国、割地赔款的"马关条约"。世间集矢他丧权辱国,流传一副联语,作者佚名,谓:

> 杨三已死无昆丑,
> 李二先生是汉奸。

这副联语,锋芒毕露,讽刺李鸿章卖国,意思十分显豁、尖锐(至于李鸿章是否卖国贼,史学家多有不同看法,此不具论)。他看起来表达浅俗,但格律精严,上下联对得天衣无缝:"杨三"、"李二"指代两个人,而"杨""李"同为果木名,这又是所谓"借对";"三"、"二"两个数字,是他们的排行;"已死"对"先生",也是"借对";"无"和"是",一个肯定,一个否定;"昆丑"对"汉奸","昆"又是种族名,晋常璩《华阳国志·南中志》云"夷人大种曰昆,小种曰叟",用来对"汉族"的"汉";"丑"和"奸"又都是形容词。这一联声韵也完全合律:平(杨:阳,平;前者是韵部,后者是声调,下同)平(三:谈,平)仄(已:止,上)仄(死:旨,上)平(无:虞,平)平(昆:魂,平)仄(丑:质,入),仄(李:止,上)仄(二:质,入)平(先:先,平)平(生:庚,平)仄(是:纸,上)仄(汉:翰,去)平(奸:删,平)。明代李开先在《中麓拙对序》里说:"属对在文事中为末技,然童而习之,至白首有不能得其肯綮者。"对得如此整齐是很难的。

这是一副讥刺时事的对联,让人联想起同是讽刺李鸿章的另一联:

> 宰相合肥天下瘦,

司农常熟世间荒。

上句说李鸿章,他是合肥人,他位居文华殿大学士,正一品,统辖百官,在清朝是宰辅中的首席,相当于历朝中的"宰相";下联说翁同龢,是常熟人,"大司农"本是汉代九卿之一,是主管财政经济的大臣,在清朝相当他所担任的户部尚书。这一联对得巧妙而幽默:"宰相"、"司农",两个官职名;"合肥"、"常熟"本是地名,旧时避讳,对人尊称取其籍贯或郡望,用来指代李鸿章、翁同龢两个人;而"合肥"、"常熟"又取其字面意思,前者意思是理应丰肥,后者是长年丰收。这一联是讥刺李、翁二人执掌朝政,闹得国家贫瘠,灾荒遍地,民不聊生。

从上面举出的例子,可以知道写作联语的一般法则:

一,联语是字数相同的对句:字数不拘,短的一般是五言、七言(也有四言、六言的),长的字数不限。有的写得很长,如清乾隆年间名士孙髯翁所作昆明大观楼长联:

五百里滇池奔来眼底,披襟岸帻,喜茫茫空阔无边。看东骧神骏,西翥灵仪,北走蜿蜒,南翔缟素。高人韵士,何妨选胜登临,趁蟹屿螺洲,梳裹就风鬟雾鬓,更苹天苇地,点缀些翠羽丹霞。莫辜负四围香稻,万顷晴沙,九夏芙蓉,三春杨柳;

数千年往事注到心头,把酒凌虚,叹滚滚英雄谁在?想汉习楼船,唐标铁柱,宋挥玉斧,元跨革囊。伟烈丰功,费尽移山心力,尽珠帘画栋,卷不及暮雨朝云,便断碣残碑,都付与苍烟落照。只赢得几杵疏钟,半江渔火,两行秋雁,一枕清霜。

这一联一百八十字,当年被誉为"海内第一长联"、"古今第一长联"。上联描摹滇池形胜,下联抒写登楼心情,实际已经是一篇独特的骈体文了。后来不断有人制作长联,而且越作越长,但多数不见优胜之处。有些只是堆砌文字,以字数多争胜,有点像如今的吉尼斯纪录,比赛谁能烘烤更重的蛋糕,没有意义。

二，联语不论长短，要讲究节奏，读起来朗朗上口；

三，上下联做成的对子，不单单是字数成对，而且每个用字、每个短语的词性、结构也要成对；

四，讲究声韵，上、下句对偶处平仄要搭配，上句仄声收，下句平声收。这大体和律诗音律一样。鲁迅早年小说里有一段村夫子教小童"属对"的描写：

> 彼辈纳晚凉时，秃先生正教予属对，题曰："红花。"予对曰："青桐。"则挥曰："平仄弗调。"令退。时予已九龄，不识平仄为何物，而秃先生亦不言，则姑退，思久弗属……久之久之，始发摇曳声曰："来。"便书绿草二字曰："红平声，花平声，绿入声，草上声。去矣。"予弗遑听，跃而出……（《集外集拾遗》）

以"红花"对"青桐"，字面是对了，但声韵不对：平声字必须对仄声字。要注意，古时候讲声韵，严格说写作旧体诗词也一样，要根据《广韵》《集韵》等古韵书用韵。读书人通用的韵书是宋末平水人刘渊编的"平水韵"。古声韵与现代普通话声韵的重大差别在有无入声字。普通话里，古代的入声字分别混入其他声部了。古时童子读书识字，同时教以字的声韵。这即是"小学"——文字声韵之学。而现在，即使是大学生，对于声韵知识也多茫然了。现代有些人写诗词，仍会拘守古韵书，昆剧的"度曲"等特殊情况也要讲究古声韵，但一般写诗词、作韵文都是按普通话四声来划分平仄了。

五，和写诗一样，联语常用事典。精确的用法，应当是上、下句相对应处用同一类典故，如都是用汉代人典故，都用《史记》里的典故，等等。例如谭嗣同（1865－1898）自题一联：

> 一朝马革裹尸日，
> 绝胜牛衣对泣时。

上句用《后汉书·马援传》："男儿要当死于边野，以马革裹尸还葬耳，何能卧床上在儿女子手中邪？"下句用《汉书·王章传》，说王章在出仕之前家里很穷，没有被子盖，生大病也只得卧在牛衣中，他自料必死，哭着和妻子诀别，妻子怒斥他，说京师那些尊贵的人谁能比得上你呢，"今疾病困厄，不自激卬，乃反涕泣，何鄙也"。谭嗣同上、下句同用汉代人物典故，出处又都是《汉书》的列传。

六，讲究辞藻。这本是所有写作的基本要求。而联语则应当特别讲究，或典雅，或华艳，或忱挚，或朗畅，等等，还要注意明白顺畅，耐人欣赏，不能佶屈聱牙，艰深晦涩。下面是清人余集的悼亡联：

> 济艰辛，尝险阻，贫家妇信难为，痛今朝镜破钗分，欲图梦影重圆，除异世再同青玉案；

> 习荆布，厌绮罗，半生俭应可法，奈尘海飙驰电掣，赢得褶痕如旧，到秋宵怕检缕金箱。

余集（1738－1823）字蓉裳，号秋室，浙江仁和（今浙江杭州市）人。乾隆三十一年（1766）进士，候选知县；三十八年，与邵晋涵、周永年、戴震、杨昌霖同被荐修《四库全书》，授翰林院编修，有名于世，人称"五征君"；累迁至侍读学士；告归后，主大梁（今河南开封市）书院八载，日以文艺自娱。他生平醇正高介，尤好引掖后进，博学多艺，工诗古文词，尤善画人物，今存《梁园归棹录》、《忆漫庵剩稿》，收录诗词杂文。这副联语用得巧妙的是上下句结尾"青玉案"对"缕金箱"两个语典，辞面华美，意味深长。"青玉案"取自汉张衡《四愁诗》："美人赠我锦绣段，何以报之青玉案。"又有汉代梁鸿、孟光夫妻恩爱、"举案齐眉"的传说，联语里幻想"异世再同青玉案"，表达哀思的沉痛；"缕金箱"化用唐代《杜秋娘诗》，谓"劝君莫惜金缕衣，劝君惜取少年时。花开堪折直须折，莫待无花空折枝"。用在悼亡场合，表达青春不在、旧情难复的悲伤。而"青玉案"、"缕金箱"这种华艳字面，与联语前面的"济艰辛，尝险阻"，"习荆布，厌绮罗"相对应，痛切地抒写出对故人的珍惜忆念。这副联语缠绵悱恻，被誉为"才人之笔"。

这样看来，一副好的联语写出来相当不容易。当然，就规则说，不是所有联语都要点滴不差地严格做到上述各项。有许多格调高雅、表达精致的名联也不是合乎全部规范，但基本点是要遵循的。例如字数、音节要整齐；对于声韵，句中的平仄可以从宽，但一定要上句仄收、下句平收。

联语种类繁多，古今值得赏析的作品很多。篇幅有限，以下仅介绍意义较重大的几类。

联语作为箴铭

联语里最常见的是春联，还有节庆张贴的对联，如"五湖四海皆春色，万水千山尽朝辉"之类，表示喜庆、祝愿之意，给节日增添喜气。

古代士大夫重家教，官场有官箴，内容著之联语，有许多给人教益、让人警醒的精到之语——特别是对那些为官为吏的。这也体现中国传统社会体制的一个方面：在严格意义的等级社会里，居上位者必须受到一定的制度约束，主观教养则要有约束利欲、关注民隐的道德追求。从而也就写作、流行许多反映这方面内容的联语。其中有些写的相当精彩。那些出自名宦达人手笔的，不少或言不由衷，或虚应故事，但总表达一种观念，发挥一定的影响。

明代的杨士奇（1366—1444），居官华贵，在内阁为辅臣四十余年，其中为首辅（明代大臣入内阁称大学士，相当历朝的宰相，首席称"首辅"、"元辅"、"首揆"，以下按二辅、三辅、四辅……序列）二十一年，能诗文，多著述，曾先后担任《明太宗实录》、《明仁宗实录》、《明宣宗实录》总裁，为官也算一代能臣。但他的儿子杨稷横暴乡

里,有密友从家乡来,每对他述其恶状,他曾写一联加以警告:

> 不畏官司千状纸,
>
> 只怕乡民三寸刀。

这是官宦治家教子的联语,是从自身利害考虑的。作者清醒地意识到民心向背的重要。但杨稷不能悔改,后竟侵暴杀人,言官交章论劾,朝议念杨士奇年老,不即加法,封状示之;但杨稷仍怙恶不悛,复有人举报其横虐数十事,遂被逮捕刑讯,杨士奇老疾在告,忧不能起,屈辱而死,杨稷也被论罪处死。世论以为杨士奇的这一联语乃巨族子弟的药石。可叹一般高官巨宦大都管束不了自己的子弟。如今也不乏其例。

明朝的王恕(1416—1508)字宗贯,号石渠,是个理学家。理学家讲明天理,去人欲,亦颇有能够认真实行的。弘治年间,他担任吏部尚书,署门联曰:

> 仕于朝者,以馈遗及门为耻;
>
> 仕于外者,以苞苴入都为羞。

这是讲为官不行贿赂。“馈遗(wèi)”,本义是赠与,转义为贿赂,《南史·萧洽传》上说:“洽清身率职,馈遗一无所受,妻子不免饥寒。”这是讲他不接受贿赂。而王恕这一联的上句则进一步,说有人来行贿就是自己的耻辱。为什么? 因为有人敢来行贿,就是你官声不佳。“苞苴(jū)”,出《庄子·列御寇》:“小夫之知,不离苞苴竿牍。”古者馈人鱼肉之类,用茅苇之叶,或包之,或藉之,称“苞苴”。这一句里是说在外做官,不向京城送包裹。因为不管送给到哪里,送什么,都有行贿的嫌疑。这一联可以说是为官清廉、谨小慎微的防身之术。王恕作为理学家,史载他确能言而顾行,廉洁自守,珍重名誉,爱惜羽毛。

晚明的李贽(1527—1602)是著名进步思想家,一代“狂禅”学风的代表人物。万历五年(1577),他出任姚安(今云南姚安县)知府。他居官"一切持简易,任自然,务以德化","自治清苦,为政举大体"。在任职期间,他积极从事讲学活动,在府衙楹柱上写了两副对联,分别是:

> 从故乡而来,两地疮痍同满目;
> 当兵事之后,万家疾苦总关心。

> 听政有余闲,不妨甓运陶斋,花栽潘县;
> 做官无别物,只此一庭明水,两袖清风。

这样的联语确能抒写出作者关怀民瘼、清廉自守的品格。

清初的魏象枢(1617—1687),被誉为"清初直臣之冠",康熙朝任刑部尚书,整饬纪纲,严治贪渎,对于康熙一朝肃清吏治起了一定作用。他由都察院左佥都御史晋升刑部尚书的时候,题写一联,用以自警,曰:

> 欺人如欺天,毋自欺也;
> 负民即负国,何忍负之。

古代一般所谓"天意"和"国家",不过是统治阶级利益的代称。但能够用来约束自己的私利、私欲,有所畏惧,有所承担,还是难能可贵的。

据传有一县令题署外大门,文字简短:

> 爱民若子,
> 执法如山。

有人续之,曰:

> 爱民若子,牛羊父母,仓廪父母,供为子职而已矣;
> 执法如山,宝藏兴焉,货财置焉,是岂山之性也哉。

这则是指斥书写这个联语的县令言不顾行,实为贪渎残民的恶吏,对他加以无情的揭露和尖锐的讽刺。这样的联语体现一种社会批判功能，和前面举出的"杨三"等联一样。

有些联语抒怀述志，颇有含义正大、辞情恳切的。当然，对于那些高官大僚来说，写写、说说容易，做起来就很难了。不过能够写和说，有所系念，悬之门面，能够明示善恶，以为警戒，也不是坏事。明阚庄的《驹阴冗记》有"郑唐恢谑"条，记载郑唐尝为州长，书门联云：

> 架有春风笔，
> 门无暮夜金。

汉刘向《说苑·贵德》上说："吾不能以春风风人，吾不能以夏雨雨人，吾穷必矣。"后遂以"春风化雨"比喻善于教化民众，而不是倚势欺人。《后汉书·杨震传》上说，杨震道经昌邑，他所举荐的昌邑县令王密"至夜，怀金十斤以遗震。震曰：'故人知君，君不知故人，何也？'密曰：'暮夜无知者。'""暮夜金"指私行贿赂。这一联是说为官要清廉自守，光明正大。这是做个清官自警的箴铭。

鄂尔泰（1677－1745）是清雍正朝的能臣。雍正三年（1725），他出任广西巡抚；次年，调任云贵总督。历史上，他在云贵少数民族聚居地区推行"改土归流"，发展茶马贸易，对于开发西南边疆作出重要贡献。他有一联是题菜圃的：

> 此味易知，但须绿野亲身种；
> 对他有愧，只恐苍生菜色多。

这一联写得相当亲切：绿蔬知味，是亲身劳作的收获，一个官高位重的封疆大吏，有此体验，实属不易；而从吃的蔬菜联想到民有菜色，更是值得肯定的民胞物与情怀。

汪辉祖（1730－1807），字焕曾，号龙庄，是个卓有成就的史学家，著有《元史本证》、《二十四史同姓名录》、《学治臆说》、《佐治药言》等书。他宦途不利，只担任过知县（湖南宁远）、州牧（湖南道

州)等地方官,终因病休官回乡。他有自题一联:

> 官名父母须慈爱,
> 家有儿孙望久长。

两句联语把为官和治家二者联系起来,作为地方官,这也是蔼蔼仁人之言。

同样是清人的梁山舟(1723—1825),字元颖,号山舟,浙江钱塘(今杭州)人,是著名书法家。他出身华贵,是大学士梁诗正的儿子。但他一生性情耿介,淡泊名利,父亲去世以后,便过上了退隐生活。他自奉节俭,不宴客,不做佛事,不受馈赠。他有一副楹联:

> 能受苦方为志士,
> 肯吃亏不是痴人。

这是述志的联语,写出一种不慕利欲的高洁志向和宽容淡泊的品格。

别具一种风格的是明文学家、书画家徐渭(1521—1593)所作的联语。他别号很多,以"青藤居士"流传最广。他作《青藤书屋图》,题写述志一联:

> 两间东倒西歪屋,
> 一个南腔北调人。

徐渭是被杨慎所称赞的"明代三大才子"之一。他才华卓著,性格豪放,稀里糊涂被卷入严嵩党祸,曾三次自杀,几近癫狂,终于在精神失常状态下杀了继室张氏,下狱七年。被营救出狱后,浪迹南北,贫困潦倒,晚年回到故乡绍兴,故去时身边唯一狗相伴。他的一生是一位性情纯真的天才被专制政治碾压灭亡的悲剧。徐渭自作的这一联,上句实写他青藤书屋的住房,乃是他落拓潦倒生活的象征;下句"南腔北调",本义是各地戏曲的不同唱腔,意谓自己不工一物,一事无成,这一联表面是自嘲,实则是自负、自傲,是对现实有所认识的十分清醒的讽刺。

以上举出的古时官箴一类联语，都是官僚士大夫所作，或自警，或述志，或训谕。它们篇幅简短，大都写得相当精巧，语多生动、深切，也颇有欣赏价值。其中所表现的思想内容，颇具普世价值，直到今天仍有教育、警示的意义。

下面介绍两副今人的联语。一副是俞平伯的，实际不能算是他个人的创作。清人彭玉麟（1817－1890），字雪琴，号退省庵主人，是清末湘军首领，官至两江总督；他创建水师，是近代海军奠基人。他能诗，尤以画梅著称，有《彭刚直诗集》传世。彭玉麟和俞樾是儿女亲家，他的诗集就是俞樾编辑付梓的。他平生以"不爱官，不要钱，不要命""三不要"的清名著称于朝。他赠给俞樾一联曰：

> 开卷古今都在眼，
> 闭门晴雨不关心。

俞平伯改了几个字，自题以明志，曰：

> 开卷古今都在眼，
> 拥衾寒暖不关情。

俞平伯因为《红楼梦》研究受到批判，屈沉三十年。这一联的上句表现此老对学问的自负，下联则明显是发牢骚了。作家荒芜见了，认为下联失之消沉，又改了几个字：

> 掩卷古今都在眼，
> 开窗晴雨要关心。

荒芜与他的遭际不同，对世事的态度也就不同。这一联也算是当代文坛掌故，关系着一代学人的命运。

观念上可以和上一联相照应的，程千帆也曾自题一联，曰：

> 移山犹励愚公志，
> 伏枥难忘壮士心。

程千帆被打成右派,接受改造,也近二十年。才不得施,后来形势变化,得到南京大学聘用,准备赴任时写下这一联。上句用"愚公移山"典,下句用曹操"老骥伏枥"诗,表达积极用世的奋迅之志。俞平伯、程千帆这两联看起来技法平平,但表现了时代巨变中知识分子的真实心态。哲人已逝,作为文坛轶事,让人无限感慨。

纪念、哀挽的联语

再一类具有思想意义的是纪念性的联语,包括悼念故人的挽联。古人的这类文字,多有溢扬不实之辞。这好理解,因为这类联语多是应酬之作,不少还是代笔。但也确有不少摹写动人、评骘精当的好作品。它们的内容、价值和意义不下长篇的议论或哀挽文字。

成都杜甫草堂,古今人留下许多联语,颇多可观赏的。其中一联悬挂在草堂南大门楹柱上:

> 异代不同时,问如此江山,龙蜷虎卧几诗客;
> 先生亦流寓,有长留天地,月白风清一草堂。

这一联为清顾复初作。顾复初(1812—1894),自子远,号幼耕,在朝只做过光禄寺署正,光禄寺在清朝是六部中礼部里掌管司膳的官署,后来他长期游幕蜀中。他工文章,善诗词,有《乐静廉余斋文集》、《梅影庵词集》传世。他楹联写得好,除草堂这一联,在四川还有题望江楼、武侯祠联等为世称道。杜甫一生坎壈多难,而成就一代"诗史",业绩辉煌,赞扬他的文字很多。题写他蜗居的草堂,须切合其地,又要切合其人,写出他的人格、精神和成就,立意、用语很难出新。这副联语的上、下句分别融入了杜诗成句。杜甫《咏怀古迹》的第二首写宋玉,有"怅望千秋一洒泪,萧条异代不同时"的句子;"如此江山"指天府之国的蜀中、草堂所在;"龙蟠"句是说古今有多少优秀"诗客"被埋没在这里。这样上句就从宋玉写到杜甫,感伤杜甫追踪前贤、流落成都的悲剧命运。这是议论。接着下句承"异代""诗客",直接描写眼前杜甫草堂景象。杜甫有怀李白诗《送孔巢父谢病归游江东兼呈李白》,其中有"诗卷长留天地间"的赞誉,这里用来称颂杜甫的成就;"月白风清"是苏轼《后赤壁赋》成语,"月白风清,如此良夜何",移用来描绘草堂景色,暗写自己亲临凭吊之意。这样,这副联语的内容涵盖上下数千载,境界极其开阔;又放眼指顾间,景象极其亲切,把仰慕、赞赏、同情、感慨等无限情思包容在短短的篇幅中。

　　另一联也是有关成都的,是清末民初赵藩题武侯祠的联语。赵藩(1851—1927),字樾村,一字介庵,别号石禅老人,云南剑川县白族人。他是著名的边疆史地学者、诗人,也是书家。清末做过川南道观察使,参加过辛亥革命,担任过广州护法政府的交通部部长。1920年辞职回滇,任云南省图书馆馆长,总纂《云南丛书》,对近代云南文化发展多所贡献。他的武侯祠一联是任职蜀中时所作:

　　　　能攻心,则反侧自消,从古知兵非好战;
　　　　不审势,即宽严皆误,后来治蜀要深思。

这是赞颂祠堂祀主,写诸葛亮治蜀,而全篇在发议论,著炯戒。刘备死后,诸葛亮辅佐后主刘禅,平定南中(今云南、贵州及四川凉山州一带)边疆民族叛乱,对于安定蜀国起了一定作用。他使用怀柔手法对待叛乱的少数民族首领,有所谓"七擒七纵"的传说。这副联语的上句写这件事,说对付"反侧"的良方在"攻心",这也可说是"三国"争战中应采取的最好策略。下句强调施政要审时度势,寄寓对诸葛亮治蜀终归失败的惋惜之意。这副联语是一篇相当有见识的史论,值得为政者参考。

　　下面是纪念林则徐(1785－1850)的一联。笔者在以前的文字里一再提到虞愚先生。他工诗兼工书,多自作联语,自己书写,文墨皆工,令人赏叹。他是福建厦门人,厦门的古迹今构多留有他的联语。下面是题福州林则徐纪念馆的著名一联:

> 功业辉煌,苟利国家生死以;
> 神明浩荡,岂因祸福避趋之。

"苟利国家生死以"出自林则徐鸦片战争后贬戍新疆途中告别家人的诗《赴戍登程口占示家人》:

> 力微任重久神疲,再竭衰庸定不支。
> 苟利国家生死以,岂因祸福避趋之?
> 谪居正是君恩厚,养拙刚于戍卒宜。
> 戏与山妻谈故事,试吟断送老头皮。

林则徐这首诗写于一八四二年八月。他被充军去伊犁,途经西安,留别家人,抒写自己为了禁烟抗英不顾个人安危的坚强意志,表明自己虽遭贬黜、充军新疆也毫无怨悔的心情。"苟利国家生死以"一句,是他的精神世界的真情发露,用在颂扬他的联语里是再合适不过了。"生死以",语出《左传·昭公四年》:郑国大夫子产因改革军赋制度受人毁谤,他说:"苟利社稷,死生以之。"这里的"以"字本义是"为"、"做"或"从事","生死以"意谓为达成自己的目的,生死置之度外。林则徐诗这慷慨激昂的一句,给整个联语点睛,造成全篇刚毅茂盛的气势。这副联语也可视为史论,赞扬林则徐,亦以教育后人。

　　辛亥革命领袖之一的黄兴(1874－1916)有《挽黄花岗七十二烈士》一联:

> 七十二健儿酣战春云湛碧血,
> 四百兆国子愁看秋雨湿黄花。

1911年同盟会在广州市发动武装起义,黄兴亲率一百二十余位敢死队员直扑两广总督署,失败后,英勇就义的七十二烈士遗骸收葬于广州东郊红花岗,后来其地改称黄花岗。黄兴追悼战友,自有一种"与子同袍"的悲情。上、下句的"七十二健儿"与"四百兆国子"作对偶,写出烈士就义振起全国民众革命精神的伟大意义。

如上说过,哀挽的联语多有作揄扬不实之辞的,但又有真正能够发露故人精神风貌,议论正大、感情真挚的精彩作品。有些作品更能够通过评骘故人来表达真知灼见。下面介绍几幅近人作品。人们耳熟能详的有陈寅恪所作的那副"观堂先生挽联":

> 十七年家国久魂销,犹余剩水残山,留与累臣供一死;
> 五千卷牙笺新手触,待检玄文奇字,谬承遗命倍伤神。

王国维(1877-1927)自沉昆明湖去世,是震撼当时社会的事件。对这位学界泰斗自毙的原因,至今仍议论纷纭。当时遗老们说是由于溥仪被赶出故宫,悲愤失望,鼓吹他是以死殉清。陈寅恪这一联第一句说"十七年家国",从清朝被推翻,到王国维自沉,恰恰是十七年;下面用"累臣"即"湘累"典,古以称屈原,他是愤慨楚国衰乱、投汨罗江而死的。保皇派利用这些作为陈寅恪的诗赞同"殉清"说的证据。但是陈寅恪在《海宁王静安先生纪念碑铭》一文中明确说过"先生以一死见其独立自由之意志,非所论于一人之恩怨,一姓之兴亡",因而颂扬王国维"惟此独立之精神,自由之思想,历千万祀,与天壤而同久,共三光而永光"。实则陈寅恪联语的上句是慨叹辛亥以来,国家一片乱局,逼迫王国维终于戕害自身而以死明志。这是对故人精神世界的深刻解读,是对死者思想遗产的高度赞颂。下一句写王国维的学术成就,为其未竟的事业而感伤,表明继承遗志的志愿。这一联语从文字对仗看,并不算严谨精致,但悲歌慷慨,悼念故人,内容丰富而深刻,从一定意义说可作为死者的盖棺定论,给后来人以无尽的启发与教益。

　　另一联是金岳霖（1895—1984）悼念林徽因（1904—1955）的。金岳霖和林徽因的纯真友情是当代文坛人们耳熟能详的佳话。他的挽联洋溢诗情，与上一幅陈寅恪悼念王国维的内容和意义不能同日而语，写法、风格亦迥异：

　　　　一身诗意千寻瀑，
　　　　万古人间四月天。

金岳霖长期与梁思成、林徽因夫妇毗邻而居。林徽因去世，金岳霖生活、感情失去了重要依恃。他把无尽哀伤和思念凝聚成两个诗句，作成颂扬故人的联语。上句写她一生如诗如歌的美丽壮观，下句写她如四月烂漫春光给人间留下永恒的温暖。把故人置于悠远的宇宙空间里，寄托了无尽的思念。特别是下一句，巧妙地用了林徽因一首名作《你是人间四月天——一句爱的赞颂》（1934）的喻意。在中国文化里，四月已是落英缤纷的暮春，但是在西洋文化里，四月象征着丰硕与富饶。林徽因接受西洋文化的熏陶，写这首诗，又正是她风华正茂的时候。诗的结句说：

　　　　你是一树一树的花开，
　　　　是燕在梁间呢喃，
　　　　——你是爱，是暖，是希望，
　　　　你是人间的四月天！

一位妙曼的才女这样歌颂青春，歌颂爱，充满希望与温情。留在世上的友人把这样的诗意融入联语里，是忆念友人的诗、赞颂她的才情，内含着对两个人真挚情谊的追忆，读起来感人肺腑，让人一唱三叹。

　　连带说到近世文人的友情，郁达夫有挽徐志摩一联。徐志摩（1897—1936）是著名诗人，也是一代才子。为人风流倜傥，和林徽因也曾有感情上的交往。他因为飞机失事罹难，是近代诗坛的一大损失，更让故交知友无比痛惜。郁达夫和他有密切交往，而且就

才情,就个性,二人颇有相似之处。他不幸亡殁,郁达夫也无限伤感。其联语曰:

> 两卷新诗,廿年旧友,相逢同是天涯,只为佳人难再寻;
>
> 一声《何满》,九点齐烟,化鹤重归华表,应愁高处不胜寒。

这一联上句叙写对故人惺惺相惜的情谊;下句连用了几个典故:《河满子》是唐代曲名,据说开元(713—741)年间,有名何满的人,临刑进此曲以赎死罪;唐张祜有同题诗曰:"故国三千里,深宫二十年。一声《何满子》,双泪落君前。"郁达夫用张祜诗成句,抒写悲情。唐李贺《梦天》诗有句云:"遥望齐州九点烟,一泓海水杯中泻。"王琦注:"九州辽阔,四海广大,而自天上视之,不过点烟杯水。""化鹤",晋陶潜《搜神后记》卷一:"丁令威本辽东人,学道于灵虚山,后化鹤归辽,集城门华表柱。时有少年,举弓欲射之,鹤乃飞,徘徊空中而言曰:'有鸟有鸟丁令威,去家千年今始归。城郭如故人民非,何不学仙冢累累。'遂高上冲天。""华表",古时宫阙、城垣、陵墓、桥梁等建筑物前面竖立的装饰性的巨大柱子。三个典故组合起来,想象故人飞升仙去。结句的"高处不胜寒",用苏东坡《水调歌头》成句:"明月几时有?把酒问青天。不知天上宫阙,今夕是何年。我欲乘风归去,又恐琼楼玉宇,高处不胜寒。起舞弄清影,何似在人间?"也是痛悼友人的倏然离去。这副挽联如果从格律看,不够严谨,但写得情真意切,缠绵悱恻。今人写联语,格律一般较宽泛、自由。

沈从文(1902—1988)是现代才华杰出、成就卓著的作家,后半生落拓坎坷,大才不得施展。但在艰难的处境中仍孜孜不倦地从事文物工作,他的《中国古代服饰研究》成为相关研究领域的经典著作。他去世后,归葬故乡湖南凤凰县东郊的听涛山,墓碑的背面镌刻着他的妻妹张充和的挽联:

> 不折不从,亦慈亦让;

星斗其文，赤子其人。

仅仅十六个字，在挽联中算是简短的。但这十六个字成为对故人的人格、品行和文学成就的精彩概括。优秀的挽联可以写出人物的精神风貌，替代长篇纪念文章或悼词。

上面几副纪念古人、追悼故人的联语，写法、风格不同，也表现出不同的思想内涵，但都情真意切，诗情洋溢，堪称精彩的美文。这种联语，传颂世间，起到一般纪念文章替代不了的作用。

联语里的人间百态

联语公诸社会，面向公众，可说是一种十分普及的"宣传"文字。上面介绍的两类，多数意义"正大"，形式也比较典雅。无论是高官大僚所作，还是文人的手笔，都算是知识阶层的作品。另有一类流传市井的，或出自略识文墨的民间文人笔下，或是货真价实的民间创作，当然也有官僚士大夫作的，它们反映民间社会的人生百态，文字更浅俗，表达更富情趣，也相当耐人寻味。例如澡堂一联：

入门兵部礼，
出户翰林身。

这里写洗浴。兵部，本是朝廷六部吏、户、礼、兵、刑、工的一部，这里谐音"冰布"；翰林在清朝是翰林院学官，如翰林侍讲、翰林编修等，谐音"汗淋"。联语字面可理解为对浴客的礼遇，玩味出谐音，不能不令人莞尔。

传说苏东坡贬海南岛，给当地剃头铺写过一副对联："虽说毛发技艺，却是顶上功夫。"这当然是出于附会的传说。后来有人把这副联语加以改造，曰：

操天下头等大事，

做人间顶上功夫。

"头等大事"、"顶上功夫"本来是说理发，又双关理发的重要和技艺的高超。这类有关行业、职业的联语，写得多情趣幽默，又表达从事劳作者的自豪感。

有些名人也写过这类通俗的、表现民众生活的联语，例如《四库全书》的总纂纪昀就写过市招：

发兑云贵川广地道药材，

揭表唐宋元明名人字画。

又据说左宗棠平定新疆，回程到兰州，建会馆，为戏台作一联：

都想要拜相封侯，却也不难，这里有现成榜样；

最好是忠臣孝子，看来容易，问他作几许功夫。

如此教忠教孝，符合封疆大吏的语气。往日城乡戏台两边常见的对联，还有如"戏场小天地，人生大舞台"、"凡事莫当前，看戏何如听戏好；为人须顾后，上台终有下台时"，等等，都表达一定的教戒内容，让人深思，给人启迪——虽然有些观念不免消极。

直到如今，寺观殿堂的廊柱上都悬挂联语，这大概是联语保存最多的地方。那些联语基本是宣扬教义的。而一些民间祠庙的联语写得往往更别有风趣，颇具深意。例如财神庙的：

颇有几文钱，你也求，我也求，给谁是好；

不作半点事，朝也拜，夕也拜，教我如何。

这实则是对拜财神表讥嘲。历来民间拜神求仙，实则如鲁迅所说"是什么也不信从的"（《华盖集续编·马上支日记》）。这也反映中国传统思维的理性特征。旧时北京朝外月下老人庙有一联：

愿天下有情人都成眷属，

　　　　　　是前生注定事莫错姻缘。

这是一副集联,即集古人诗文句子构成联语。上句出《续西厢》,下句出《琵琶记》,是张扬朴素的爱情观的,有反抗礼教的意义。又城隍庙联:

　　　　　百行孝为先,论心不论事,论事贫家无孝子;
　　　　　万恶淫为首,论事不论心,论心终古少完人。

如此讲伦理,可谓透彻人心,曲尽人情,劝人为善的意义也很明显。这类市井流传的联语,明是非,助教化,长知识,资谈助,作为民间创作的一体,是民众生活的点缀,又寓有一定的教育意义。

　　写作联语,出上联,对下联,也是游艺的一种形式。还有谜语联、数字联、谐音联、叠字联等等,则成为文字游戏,亦可显示才学、文字功夫,助文人的雅兴。

　　如上所述,千百年来,各种各样的联语悬诸庙堂,流传市井,乃是与民众生活密切关联的创作样式。许多精彩的联语,成为联语中的经典,是值得珍视的艺术遗产。但是随着社会发展,生活方式变化,无论是作为写作体制,还是作为民间习俗,联语创作如今已大为冷落了。有些场合还悬挂联语,也有些人写,有些人欣赏,但优秀的、值得推敲的好作品已不多见。一种文化传统中值得珍重的创作样式在逐渐衰微,是无可奈何的事。只能期望有心人多做些挽救的工作。

　　关于联语,有不少专门的书。旧的有清梁章钜的《楹联丛话》及《续话》、《三话》,还有他第三子梁恭辰续的《四话》。这四部书完成于道光(1821—1850)年间,著录历代联语和相关轶事,为清朝以前联语的集大成之作,篇幅很大,但比较凌乱。白化文、李鼎霞把这四种书加上光绪前期朱应镐编撰的《楹联新话》,结集为《楹联丛话》,中华书局先后出版了繁体和简体字本。坊间有今人新编的相关著作多种,亦可参看。联语无论是作为文化现象还是文学创作,都值得做专门、深入的研究,这有待来者了。

最后,作为文坛佳话,也是有关联语创作的轶事,再说点长联的知识。乾隆年间昆明大观楼长联创作出来之后,直到道光年间,没有人写出更长的。到了咸丰、同治年间,有人陆续写出字数更多的,如吴可读题甘肃举院长联、钟耘舫题成都望江楼长联等,最长的达一千六百余字,成了两篇长排句构成的文章了。如此以长争胜的文字,没有多少价值与意义。但俞樾题杭州西湖彭玉麟祠长联,得到后人较高评价。前面说过,俞樾和彭玉麟是儿女亲家,彭死后(1890),清廷为他举行隆重的饰终之典,并在西湖为他建专祠,俞樾写了堂联。当年俞樾《楹联录存》里说:"世传大观楼长联最长,合上下联亦不过一百八十字。今年湖上彭刚直(玉麟)祠落成,其湖南同乡撰一长联,寄余点定,其联凡二百七十字。余因亦自撰一联,共三百十四字。"看起来,他是颇为这副长联自负的。联语云:

> 伟哉,斯真河岳精灵乎! 自壮年请缨投笔,佐曾文正创建水师,青幡一片,直下长江,向贼巢夺转小孤山去。东防歙婺,西障溢浔,日日争命于锋镝丛中,百战功高,仍是秀才本色。外授疆臣辞,内授廷臣又辞,张林泉猿鹤,作霄汉夔龙。尚书剑履,回翔上接星辰;少保旌旗,飞舞远临海澨。虎门开绝壁,巉崖突兀,力扼重洋。千载后,过大角炮台,寻求遗迹,见者咸肃然动容,谓规模宏阔,布置谨严,中国诚知有人在;

> 悲夫,今已旅常俎豆矣! 忆畴昔倾旧班荆,藉阮太傅留遗讲舍,明镜二潭,勤营别墅,从珂里移将退省庵来。南访云栖,北游花坞,岁岁追随到烟霞深处,两翁契合,遂联儿女因缘。吾家童孙幼,君家女孙亦幼,对桃李秾华,感桑榆暮景。粤峤初还,举步早怜蹩躠;吴阊七至,发言益觉含糊。鸳水遇归桡,俄顷流连,便成永诀。数日前,于右舍仙馆,传报噩音,闻之为潸然出涕,念风物不殊,琴歌顿杳,老夫何忍拜公祠。

这一联上联记事,述祠主生平。歌颂的内容包括镇压农民起义军,
这是局限。下联述情,表哀悼之意。洋洋洒洒,如泣如诉,不愧出
自名家手笔。

杂谈"润笔"

"润笔"习俗种种

古人所说"润笔",指替人作文章、作画、碑刻"书丹"(用朱笔在石碑上书写所刻文字)等等,取得酬劳,就像如今的稿费。但二者不完全相同。现在的稿费取自报刊社或出版社,"润笔"则取自请托写作的人(包括朝廷)。"润笔"另有个称呼——"人事物"。但"人事物"涵盖很广,凡托人办事拿钱物酬谢,都叫"人事物","润笔"包含在内。受托或受命写文章,情况又有种种不同。朝廷敕命书写的文字,如任命官员的制诰、表扬功臣的碑状等等,本该由主持朝廷文字事宜的知制诰、翰林学士之类官员撰写;一般人的行状、亡人的墓志铭和神道碑、殿堂宫观的碑刻以至家人的纪念文字等等,则多是受私人请托的。不论哪一种情况,事主拿出钱物来酬谢,都可算是人情之常。可是既然涉及钱物,关系"义利"之间的"利"字,授受之间,情况就变得复杂了。所以对待"润笔"一事的态度,颇能反映一时的世风、人品。处理得当,可以激励风俗、教育后世;有些颇为有趣的,则可资谈助;也有些贪渎财货而写出文字谄谀不实或恶意诋毁的,当然没有价值,又反映出作者人格的卑下,甚至成为留给后世的笑柄。

　　"润笔"一语,源自《北史》卷三五《郑译传》。隋代郑译(540－591,字正义,出仕北周,入隋,以与隋文帝杨坚有同学之旧,得奉诏参与撰律令,定礼乐,位至上柱国)以厌蛊左道得罪除名,后遇赦,"有诏征之,见于醴泉宫,赐宴甚欢。(隋文帝)因谓译曰:'贬退已久,情相矜悯。'于是顾谓侍臣曰:'郑译与朕同生共死,间关危难,兴言念此,何日忘之。'译因奉觞上寿。帝令内史李德林立作诏书,复爵沛国公,位上柱国。高颎戏谓译曰:'笔干。'答曰:'出为方岳,杖策言归,不得一钱,何以润笔?'上大笑。"这本是一时戏言,说的是应给书写诏书的李德林拿些钱来润笔。后来"润笔"一词就引申为做文章拿报酬的代称了。

　　碑志文体形成于汉代,和当时墓葬竖碑风气有关系。当时给人写碑志拿"润笔"遂形成习俗。后汉蔡邕(132－192)写了许多碑志。顾炎武说:

　　　　《蔡伯喈集》中为时贵碑诔之作甚多,如胡广、陈寔各三
　　碑,桥玄、杨赐、胡硕各二碑,至于袁满来年十五,胡根年七岁,
　　皆为之作碑,自非利其润笔,不至为此。史传以其名重,隐而
　　不言耳。(《日知录》卷一九《作文润笔》)

晋、宋以来,碑志成为重要文体。《文选》里已经把"碑文"和"墓志"分列为两类文章。碑志写作至唐大盛,和这一时期社会形态变化有关系:庶族士大夫阶层兴起,立碑不再是世家大族的专利,一般官宦乃至平头百姓都可以立碑颂德。随之写碑志也就变成一种聚财手段、谋生的行业。如李邕(678－747),《唐书》本传记载:

　　　　初,邕早擅才名,尤长碑颂。虽贬职在外,中朝衣冠及天
　　下寺观,多赍持金帛,往求其文。前后所制,凡数百首,受纳馈
　　遗,亦至巨万。时议以为自古鬻文获财,未有如邕者。(《旧唐
　　书》卷一九○中《文苑传》)

李邕才华出众,为人正派,被奸相李林甫迫害致死。他是著名书家,所以请他写碑文的人很多。杜甫有诗曰:"干谒走其门,碑版照四裔……丰屋珊瑚钩,麒麟织成罽。紫骝随剑几,义取无虚岁。"(《赠秘书监江夏李公邕》)至于替朝廷写制诰,敕命接受"润笔",对一般文人来说更是件荣耀的事。唐大中三年(849),朝命当时任史馆修撰、司勋员外郎的杜牧撰《唐故江西观察使武阳公韦公遗爱碑》。韦丹(753—810)晚年治江西,颇有政绩,被视为能臣,韩愈曾写过他的墓志铭。这一次是他死后近四十年、他的后任江西观察使纥干臮奏请朝廷为他立碑以表彰前贤。杜牧接受这一任务,感到光荣,因而在向朝廷《进撰故江西韦大夫遗爱碑文表》里有"臣官卑人微,素无文学,恩生望外,事出非常……至于臣者,最为鄙陋,明命忽临,牢让无路,俯仰惭惧,神魂惊飞"云云。碑文写成后,纥干臮送给他润笔绢三百匹。他又上表朝廷说:"右(这是指前面记述的一件事,当时文章自右向左竖写),今月十八日中使某至,奉宣圣旨,令臣领江西观察使纥干臮所寄撰韦丹遗爱碑文人事彩绢三百正者。恩随幸至,荣与利并,抃跃惭惶,罔知所措。伏惟皇帝陛下皇天纵圣,赫日资明,大奖功劳,不计存没。举韦丹江西之绩,特令微臣撰碑。堕泪之思,岂惭羊祜;黄绢之妙,实愧蔡邕。今者更蒙恩私,广受丝帛,捧戴兢惕,无地容身。不胜感恩惭惶之至。"(《谢许受江西送彩绢等状》)因为是敕命书写碑文,拿到"润笔",要上报朝廷;至于文字被朝廷认可,也是自己水平和荣耀的表示。

如上所述,唐代立碑书志盛行,市井之间,作文收取"润笔"成了一种"生意"。杜甫《送斛斯六官》诗里说:"故人南郡去,去索作碑钱。本卖文为活,翻令室倒悬。"这样写当然有戏谑意味,但说这位姓斛斯的朋友生活困顿,靠"作碑""卖文"来贴补家用,当是实情。类似的情况,"唐王仲舒为郎中,与马逢友善,每责逢云:'贫不可堪,何不求碑志相救?'逢笑曰:'适见人家走马呼医,立可待否。'"(《唐国史补》)这当然也是戏谑之言。但也表明王仲舒和马逢这样有身份的士大夫,也视"润笔"为一种"收入"。又有记载说唐文宗的时候,长安有朝官死了,市场里的人争着替作碑志,像做买卖一样,其门如市,至有喧竞争致,不由丧家的(洪迈《容斋续笔》)。北宋"陆经(字子履,生卒年不详,与欧阳修交游,擅书,有《寓山集》,已佚)学士坐责流落,欧阳文忠公怜其贫,每与人作碑志,必先约令陆子履书,欲以濡润助之也。自是子履书名亦自此而盛。"(《皇宋书录》)笔者读周绍良先生主编的《唐代墓志汇编》,发现其中有些墓志文字完全相同,只是墓主名字不同,曾向周先生请教原委。周先生的意思是这或许是有些卖文的人,把写好的墓志卖给不同的人;也可能是有人使用前人现成的旧文来给死者立碑。

有趣的是北宋前期,当时任命官员由学士院的翰林学士草写制书,朝廷对于"润笔"作出专门规定,大概是防止"润笔"分配厚薄不均,也是防止授受之间营私舞弊。徐度《却扫编》记载:"国朝以来,因命相而遂用草制学士补其处,如此者甚多,近岁亦时有之,世谓之润笔执政。"沈括的《梦溪笔谈》有记载:

> 内外制,凡草制除官,自给谏、待制以上,皆有润笔物。太宗时立润笔钱数,降诏刻石于舍人院,每除官则移文督之。在院官,下至吏人院驺,皆分沾。元丰中改立官制,内外制皆有添给,罢润笔之物。

吴曾《能改斋漫录》记载有所不同:

> 杨文公亿以文章幸于真宗,作内外制,当时辞诰盖少其比。朝之近臣凡有除命,愿出其手,俟其当直,即乞降命,故润笔之入最多于众人。盖故事为当笔者专得。杨以伤廉,遂乞与同列均分,时遂著为令。

这是说学士草制均分润笔、连仆从都可均沾的办法起自真宗朝的杨亿。胡仔的《苕溪渔隐丛话》后集又有记载:

辞皆有润笔,随官品定数,以谓当制官辞头,疏数不同,其所得亦有多寡不均,因请集而分之。故晏元献(晏殊,991—1055,仁宗朝宰相,封临淄公,谥号元献)有"润毫均厚薄"之句。其后有当送而不至者,往往牒催,是以正宪公诗并及之。此皆西垣旧事。

也有的人拒不接受这种润笔。有记载说"祖无择,字择之(1006—1085),蔡州人,少从穆伯长(穆修,979—1032)为古文,后登甲科。嘉祐(1056—1063)中,与王介甫(王安石)同为知制诰,择之为先进。时词臣许受润笔物,介甫因辞一人之馈不获,义不受,以其物置舍人院梁上。介甫以母忧去,择之取为本院公用。介甫闻而恶之,以为不廉。"(邵博《邵氏闻见录》)这种讲究廉洁、拒收润笔的当是少数,在当时是应被视为矫情的。

"润笔"作为惯例,后世一直延续下来。元代的赵孟頫(1254—1322)是大书家,高僧中峰明本是他的朋友,请他写一篇墓志,依例收取"润笔"。他有书启说:

> 中峰和上吾师:侍者孟頫和南谨封。孟頫和南拜覆中峰和上:吾师侍者孟頫归自吴门,得所惠字,审道体安稳,深慰下情,示谕陈公墓志,即如来命,写付月师矣。送至润笔,亦已祗领。(《式古堂书画汇考》)

这篇书启后来成了书法史上的名作。

清代的沈德潜(1673—1769)因为写文章收取"润笔"贾祸。他曾给徐述夔作传。徐述夔(1701?—1763),字孝文,乾隆朝举人,曾官知县,所著《一柱楼诗》中多怀念前明、诋毁清朝之语,酿成文字狱,事发在乾隆四十三年(1778)。徐述夔死后剖棺戮尸,所著亦被禁毁,这时沈德潜已经死了十年,还是被褫夺所有官衔谥典。乾隆谕旨说:

> 沈德潜理宜饬躬安分,谨慎自持,乃竟敢视悖逆为泛常,

为之揄扬颂美,实属昧良负恩。且伊为作传,自系贪图润笔,

为囊橐计,其卑污无耻,尤为玷辱缙绅。(《皇朝通志》卷五三)

这是把沈的罪过归结到贪图"润笔"。当时文网之严酷、罗织罪名不择手段可见一斑。

这样,从朝廷重臣到失业文人,各种"能文"的人出于各种原因替人写文章,收取"润笔",成为古代社会生活中的一道"风景"。

"润笔"厚薄、种类

"润笔"主要是钱帛,有的数量很多。越是地位高的人或更著名的书家收入越多。比如李邕,前面引杜诗里说"丰屋珊瑚钩,麒麟织成罽。紫骝随剑几,义取无虚岁",是说他每年得到的润笔包括珊瑚帘钩、麒麟织锦、紫骝马、宝剑等。这里说的当然有夸张。徐铉(916－991),南唐知制诰、翰林学士、吏部尚书,南唐灭亡,随后主李煜入宋,官至散骑常侍。他是著名文字学家,校订的《说文解字》是文字学名著,又工书。他"初自南唐入京(北宋都城汴京),市宅以居。岁余,见故主贫甚,铉召之曰:'得非售宅亏价而致是也? 余近撰碑,获润笔二百千,可偿尔矣。'其主坚辞不获,亟命左右辇以付之。"(《类说》卷四五)这是表扬徐铉仗义疏财,也可见他所获"润笔"之丰。又"周平园(必大,1126－1204)《玉堂杂记》记载:草后妃、太子、宰相麻(唐宋时朝廷书写诏书,内事用白麻纸,外事用黄麻纸),砚匣、压尺、笔格、糊板、水滴之属,计金二百两,随以赐之。乾道(1165－1173)以后,止设常笔砚。退则有旨,打造不及,赐牌子金一百两。立后升储,则倍其数。"(《庶斋老学丛谈》)这是说写晋升贵妃等的制书,"润笔"除了一、二百两银子,还把写制书用的价值不菲的笔砚等赐之。又《武林旧事》也记载:"册皇后

仪：先一日宣押翰林院学士锁院，草册后制词，赐学士润笔金二百
两。"大概二百两是草后妃制的成例。润笔也有少的。如宋"李觏
泰伯（1009－1059），江西人，作《非孟子》书，有高世之论。无尽（张
商英，1043－1121）读其所作《新成院记》诗云：'昔读《盱川集》，尝
闻泰伯贤。新成文刻在，往事野僧传。气格终惊俗，光芒冷贯天。
田翁不知价，只得十千钱。'盖僧云时以十千润笔耳。"（《观林诗
话》）这是说李觏皇祐三年（1051）给佛寺写《新成院记》，只得润笔
区区十千，如果按一千钱核一两计算，则只得上例的二十分之一。

　　"润笔"有时不用金帛财货，而是致送书画文玩。这些成为文
人雅士交往的媒介，又带上一定的文化意趣。例如叶梦得记载：
"王禹玉（王珪，1019－1085；神宗朝宰相）作庞颖公（庞籍988－
1063，仁宗朝宰相）神道碑，其家送润笔金帛外，参以古书、名画三
十种，杜荀鹤及第时试卷亦是一种。"（《石林燕语》）事主在金帛之
外，又以古书、名画相赠，也是对王禹玉极表敬重的意思。又五代
"李瀚（？－962）及第于和凝（898－955，）相榜下，后与座主同任学
士。会凝作相（后晋天福五年，940），瀚为承旨，适当批诏。次日于
玉堂辄开和相旧阁（宋时"玉堂"指翰林院；"和相旧阁"指和凝原来
的办公处），悉取图画器玩，留一诗于榻，携之尽去，云：'座主登庸
归凤阁，门生批诏立鳌头。玉堂旧阁多珍玩，可作西斋润笔不？'"
这就是"西斋润笔"典故。"悉取图画器玩"，当然不是窃取，是和凝
赠送的。北宋著名画家米芾，有"智永临右军（王羲之）五幅，获于
吴郡，末云：'玄度（许询）忽肿，至可忧虑，疾候自恐难耶。'史称玄
度服巨胜，实莫知所终，此可鉴也。因托薛绍彭（生卒年不详，活动
在神宗朝）书考、姑会稽公、襄阳、丹阳二太夫人告，赞为润笔。薛
以书画往还，出处必同，每以鉴定相高，得失平较。"（《清河书画
舫》）这是米芾托薛绍彭作父母的祭文，把自己珍藏的王羲之帖送
给对方。

　　又有时所送润笔另有深意。南宋周必大记载：

　　元丰己未(1079)，东坡坐作诗谤讪，追赴御史狱。当时所
供诗案，今已印行，所谓《乌台诗话》是也。靖康丁未(1127)
岁，台吏随驾挈真案至维扬。张全真(张守，1084－1145)参政
时为中丞，南渡取而藏之。后张丞相德远(张浚，1097－1164)
为全真作墓志，诸子以其半遗德远充润笔，其半犹存全真家。
予尝借观，皆坡亲笔。(《记东坡乌台诗案》)

这里记载的是苏轼"乌台诗案"档案《乌台诗话》，宋室南渡时被御
史台官员带到扬州，御史中丞、后来曾担任宰相的张守藏于家，张
守死后，著名爱国将领张浚作墓志铭，家人以其半部给张浚作"润
笔"，自家继续收藏另半部。"乌台诗案"是著名冤狱，如此珍藏、流
传苏轼亲笔的相关档案，不只表明对苏的敬重，也表明一种政治态
度。又同是南宋的杨万里(1127－1206)给某张姓友人父亲写行
状，对方以《高庙日历全书》作"润笔"。"高庙"指南宋高宗赵构。
他答谢说：

　　某恭承诲帖，贶以《高庙日历全书》。某盖尝充员，吏史官
载笔一人之数。然无力抄传，今忽拜赐，唤醒史馆之昨梦，惊
喜其可言哉？第先史君行状非如皇甫持正之文一字惠一缣
者，乃蒙润笔之礼如许不赀，何如其感，又何如其怍也！(《答
张主簿》)

杨万里曾受到张浚器重，在朝正直敢言，力主抗金，累遭贬抑。高
宗死后，绍熙元年(1190)八月，孝宗修《高宗日历》修成，依例应由
担任秘书监的杨万里作序，而宰臣却另嘱他人，杨于是自劾去职，
被出为江东转运副使。张姓友人赠给他这部书，显然有为他表不
平的意思，同样表明一种政治态度。又刘克庄"为方孚若(信孺，寺
丞)作行状，其家以陆放翁手录诗稿一卷为润笔"(《诗人玉屑》卷
五)，更是对陆游诗表厚爱了。
　　清朝的王士禛曾羡慕前面说过的王禹玉作庞颖公神道碑，其

家以古书名画三十种做润笔,曾说自己"生平为人家作碑版文字多矣,惟安德李氏以杨孟载(杨基,1326－?,元末明初诗人)手书《眉庵集》一部相饷耳。"(《香祖笔记》)杨基,元末曾入张士诚幕,明初累官至山西按察使,被谗夺官,罚服劳役,死于贬所。这样一位奇人自己手书的文集《眉庵集》当然是弥足珍贵的。王晚年吝于用笔,"华孟达(1545－1621)昆季厚赍币而来请铭其王父之墓,却之至再三,乃抽一策投案上而去,启缄则文待诏(文徵明)书《常清静经》,后附以太史公所著传(指《史记·老子列传》)"(《弇州四部稿续稿》)。他起初坚辞给华孟达祖父写墓志铭,看见大书家文徵明抄写的这件无价之宝,也就答应了。他的《古夫于亭杂录》又记载:"华阴王伯佐宜辅(清初人,博学宏词科特诏出身)来求其父山史弘(王弘,据清《华阴县志》是反清复明志士,被顾炎武称之为"关中声气之领袖")撰墓铭,以文五峰(文伯仁,1502－1575,明画家,文徵明侄)画《骊山图》润笔。上方自题云:'万历乙亥孟夏四月以董巨墨法写《骊山吊古图》。'"王士禛是一代文坛领袖,他热衷收取古人书画,托他作文的人以书画为赠,是迎合他的喜好,也是敬重他的风雅,他收取"润笔"也就不失清高。

北宋以词名家的李之仪(1038－1117)是苏轼的朋友,在党争中受到牵连,一生未致通显,晚年编管太平州(今安徽当涂县),朝廷施赦复官,不就,隐居州南姑溪,自号"姑溪居士",自记隐居时事:"政和元年(1111)十二月二十二日,积雪初霁,希韩(丁释之)、德循(钱通)携茶相期于天宁圆若虚首座之天竺轩,希韩出此纸见邀作字,辄以是应之。既终,二君又作山药、芋头、萝、卜晚菘号甜羹为润笔,真一段佳事。会者天宁庆、西庵琳、禅鉴仁、姑溪老农。"(《姑溪居士前集》卷四一《跋古柏行后》)这是儒、释交往的雅集,丁释之请李之仪写字,他和同席的钱通做一道菜羹作为"润笔",以表敬意,以助雅兴。

周必大有诗《去夏邦衡胡侍郎生日尝因茶诗致善颂其语果验

再赋一篇为大用长生之祝且求赐茗作润笔》。胡铨(1102—1180)，字邦衡，绍兴初为枢密院编修官，上疏反对秦桧主和，乞斩王伦、秦桧、孙近并直接指责高宗，朝廷下诏除名，贬监广州盐仓，后加贬到新州(今广东新兴县)，成为惊动朝野的事件。张元幹曾写一阕著名的词《贺新郎·送胡邦衡谪新州》，前片云：

> 梦绕神州路，怅秋风，连营画角，故宫离黍。底事昆仑倾砥柱，九地黄流乱注，聚万落千村狐兔。天意从来高难问，况人情易老悲如许。更南浦，送君去。

后来他又谪移吉阳军(在今福建建瓯市)，直至秦桧死(1155)，始徙移衡州(今湖南衡阳市)。孝宗即位复官，至权兵部侍郎。又以坚持主战，与朝议不合，力求去职。后归庐陵(今江西吉安市)，从事著述，卒。周必大这首诗是胡在衡州的祝寿之作，诗曰："寿杯又是酌流霞，醉眼还醒讲殿茶。举世咙谣思旧德，隔年诗谶托新芽。汉帷果庆登三杰，边幕何愁不一家。赐也多言如屡中，合分龙饼示旌嘉。庚寅(1158)六月昆山发。"原来前一年给胡祝寿，曾写过一首"茶诗"，胡果然量移到产茶的衡州，这次再写一篇，希望胡拿衡州茶作"润笔"。这种朋友间的调侃，真诚地抒写出对友人贬谪遭遇的同情与祝愿。

还是王士禛，在他的《居易录》里记载说："予为青城韩燕翼(庭芭)副使志墓，其家以一联为润笔，乃'人意淡如菊，诗怀清似梅'十字。时宸翰堂菊花初开，遂置堂中，观者咸谓绝技，闻创者张姓云。"王士禛在康熙年间官至翰林院侍讲、刑部尚书，不缺财物，送他这样一联诗当作"润笔"，颂扬他人品高洁，更能得他的喜欢。

有关"润笔"，有不少"趣闻轶事"，从中可见一时间上层社会的交际风气。据传"宋钱惟演在翰苑时，中秋有月，皇帝问当直学士是谁，左右以姓名对，命小殿对设二位，召来赐酒，惟演至殿侧……令左右宫嫔各取领巾、裙带或团扇、手帕求诗，应之略不停辍。上云:'岂可虚辱,须与学士润笔。'遂各取头上珠花一朵,装于幞头,簪不尽者置服袖中……"(《词林典故》)这是和歌儿舞女相调笑,迹近亵渎。又"欧公(阳修)作王文正(旦,957—1017,真宗朝宰相,死后谥文正)墓碑,其子仲仪谏议送金酒盘盏十副、注子二把作润笔资。欧公辞不受,戏云:'正欠捧者耳。'仲仪即遣人如京师,用千缣买二侍女并献。公纳器物而却侍女,答云:'前言戏之耳。'盖仲仪初不知薛夫人严而不容故也。"(曾慥《高斋漫录》)拿歌妓作"润笔",欧阳修拒受,说是怕夫人不容,亦是对这位文坛耆宿的戏谑之语。

"润笔"与"谀墓"

苏轼《书晁补之所藏与可画竹三首》之三:"晁子拙生事,举家闻食粥。朝来又绝倒,谀墓得霜竹。"晁补之(1053—1110)是"苏门四学士"之一;文与可(1018—1079),名同,多才多艺,以画竹著称。这首诗是说晁珍藏文与可画竹,是受后者请托写墓志所赠。苏轼和这两位是好朋友,称晁"谀墓",是朋友间的"雅谑"。

"谀墓"一语作为讥诮之词,出李商隐的《齐鲁二生·刘叉》一文。其中说韩愈的朋友刘叉"以争语不能下诸公,因持愈(韩愈)金数斤去,曰:'此谀墓中人得耳,不若与刘君为寿。'"这种传说趣闻,不一定属实。韩愈文名大盛,文才又被时人所重,多受公私请托写墓志,拿过不少"润笔",其中确实有虚妄不实之词。不过他的碑志许多是文章精品,对古典散文发展作出了贡献,笼统地贬斥为"谀墓",是冤枉了。

碑志这种文体本来就是歌功颂德的,溢美隐恶地"谀墓"在所难免,作者主动或被动地接受"润笔"也是人情之常。如北宋的王珪，神宗朝担任宰相，是位正直大臣。他本以文学致通显，任职翰苑近二十年，多应制作文章。当时朝廷文书多使用"时文"即"四六"，他写得辞藻华美，骈俪工巧。他曾"奉诏为高卫王、康王碑，发明天子所以崇事圣母之意，天子佳之"（李清臣《王文恭公珪神道碑》）。卫王高琼（935－1006）是北宋著名将领，康王高继勋是他的儿子。王珪写的两通神道碑是典型的溢美扬善的颂谀文字，详见《华阳集》卷四十九。《华阳集》卷八又有《谢撰高卫王康王碑润笔札子》：

> 臣近奉敕撰进卫王高琼、康王高继勋神道碑，特赐银、绢各五百两匹、金腰带一条、衣一袭。蒙降诏书，不许辞免者：
> 伏念臣承学浅迂，逢辰希阔。典三朝之翰墨，偶被虚名；述二武之勋劳，莫追良笔。岂谓皇帝陛下，爱欲加于外族，礼遂及于孤臣。赐出非常，已惭今日之受；恩无不报，自誓一身之捐。谨具札子奏知，谨奏。

他是接受朝命写这种颂谀文字；写成后拿到不薄的润笔。还有范祖禹（1041－1098），在朝也以正直敢言著称（他不附王安石，属于"旧党"，是另一个问题），又是优秀的史学家，曾协助司马光编撰《通鉴》。他有《辞润笔札子》：

> 臣先奉敕撰故魏王墓志（赵頵 1056 — 1088，初名赵仲恪，宋英宗赵曙第四子，宋神宗赵顼同母弟，第五子名赵孝诒），已具进呈。今月十四日怀州防御使孝诒与臣书，送润笔银二百两、绢三百匹。臣误膺诏委，撰述志铭，翰墨微勤，乃其职也，岂可缘公辄受馈遗。伏望圣慈特降指挥，令孝诒寝罢。臣无任恳切之至，取进止。

这是给亲王写墓志，依例上奏辞谢"润笔"。范祖禹擅史学，朝廷用作御用史官，他的文集《范太史集》里"皇族墓志铭"达八卷之多，基本是歌功颂德、华而不实之词，当然都会接受丰厚"润笔"。

前面已经提到,册立后妃之类的文字让作者很难下笔。这些人不过是被锁闭深宫的高级奴婢。有的被皇帝宠幸,加个名号,要大臣写制词。人物本无事实可述,只能用一些相关辞藻、事典敷衍成篇。如周必大记载:

> 绍兴二十四年(1154)春,直学士院汤公思退以礼部侍郎同知贡举,时百官多阙,大抵一人兼数职,凡进士出身皆入试闱,独留监察御史王公纶,盖备拆号也。内制既阙官,遂降旨,暂权适草《刘婉仪进位贵妃制》,太上称其有典诰体,润笔殆万缗,赐砚尤奇。(《玉堂杂记》)

这是说,刘婉仪晋位贵妃,本来应当由学士院当值学士起草文书;正赶上担任这一职务的汤思退(后来做到宰相,是个操守不佳的官僚)兼任吏部侍郎主持进士考试,而监察御史王纶(绍兴进士,为监察御史,以不附秦桧,出知兴国军;官终工部侍郎)得闲,就让他来写;写好了,得到"润笔"万缗和珍贵的砚台。周必大算是正直的大臣,显然是抱着歆羡态度记述这件事的。

如果说上面几个接受"润笔"的例子是依循常例,歌功颂德情有可原,那么贪图"润笔"而不顾是非,不讲原则,饰意夸饰乃至颠倒黑白,作者就显得品格卑劣,不可原谅了。看另外两个例子。

杜甫十三世孙杜莘老(1107—1164)颇有乃祖刚正之风,南宋高宗朝为殿中侍御史,忠直敢谏,疾恶如仇,被朝野誉为"骨鲠敢言者"。绍兴三十一年(1161),他上奏弹劾枢密院同僚、枢密使周麟之。周在绍兴二十九年曾出使金国,金主宴会上享以牛头,他腌制了带回来献给宋高宗,时有"牛头公"之嘲,可见他的人品。杜莘老的奏章指斥他"乃认故相秦桧父子为乡人,专事阿谀,务其结托,遂从正字遴擢西掖(中书省),其进用不正,已见于此。至若主封驳,则因书黄而潜受金瓶;在翰苑,则因草制而多求润笔。违法而酤,私酝则取。"(《建炎以来系年要录》卷一九一)"书黄"指书写诏书。

周麟之历擢兵部侍郎值学士院，为翰林学士，杜揭露他书写制词多求"润笔"。周有《海陵集》二十三卷，今存，为其子准原编旧秩，《四库提要》指出"集中内外制词殆居其半"（二十三卷文集里内、外制十卷）；又说："今观其集，非惟赠答唱和寥寥无几，即奏议、奏札亦多不关军国大计。盖其珥笔禁廷、坐跻通显，与王珪约略相似。而文章娴雅，亦犹有北宋馆阁之余风……"这是指出他写作制词多是虚聒不实的官样文章。

更为人不齿的是孙觌（1081－1169），字仲益，号鸿庆居士，常州晋陵（今江苏常州市）人。五岁曾为苏轼器重；徽宗大观三年（1109）进士；政和四年（1114）中词科，为秘书省校书郎。钦宗朝，金兵破汴京，他曾草降表；南宋高宗即位，以降表事斥罢，归州（今湖北秭归县）安置；未几，再试中书舍人，历官内外；绍兴元年（1131），起知临安府（今浙江杭州市）；二年，以盗用军钱除名，象州（今广西象州县）羁管；四年放还，居太湖二十馀年，致仕；孝宗乾道五年卒。孙觌是个依违无节操的小人。早年依附投降派汪伯彦、黄潜善，丑诋抗战派将领李纲，后来又阿谀投降派万俟卨，谤毁岳飞。他曾给莫俦写墓志。莫俦靖康元年（1126）为吏部尚书、翰林学士、知制诰，金兵南下，俘虏徽、钦二宗，他投靠金国；金立张邦昌为"大楚"皇帝，他任尚书右丞相；南宋建立，张邦昌伏诛，莫俦获罪，押赴全州（今广西全州县）安置，再转广南，死于潮州。赵与时《宾退录》记载：

> 若无美而必欲诔墓，有恶而饰以为美，卑官下士，犹足以诳不知之人。仕稍通显，则其善恶已著于人之耳目，何可诬也！莫俦靖康末所为，虽三尺童子亦恨不诛之。而孙仲益尚书志其墓（指《鸿庆居士集》三八《宋故翰林学士莫公墓志铭》），顾谓"靖康之变，台谏争请和戎，皆斥废不用，而二三狂生抗首大言，乘险徼幸，试之一掷，卒至误国。高宗狩维扬，移跸临安，国步阽危，至此极矣。而进取之士，终以和戎为讳。

> 此翰林莫公所以投闲置散,至于老死不用"。斯言也,不几于
> 欺天乎! 及作韩忠武志,则又以岳武穆为跋扈,而与范琼同
> 称,善恶复混淆矣。

这是投降派惺惺相惜,为二臣莫俦做无耻的辩护。韩世忠(1089—
1151)是两宋之际的"中兴名将",不肯依附奸相秦桧,为岳飞遭受
陷害鸣不平。这里提到的韩世忠墓志,不见今本《鸿庆居士集》。
岳飞的孙子所作《桯史》记载:

> 孙仲益觐《鸿庆集》,大半铭志,一时文名猎猎起,四方争
> 辇金帛请,日至不暇给。今集中多云云,盖诔墓之常,不足诧。
> 独有武功大夫李公碑(指《宋故武功大夫李公墓志铭》)列其
> 间,乃俨然一垱耳,亟称其高风绝识,自以不获见之为大恨,言
> 必称公,殊不怍于宋用臣之论谥也。其铭曰"靖共一德,历践
> 四朝,如砥柱立,不震不摇。"亦太佟云。余在故府时,有同朝
> 士为某人作行状,言者摘其事,以为士大夫之不忍为,即日罢
> 去。事颇相类,仲益盖幸而不及于议也。

孙觐贪图"润笔"在时人中颇有名声,曾流传一段逸闻云:

> 孙仲益每为人作墓碑,得润笔甚富,所以家益丰。有为晋
> 陵主簿者,父死,欲仲益作志铭,先遣人达意于孙,云:"文成,
> 缣帛、良粟各当以千濡毫也。"仲益忻然落笔,且溢美之。既刻
> 就,遂寒前盟,以纸笔、龙涎、建茗代其数,且作启以谢之。仲
> 益极不堪,即以骈俪之词报之云:"米五斗而作传,绢千匹以成
> 碑。古或有之,今未见也。立道旁碣,虽无愧词;诔墓中人,遂
> 成虚语。"(《挥麈后录》)

这活活画出孙觐贪财渎货的卑鄙嘴脸。而他的文集却能够流传千
古,真让人感到世事变幻不测,文章有幸不幸者!

不受"润笔"

白居易的《修香山寺记》里写他不受亡友元稹家属的"润笔"：

> 予早与故元相国微之定交于生死之间，冥心于因果之际。去年秋，微之将薨，以墓志文见托。既而元氏之老，状其臧获舆马绫帛泊银鞍玉带之物，价当六七十万，为谢文之贽，来致于予。予念平生分，文不当辞，贽不当纳，自秦至洛，往返再三。讫不得已，回施兹寺。

元稹晚年官运亨通。长庆二年（822）和裴度一起拜相，官终武昌节度使，当然家富资材。白居易遵从他的临终嘱托写墓志（《唐故武昌军节度处置等使正议大夫检校户部尚书鄂州刺史兼御史大夫赐紫金鱼袋赠尚书右仆射河南元公墓志铭》），家人拿亡者的仆从、车马等大量财物答谢，是合情的礼数。当时元家在长安，白任河南尹，居洛阳，多次往来推辞，最后把"润笔"施舍给龙门香山寺，用来替亡友祈冥福，表达忠于故人、坚守金兰之义的情谊。

历史上有些名家留下碑志很少，缘故各种各样，但不想妄取"润笔"应是原因之一。典型的如唐代的柳宗元，他写过一批家族亲人碑志，另有不少"释教碑"，这些都不会拿到"润笔"。他还写了《故尚书户部侍郎王君先太夫人河间刘氏志文》，墓主刘氏是"永贞革新"的领袖人物王叔文的母亲；《唐故给事中皇太子侍读陆文通先生墓表》，墓主陆质是革新派敬重的思想家。两篇文章分别写在革新事业危机或失败之际，为革新呼吁、辩护，当然无所谓"润笔"可拿。其他给达官贵人写的墓志就寥寥了。这当然和他常年身为贬官、羁留南荒有关系。另一位是宋代的苏轼。他在《祭张文定公

文三首》里说:

> 轼于天下未尝志墓,独铭五人,皆盛德故伟欤! 我公实浮
> 于声。知公者天,宁俟此铭? 今公永归,我留淮海,寓辞千里,
> 濡袂又潸。尚享!

洪迈《容斋随笔》里又具体说:

> 苏坡公于天下未尝铭墓,独铭五人,皆盛德故,谓富韩公
> (富弼)、司马温公(司马光)、赵清献公(赵抃)、范蜀公(范镇)、
> 张文定公(张方平)也。此外赵康靖公(赵既)、滕元发(滕甫)
> 二铭,乃代文定所为者。在翰林日,诏撰同知枢密院赵瞻神道
> 碑,亦辞不作。

苏轼志墓的这几位政治态度不同,但都是立身严谨、有所作为的人物。这不仅表明他用笔的谨严,也体现他清正不苟的人格和文风。

历史上有不少不受"润笔"的故事,显示出古代多有文人深谙义利的轻重,保持坚守道义、廉洁自律的品格,他们和那些贪渎钱财、卖文以求"润笔"的卑劣小人形成了鲜明对比。

唐裴均在宪宗朝位为宰相,是结交权幸、荒纵无度的弄臣。死后,他儿子持万缣请韦贯之(760-821)撰写碑文。韦答称:"吾宁饿死,岂忍为此哉!"他也曾在宪宗朝担任宰相,史称他"严身律下,以清流品为先"(《新唐书·韦贯之传》)。类似的例子,唐代后期成德镇王承宗(? -820)是负固强藩"河北三镇"之一,他的祖父王武俊于建中年间(780-783)僭称赵王,联合另几位藩帅发动叛乱,把唐德宗赶出长安;元和年间(806-820)淮西镇吴元济叛乱,他又配合响应;吴元济被平定,他才不得不归顺朝廷。后来唐穆宗命萧俛撰写他的父亲王士真(? -809)碑,这当然有笼络藩镇的意图,但是萧俛推辞了,理由是"王承宗事无可书。又撰进之后,例得赆遗。若黾勉受之,则非平生之志"。由于他严拒,穆宗不得不从其请。又晚唐的柳玭是名臣柳公绰(763-830)之子,传世有他的著名家

诚,其中讲"德行文学为根株,正直刚毅为柯叶"等等。僖宗朝,他担任御史大夫,由于得罪宦官,坐事贬庐州(今四川泸州市)刺史。景福(892－893)中,东川节度使顾彦晖(？－897)曾请他写德政碑。顾彦晖也是唐末割据强藩,乘局势衰乱,占据蜀中。柳批答复说:"若以润笔为赠,即不敢从命矣。"(《蜀中广记》)因此史书上称赞他品行"刚正"。晚唐司空图(839－908),僖宗朝隐居中条山王官谷,受到河中节度使(驻节今山西永济市)王重荣的礼重,王屡屡致送礼物,皆不受。王本来是军将马部都虞侯,黄巢攻入长安时投降,后来反正,被任命为节度使。司空图受命为王作碑,获赠绢数千。司空图把它放在虞乡(今山西永州市虞乡镇)街市,任人取走,表示不受非礼之赠的意思。

宋人的故事,史载宋初王禹偁(954－1001)为翰林学士知制诰,尝草写曾拥兵抗宋的西夏国主李继迁(963－1004)的制书。李继迁事前送马五十匹,说是以备濡润。禹偁借口其书状不如朝廷规定格式而加以拒绝。其时西夏仍隐然为敌国,所以他坚辞不受。后来真宗朝,王禹偁出守滁州(今安徽滁州市),闽人郑褒徒步来谒,禹偁爱其儒雅,替他买了一匹马。有人诬告他少给马价。事情传到真宗那里,真宗听了说:"彼能却继迁五十马,顾肯亏一马价哉?"(《宋史·王禹偁传》)前面讲到,宋初朝廷定制,学士院起草文书可按定格拿"润笔",但范仲淹却加以拒绝:"范文正公为人作铭文,未尝受遗。后作《范忠献(雍)铭》,其子欲以金帛谢,拒之。乃献以所蓄书画,公悉不收,独留《道德经》而还书。戒之曰:'此先君所藏,世之所宝,仲淹窃为宗家惜之,毋为人得也。'"(《古今事文类聚》前集)又"曾子开(肇,1047－1101)与彭器资(汝砺,1042－1095)为执友,彭之亡,曾公作铭,彭之子以金带、缣帛为谢。却之至再,曰:'此文本以尽朋友之义。若以货见投,非足下所以事父执之道也。'彭子皇惧而止。此帖今藏其家。"(《容斋续笔》)这则如白居易之于亡友元稹,是深明朋友大义了。

　　陈次升（1044—1119），绍圣二年（1095）任殿中侍御史，进左司谏。他是仙游（今福建仙游县）人，和奸臣蔡京是同乡，两人在朝同官四十年。当时蔡京一党势倾朝野，依附者趋之若鹜，他反而一再上疏弹劾，力斥其奸邪祸国的累累恶行。他的《谠论集》多收录他谏诤的奏议，其中有连续三篇弹奏钱通拿"润笔"的，其一云：

　　　　臣伏闻御史中丞丰稷弹劾新除殿中侍御史钱通，顷常假曾肇之名为豪户撰墓志，又假肇书受豪户金为润笔，臣未敢以为有，亦未敢以为无。今肇见任翰林学士，可究其实。若果无耶？亦足与通辨明；若果有之，显诈欺取人财物。况国家御史之道，惟赃为最重，一犯于此，则为终身之累。诈欺取财，在律准盗焉。有盗诈之人可任天子耳目之官乎？臣欲乞睿旨，付外施行，取进止。

从历史记载看，钱通（1050—1121）熙宁至崇宁年间历任地方官，颇能兴利除害，为官正直，后来被方腊起义军杀害。但从陈次升的奏章看，他却有假借曾肇之名贪渎"润笔"的嫌疑。陈的奏章起码表明贪得"润笔"对于为官正直者是不齿的。

　　元代事，胡长孺（1240—1314），字汲仲，宋末监重庆府（今重庆市）酒税，宋亡，退栖永康（今浙江永康市）山中。至元二十五年（1288），朝廷下诏求贤，有司强之，荐入为翰林修撰，议不合，出为扬州教授等，后以疾辞归，以善文章，海内购求无虚日。赵孟頫（1254—1322）曾为宣徽院使罗司徒奉钞百锭为润笔，转请他作其父的墓铭。汲仲怒曰："我岂为近官作墓铭耶？"是日汲仲绝粮，其子与诸客皆劝受之，他坚持不允。宣徽院是皇帝内侍机关，主持皇太后或皇后事务，院使是大宦官。历史上朝廷清流例有嫉恶宦官的传统。

　　文人对"润笔"的态度种种，下面再引述几则趣闻：

　　唐严续以位高寡学为时所鄙，江文蔚（901—952）尝作《蟹赋》

讥续,略曰:"外视多足,中无寸肠。"又有"口里雌黄,每失途于相沫;胸中戈甲,尝聚众以横行"之句。"(续)以熙载有才名,固请撰其父神道碑,欲苟称誉取信于人,以珍货几万缗,仍辍未胜衣一歌鬟质冠洞房者,为濡毫之赠,意其获盼,必可深讽。熙载纳赠受姬,遂纳其请。文既成。但叙谱裔品秩及薨葬褒赠之典而已,无点墨道及续之事业者。续嫌之,封还,尚冀其改窜。熙载亟以向所赠及歌姬悉还之。临登车,止写一阕于泥金双带,曰:'风柳摇摇无定枝,阳台云雨梦中归。他年蓬岛音尘断,留取樽前旧舞衣。'"(《湘山野录》)这样,请托者和接受者各有所图,都未遂心愿。

前面说过,苏轼很少写墓志,也有避免涉嫌"卖文"的意思。哲宗元祐六年(1091),苏轼出知颍州,他的朋友赵令畤(1051—1134,字德麟)签书颍州公事,他们曾一起治理颍州西湖。赵求苏轼书《东斋榜铭》,苏听说京城给赵寄酒,戏求一壶作"润笔",写下《赵景贶以诗求东斋榜铭,昨日闻都下寄酒来,戏和其韵,求分一壶,作润笔也》诗:"王孙天麒麟(指赵为宋太祖次子燕王德昭之后),眸子奥而澈。囊空学愈富,屋陋人更杰。我老书益放,笔落座争掣。欲求东斋铭,要饮西湖(颍州西湖)雪。长瓶分未到,小砚干欲裂。不似淳于髡,一石要烛灭。"最后一联是用战国时期淳于髡谏齐威王"酒极则乱,乐极则悲"的典故。这是朋友无间的雅谑。后来经苏之荐,赵于元符三年(1100),自签书颍州节度判官事入朝为光禄寺丞。

还是有关苏轼的:"宋杜君懿(叔元,书法家,曾任宣州通判)以许敬宗风字砚为润笔物求志于孙莘老(1028—1090,孙觉,官至御史中丞)。莘老笑曰:'敬宗在,正堪碟以饲狗耳,何以其砚为?'盖砚无字而匣有敬宗名。东坡以为敬宗为奸时,非砚所能知,而哀其所遭之不幸,则欲存其砚而弃匣,以去敬宗之累。微东坡,砚几以无罪废。人可不务修德乎哉!"(周召《双桥随笔》)许敬宗(592—672)是武则天夺权倚重的大臣,孙觉嫉恶至他用过的砚台,可见其为人持身的严谨。

又南宋著名词人张孝祥(1132－1170)知京口(治丹徒,今江苏镇江市),后任是王佐,多景楼落成,张为书写匾额。王佐拿公库银二百两为润笔,张却之,接受了红罗百匹,大宴合乐,酒酣赋词,命妓合唱甚欢,遂以红罗百匹犒之(《癸辛杂识》续集)。这则是文人的风流潇洒了。

顾炎武《日知录》上记载:"昔扬子云犹不肯受贾人之钱,载之《法言》,而杜乃谓之'义取',则又不若唐寅之直以为利也。《戒庵漫笔》言,唐子畏有一巨册,自录所作,文簿面题曰'利市'。"当时像唐寅这样的名人把写文章拿"润笔"当作"利市",并自己来炫耀,可见其狂放不拘的姿态。

历史上传出如上许多有关"润笔"的故事。如本文开头所说,请托作文,有所酬劳,乃是人情之常,也是人事交往的礼节。但是既涉及钱帛资钱,又是在一定的现实环境中,就出现上述种种情形,对待"润笔"的态度也就鲜明地表现出写作者的节操和境界:清廉自守者有之,贪渎嗜财者有之,正直敢言者有之,溢美隐恶者有之,等等;写出来的文章有些是历史的真实记录,有些则是歪曲事实的虚伪文章。相关轶事传之后世,或可敬可赞,或可笑可鄙,嗟叹之余,也给今日作文的人以警醒吧。